Caractéristiques de **Cali Keys** : adore les palmiers, les Bisounours, les piña colada et les fraises Tagada.
Lieu de vie : Suisse après un passage en Californie et des études à Paris.
Déteste se mouiller les chaussettes dans la salle de bains, terminer une boîte de biscuits (y en a plus après), changer le rouleau de papier toilette et arroser les plantes.
Job : dans la communication.
Âge : est restée bloquée à vingt ans. Il y a seize ans.
Page Facebook :
https ://www.facebook.com/CaliKeys.auteur/
Compte Instagram :
https ://www.instagram.com/keys.cali/
Compte Twitter :
https ://twitter.com/Cali_Keys

De la même autrice :

Mon cœur au bout d'un fil
You & I

Chez d'autres éditeurs :

Mon ex me colle à la peau
Amour, copines et cocktails
Le Guide gourmand de Julia Fontaine
L'Amour à pleines dents !
(prix Diva de la meilleure romance 2017)
Bons baisers de Californie
Bye bye Paris
Chipie à tout prix
Is it love ! – Daryl

CE LIVRE EST ÉGALEMENT DISPONIBLE
AU FORMAT NUMÉRIQUE

www.editions-hauteville.fr

Cali Keys

LA BIBLIOTHÈQUE DES BIENHEUREUX

Hauteville

Hauteville est un label des éditions Bragelonne

ISBN : 978-2-38122-177-9

Bragelonne – Hauteville
60-62, rue d'Hauteville – 75010 Paris

E-mail : info@editions-hauteville.fr
Site Internet : www.editions-hauteville.fr

À Grégori pour sa lecture attentive et sa précieuse aide.

À Arnaud pour le futur.

Chapitre 1 : le départ

— Si tu ne pars pas, Lucie, on va se laisser mourir tous les deux.

Lionel m'avait balancé cette phrase après notre brunch du dimanche, entre les tartines et les tranches de jambon. Ses yeux tristes et la douleur que j'y avais lue m'avaient permis de comprendre qu'il avait raison. Je crois que j'étais déjà un peu morte de toute façon. Et depuis près d'un an et demi d'ailleurs. J'avais tout juste eu le courage de lui demander, tout en jouant avec ma fourchette, les yeux rivés sur mes œufs brouillés :

— Et nous ?

— Il n'y a plus de nous depuis un bon moment…

Il s'était levé, sa chaise avait grincé sur le sol, et il s'était rendu dans la cuisine, les mains vides. C'était en moi qu'il se creusait ce vide. Ce ventre qui ne servait plus à rien. Ce vide que je sentais au plus profond de mes entrailles depuis le drame. J'avais fait ma valise et avais quitté notre appartement parisien le lendemain. Nos dernières phrases échangées résonnaient comme un mauvais écho à l'intérieur de mon crâne tandis que je me rendais chez une amie :

— Je t'aime…

— Moi aussi, je t'aime.

Je comprenais pour la première fois comment et surtout pourquoi deux personnes qui s'aimaient étaient obligées de se séparer pour continuer, pour ne pas se détester, pour ne pas sombrer.

Pour ne plus faire peser sur l'un ou sur l'autre le poids de la culpabilité.

Une semaine plus tard, un tout autre drame se joue dans ma tête depuis que je suis arrivée devant la porte de l'appartement de ma mère : ai-je eu raison de venir la voir dans mon état ? J'adore ma mère mais… c'est ma mère. Annick, soixante-quatorze ans, veuve depuis la mort de mon père il y a une dizaine d'années et plus vraiment habituée à cohabiter avec un autre être humain. Et surtout très douée pour me faire la morale sans en avoir l'air.

Dès que je sonne à la porte d'entrée de son immeuble du deuxième arrondissement, je regrette d'être venue.

Tout ce dont j'ai besoin à cet instant, c'est de boire ! Beaucoup et très vite ! Et de fumer. Même si je ne fume pas en temps normal. Mais je crois que la « presque rupture » avec mon mari peut être considérée comme une circonstance atténuante. J'ai à peine eu le temps de faire un pas en direction de l'ascenseur qu'elle m'ouvre avec la mine inquiète. Apparemment, ma mère a toujours une bonne ouïe et elle me regarde comme si j'étais responsable de la disparition des bébés phoques :

— Ma petite chérie, ça me fait plaisir de te voir. Comment tu vas ?

— Oh, un peu comme si un diplodocus portant lui-même trois tyrannosaures m'était passé dessus, mais ça va super sinon. Moi aussi, maman, ça me fait plaisir de te voir.

Contrairement à ce que vous pensez, c'est vrai, même si j'ai tenté de m'évader avant qu'il ne soit trop tard. Ma mère est mon refuge, mon phare dans la tempête, mon roc. Aucune situation de crise ne peut lui résister. Son seul défaut ? Elle n'aime pas que je boive ! Elle me serre dans ses bras et je me détends instantanément.

— Entre, tu veux une tasse de thé ?

Qu'est-ce que je vous disais ? Mon monde s'effondre et elle, elle me propose un thé. Son chihuahua Chichi, une fois qu'elle m'a reconnue, me tourne autour en remuant la queue et tente de me lécher les doigts pendant que je la câline pour lui dire bonjour. Je retire mes chaussures pour faire plaisir à ma mère et ne pas salir son beau tapis blanc, suspends ma veste au portemanteau de l'entrée avant de me retourner et de lui demander :

— Tu n'as pas quelque chose de plus fort ?

— Comme du café ?

— Non, je pensais plutôt à de la vodka ou à de l'alcool désinfectant que je pourrais avaler cul sec pour oublier ?

— J'ai du porto dans la bibliothèque. Installe-toi au salon, j'arrive.

Hourra. J'imagine que ma mine de dame blanche et mes yeux de panda ont été de précieux indices de mon état. Je dépose mon sac dans la chambre d'amis, regarde avec nostalgie les photos de mon père et de mon mariage et rejoins ma mère dans la pièce principale. Un canapé orange rapporté d'Emmaüs que j'ai toujours prétendu hanté (curieusement, personne n'a jamais voulu me croire), un canapé blanc et un fauteuil composent l'ensemble. Ma mère débouche la bouteille d'alcool et nous sert le liquide rouge foncé dans les petits verres en cristal qu'elle affectionne particulièrement car ils lui viennent de ses parents. Elle grogne quand elle se rend compte que je fixe le vieux meuble orange en pinçant les lèvres :

— Et arrête de regarder ce canapé comme s'il y avait des fantômes assis dessus.

— Ne me fais pas croire que tu ne les vois pas ? Même Chichi n'y grimpe jamais !

Elle fronce les sourcils et j'en remets une couche en pointant du doigt le meuble incriminé :

— Là, juste là !

Elle me jette un regard horrifié et j'enfonce le clou :

— C'est un couple de petits vieux, maman. Ils sont avec nous et...

— Arrête, c'est pas drôle !

— Mais maman, vois le côté positif : tu n'es pas toute seule dans cet appartement ! Je suis sûre que vous devriez bien vous entendre tous les trois.

J'éclate de rire alors qu'elle évite le canapé pour s'asseoir près de moi. Elle essaie de dissimuler son désarroi, mais je la vois jeter un autre coup d'œil en direction du siège.

— Bouh !

Elle sursaute et me jette un regard empli de reproche :

— Lucie, ça suffit avec tes enfantillages !

Nous nous observons un moment, je réprime les larmes que je sens monter puis je m'installe en tailleur sur le fauteuil aux coussins épais et attrape le verre qu'elle me tend avant de le vider d'un trait. Je me resserre sous son œil inquiet.

— Maman, ne fais pas cette tête ! Je suis triste, j'ai le droit de boire.

— Tu ne devrais p...

— Maman ! Lionel m'a demandé de quitter notre appartement, je suis en congé maladie depuis… depuis « tu sais quoi » et je n'arrive même pas à terminer mon prochain roman. Je suis une calamité, je ne sers à rien. Il faut être honnête. Et lucide ! Ce sont peut-être les deux qualités qui me restent.

— Non, tu es aussi jolie.

— Maman, ce n'est pas une qualité ! Et c'est sexiste de définir une femme par son physique.

— Avec vous les jeunes, tout est devenu compliqué. Je n'ai même plus le droit de dire à ma fille qu'elle est la plus belle. Quoi qu'il en soit, tu es trop dure avec toi-même, ma chérie.

— Même pas, je suis réaliste.

— Tu as besoin de mettre de l'ordre dans ta vie, de te reconstruire, de prendre le temps de digérer ce qui t'est arrivé et de repartir du bon pied.

J'ai envie de lui demander quel est le bon pied, mais je me retiens.

— Tu es la voix de la sagesse, maman, tu me fais presque peur.

— J'ai une idée…

Je la regarde, les yeux plissés. C'est louche. J'ai appris à me méfier de son regard trop pétillant, de ce sourire et de ce soudain enthousiasme. Je m'attends au pire. Heureusement, ma mère ne fait pas durer le suspense et elle continue en me proposant, comme si elle avait eu l'idée du siècle :

— Pars là-bas !

Là-bas, où tout est neuf et tout est sauvage ? N'y va pas !

Mon cerveau mouline de plus belle et la chanson de Goldman continue de tourner dans ma tête tandis que je fronce les sourcils, toujours aussi méfiante.

— Là-bas… où ?

— En Bretagne, ma chérie ! Dans la maison de tes grands-parents.

Je ne me trompais pas, la Bretagne, c'est sauvage. Il y a plein de vilains goélands prêts à vous foncer dessus pour bouffer vos doigts (on nous fait croire qu'ils en veulent à nos crêpes, mais je suis sûre que c'est des conneries).

— La maison où on allait en été avec papa ? À Saint-Malo ? Mais pour y faire quoi ? De la pêche ? Je suis trop vieille pour une reconversion. Et je suis allergique aux moules !

— Tu as trente-cinq ans, tu es jeune. Et on s'en fiche des moules !

— Jeune, jeune… c'est relatif. Et elle est encore habitable, cette maison ? Elle n'est pas louée une fortune à des touristes ?

— Elle est certainement poussiéreuse mais habitable, c'est sûr. Ton père a toujours refusé de la louer, il y tenait beaucoup trop pour prendre le risque de la voir détériorée par des inconnus. Les meubles, la vaisselle, la décoration et certaines affaires de tes grands-parents s'y trouvent toujours. C'était un héritage de souvenirs inestimables pour lui. Et puis, elle me coûte assez cher en entretien, alors autant que quelqu'un l'habite.

Après avoir siroté un autre porto, elle me donne les clés en arborant le sourire des mères qui sont persuadées qu'elles ont raison.

Départ prévu le lendemain matin aux aurores. Quitte à avoir une vie bordélique, autant vivre près de l'océan avec des goélands anthropophages, non ?

Eux et moi, on devrait parfaitement s'entendre. Leur nom est un emprunt au mot breton « gwelan » qui signifie… « pleurer ». Après tout, je me sentirai peut-être moins seule ?

C'est ainsi que je me retrouve à prendre ma petite Clio, un lundi matin, direction Saint-Malo. Je n'ai aucune idée de ce que je vais y faire, mais j'y vais. Au moins, j'ai un but. Une fois sur place, j'improviserai. Et j'achèterai du vin, du cidre et des kouign-amann. En pensant aux saveurs de mon enfance, aux galettes de sarrasin suivies de crêpes au beurre salé que nous dévorions en rentrant de la plage, je souris. La vie n'est peut-être pas si pourrie si on peut y ajouter une bonne couche de beurre salé, non ?

En tout cas, c'est la seule pensée à laquelle je me retiens en prenant l'autoroute vers le nord-ouest. Les longues heures de route me donnent l'occasion d'établir un bilan plutôt désastreux de ma vie. Heureusement que je suis une femme raisonnable sinon ma voiture serait déjà allée faire « coucou » à une glissière :

Job : formatrice en TRE (comprenez Techniques de Recherche d'Emploi), j'aide des chômeurs à se réinsérer sur le marché du travail en animant divers ateliers du type lettre de motivation et CV. Parfois, certaines de ces charmantes personnes n'ont aucune envie d'assister à mes cours et me le font savoir en poussant des soupirs ou en levant les yeux au ciel dès que j'ouvre la bouche. Et je ne vous raconte même pas les regards noirs qu'ils me jettent quand je leur conseille pour la treizième fois d'éviter de traiter leur ancien patron de « sale con » pendant un entretien d'embauche.

Passion : les livres et l'écriture. J'ai déjà publié sept romans mais demeure une illustre inconnue dans le domaine littéraire. J'attends toujours d'avoir le succès d'Aurélie Valognes.

Mariage : nous allons éviter le sujet, merci de votre compréhension.

Moral : six pieds sous terre. En train de se faire manger par des vers.

But dans la vie : compter mes doigts. Et recommencer. Autant dire… aucun.

Ou… si. Manger le plus de kouign-amann, de far breton et de caramels possible en quelques mois avant de revenir à Paris et de reprendre ma vie en main. Avec vingt kilos de plus.

Près de trois heures de route plus tard, j'entre enfin dans Saint-Malo et longe le quai de Trichet en direction des remparts. Là-bas, au loin, j'aperçois l'océan et ouvre la fenêtre pour sentir cet air marin qui m'a tant manqué. Je ne me souviens même plus de la dernière fois que je suis venue ici. Il y a quinze ans, vingt ans peut-être ? Juste avant la mort de grand-mère. J'ai oublié cette maison en même temps qu'on oublie les choses de l'enfance, trop prise par ma vie, mon job et mes projets avec Lionel.

Je suis la ligne droite des enceintes et poursuis en passant par la grande plage du Sillon. Il ne me faut pas plus de cinq minutes pour arriver à la maison de Mamie Gigi et Papy Gégé (respectivement Ginette et Gérard de leur vivant), située à une cinquantaine de mètres de l'océan, et garer Titine dans le jardin envahi par les herbes hautes. Je me dis aussi que je devrais arrêter avec ma manie de donner à tout et à tout le monde des diminutifs ridicules.

Le temps couvert et maussade fait parfaitement écho à mon moral et les nuages gris que j'observe en sortant de la voiture ne me disent rien qui vaille. Les cumulonimbus bretons sont vicieux, je le sais.

La maison en briques, qui a toujours appartenu à ma famille, compte trois étages et une façade extérieure mangée par le lierre.

Un grand jardin s'étend devant le patio et une vague de nostalgie me saisit quand je repense aux repas familiaux et aux jeux de société auxquels nous jouions sur la terrasse jusque tard dans la nuit. J'aperçois une plaquette sur le mur et y déchiffre malgré les affres du temps :

« *La Malouinière* ».

En réalité, cette maison n'en est pas une.

Elle n'a pas été construite par des armateurs au XVIIIe siècle, elle ne se situe pas hors de la ville, mais j'adorais ce mot étant enfant et c'est ainsi que j'avais décidé de nommer la demeure. Mes grands-parents l'avaient baptisée en reprenant cette appellation pour faire plaisir à la petite fille que j'étais.

Je souris à ce souvenir.

Alors que je descends de ma voiture, une bourrasque me fait manger mes cheveux, les premières gouttes de pluie se mettent à tomber et je me dépêche d'ouvrir le coffre pour saisir mes valises et les rapatrier le plus vite possible à l'intérieur. Je connais trop bien le temps traître de la Bretagne pour faire preuve d'optimisme : une tempête arrive droit sur nous.

Sur le perron, un jeune goéland au plumage encore gris fait les cent pas et m'observe me démener comme un beau diable avec mon chargement. Je lui jette un regard mauvais en posant mes bagages devant la porte dans un souffle qui trahit mon manque d'activité sportive ces derniers temps. Est-ce que les dix dernières années entrent dans cette définition de « ces derniers temps » ? J'imagine que j'aurai le loisir de creuser la question et d'y réfléchir longuement dans les jours qui viennent. Tout comme d'autres considérations essentielles du type :

« les pingouins ont-ils des genoux » ou « les zèbres sont-ils blancs avec des rayures noires ou l'inverse » ?

En réalité, tout ce temps qui s'offre à moi m'effraie. Les minutes et les secondes qui s'égrènent me ramèneront au vide, à l'absence, à la solitude, au désespoir, au drame et à la mort. Serai-je suffisamment forte pour y faire face ?

Le bruit des pattes de l'oiseau qui tapotent les lattes de bois perturbe mes réflexions, et je reporte mon attention sur lui. Il doit me trouver pathétique. *Heureusement qu'il ne peut pas lire dans mes pensées ! Euh… un goéland ne peut pas lire dans les pensées, hein ? Lucie, il faut que tu arrêtes avec les questions débiles !*

Mais Lucie, est-ce que tu crois que…

Argh ! Je me prends la tête dans les mains. Je suis certaine qu'il me nargue du haut de ses vingt centimètres. Je ne peux m'empêcher de faire une tentative de communication avec lui, histoire qu'il comprenne bien qui est le maître ici. On ne sait jamais, il a peut-être le même cerveau qu'un chien et il doit savoir tout de suite qui commande.

— Qu'est-ce que tu as, toi ?

— Mhiiiiii.

— Tu peux reformuler, je n'ai pas très bien compris ?

Il secoue la tête et les plumes, comme pour m'aider à comprendre que je suis débile, et j'ai envie de faire trois pas vers lui pour le pousser à déguerpir. Comme je suis curieuse, je plisse les yeux et le fixe de mon regard le plus vilain en penchant légèrement la tête et en le pointant du doigt. On semble se jauger l'un et l'autre :

— Écoute bien, mon coco, je suis de très mauvaise humeur. Et je tiens à garder mes doigts ! Pourrais-tu, s'il te plaît, aller voir ailleurs si j'y suis ?

Il penche aussi la tête et émet un son aigu :

— Mhiiii !

— Ouais, ouais, ouais, cause toujours. Mais sache que je ne te crois pas !

Le goéland fait trois petits pas de côtés, l'air de n'en avoir rien à faire, tandis que je farfouille dans mon sac pour trouver mon trousseau de clés. Je dois forcer légèrement pour ouvrir. J'entre dans la maison et laisse Coco dehors, après lui avoir jeté un regard en coin pour vérifier qu'il ne me suivait pas.

Avec ces drôles d'oiseaux, on ne sait jamais.

C'est là qu'une question des plus pertinentes me frappe, une question qui mérite vraiment que je m'y intéresse cette fois-ci : mais qu'est-ce que je fiche ici ? Je gardais le secret espoir d'être prise d'une illumination une fois sur place, d'obtenir une réponse sur mon futur en franchissant la porte, et là… rien.

Nada, niente ! Je lève les yeux au ciel et peste contre je ne sais qui :

— Merci, hein ! J'espérais un peu plus de participation de votre part ! C'est trop vous demander de me donner une piste pour la suite ? Non parce que là, à part me ruer dans l'eau glacée et ouvrir la bouche pour en avaler autant que possible, je n'ai pas vraiment de perspective d'avenir.

J'avance dans le grand salon et frissonne tout en jetant un regard circulaire sur les meubles que je devine, dans la pénombre, recouverts de bâches en plastique. Après avoir ouvert les volets pour laisser entrer la lumière, je constate l'ampleur de la tâche. Il y aura du boulot dans les jours à venir pour rendre cet intérieur chaleureux et à nouveau habitable. Entre les toiles d'araignées, la poussière et mon manque de motivation, le travail qui s'annonce me semble aussi aisé que de construire une pyramide.

Chapitre 2 : et si on faisait connaissance ?

Au mois de septembre, Saint-Malo a retrouvé son calme. Les touristes de l'été sont repartis, les habitants se sont réapproprié les pavés et les éléments jouent, comme d'habitude, à nous montrer qu'ils sont toujours les plus forts. Le vent souffle encore aujourd'hui et j'ai décidé de faire une balade le long de la plage avant de gagner les remparts pour m'acheter un petit déjeuner digne des Bretons. Emmitouflée dans un coupe-vent violet qui me fait ressembler à une barbe à papa ou à un ballon de baudruche qui se gonfle et se dégonfle au gré du vent, sans maquillage et avec un vieux jean délavé, je suis ravie de ne connaître personne dans les parages. Je me sens moche, triste et molle.

J'ai perdu du poids ces derniers mois.

Mais là, j'ai vraiment besoin de me remplir le ventre.

Une fois au cœur des remparts, j'emprunte la Grand-Rue, passe devant *Livres en folie*, une librairie fermée malgré l'heure déjà avancée de la matinée, admire la vitrine et ses couvertures de romans toutes plus attrayantes les unes que les autres et poursuis mon chemin. La boulangerie *Aux douceurs d'Amandine* me fait de l'œil avec sa jolie devanture et ses stores roses et blancs et je pousse la porte qui fait tinter une petite clochette avant d'avancer jusqu'au comptoir. Une douce chaleur de four à pain flotte dans l'air et je ferme les yeux une seconde pour savourer les effluves de beurre fondu et de caramel. Une voix cristalline me tire de ma rêverie :

— Bonjour et bienvenue !

J'ouvre les yeux pour voir une jeune femme aux formes généreuses enrobées dans un tablier représentant des tartes à la fraise.

— Bonjour.

— Vous êtes nouvelle dans le coin, je me trompe ?

— Pas vraiment, non…

— Pas vraiment « vous n'êtes pas nouvelle » ou pas vraiment « je me trompe » ?

Sa bonne humeur et son humour me font sourire et, avant d'avoir vraiment réfléchi, je lui confie tout naturellement :

— Mes grands-parents ont vécu à Saint-Malo toute leur vie et j'ai passé une bonne partie de mes vacances ici quand j'étais enfant. Mais, ça faisait longtemps que je n'étais pas venue…

— Ah la Bretagne, une fois qu'on l'a connue, il est difficile de s'en passer. Un peu comme mes pâtisseries ! Je m'appelle Amandine et j'ai repris la boulangerie avec mon mari depuis plus de cinq ans maintenant.

— Enchantée, Amandine, moi c'est Lucie !

Je parcours des yeux les délices qui se trouvent devant moi et salive d'avance devant les croissants, les pains aux raisins… et c'est là que je les vois…

Incapable de résister, je pointe du doigt les objets de mon désir :

— Deux kouign-amann aux pommes et des galettes bretonnes. Ah et vous pouvez m'ajouter un sachet de caramels au beurre salé, s'il vous plaît ?

De toute évidence, je prépare mon suicide par excès de gras et de sucre.

— Avec plaisir ! C'est un très bon choix.

Elle emballe ma commande, me la tend et je lui règle l'addition en la remerciant tandis que la clochette derrière nous tinte une nouvelle fois. J'entends une voix grave grommeler un « bonjour » et je vois un petit vieux s'avancer vers nous, le dos voûté.

— Bonjour, Léonard ! Vous allez bien ce matin ?

Le petit vieux ne prend même pas la peine de répondre et fronce ses épais sourcils broussailleux.

— Comme d'habitude, ordonne-t-il sans même jeter un coup d'œil à la vitrine.

Amandine ne semble pas s'offusquer du manque de savoir-vivre de son client, cependant, je remarque qu'elle écarquille les yeux comme si elle réalisait qu'elle avait commis une erreur.

— Oh, Léonard, je suis désolée, je n'en ai plus ce matin. Souhaitez-vous un nature ?

Là, le petit vieux s'agite et secoue sa canne, prêt à faire un scandale :

— Non, Amandine, je ne veux pas de kouign-amann nature, je veux celui aux pommes. Aux POMMES ! C'est pourtant pas compliqué. C'est la même chose tous les jours.

— Léonard, je suis vraiment, vraiment navrée, mais vous voyez bien que je n'en ai plus.

— Mais il y en a toujours à cette heure-ci d'habitude !

— Prenez des palets bretons, ils sont délicieux et ça vous changera.

— Je ne veux pas m'étouffer avec vos biscuits. Ce sont des étouffe-chrétien.

— Vous êtes chrétien, vous, maintenant ?

— C'est une expression, Amandine. Et je ne veux pas changer. Cela fait trois ans que je mange mon kouign-amann aux pommes tous les jours.

— Regardez notre assortiment, il y a peut-être autre chose qui vous ferait envie ?

Le petit vieux se renfrogne et, avant que j'aie pu réagir, il quitte la boulangerie en grommelant.

La boulangère, l'air peiné, se penche au-dessus du comptoir pour me faire une confidence :

— Trois ans, depuis la mort de Rosie, sa femme. C'est elle qui en mangeait un tous les jours. Et elle le partageait avec Mathilde, leur voisine de huit ans.

Je la quitte pour rattraper le petit vieux, ce qui n'est pas difficile puisqu'il marche avec une canne et avance à 2 kilomètres-heure, et le rejoins en quelques enjambées.

— Monsieur, attendez !

Il se retourne d'un air méfiant et grogne :

— Qui êtes-vous ? Qu'est-ce que vous voulez ?

— Je… je m'appelle Lucie. J'étais dans la boulangerie en même temps que vous et…

Je sors l'un des deux kouign-amann aux pommes pour le lui tendre.

— Prenez-le.

Il me jette un regard suspicieux et attend quelques secondes.

— Ah, c'est à cause de vous qu'il n'y en avait plus alors. C'est malin.

Il saisit la douceur emballée dans son papier crème, la fourre dans un sac en plastique et file sans ajouter un mot. J'en reste bouche bée. Moi qui pensais que les Parisiens détenaient la palme de l'impolitesse !

Je me demande qui des goélands ou des vieux sont les plus grossiers à Saint-Malo, mais je crois tenir ma réponse.

De retour à la maison, je m'installe dans le jardin pour déguster mon petit déjeuner. J'ai sorti la table de jardin et quelques chaises aux couleurs pastel qui, malgré la rouille qui les ronge, sont encore utilisables. Tout en mordant dans le feuilleté tiède, je ferme les yeux pour savourer le goût de caramel et de pommes fondantes. La pâte croustille sous la dent et l'intérieur est moelleux à souhait. En ouvrant les yeux, je repense à Léonard. En une journée de présence, j'ai déjà réussi à me le mettre à dos et maintenant, il y a un petit vieux en ville qui souhaite sûrement ma mort.

Rassérénée par mes cafés et mon repas, je file à l'intérieur et commence à sortir les draps et les serviettes de bain pour les laver. Pendant que les premières machines tournent, je retire les bâches de tous les meubles et les range dans le cabanon du jardin. J'ouvre toutes les fenêtres de la maison pour faire circuler l'air et entame le ménage, en commençant par faire la poussière puis passer l'aspirateur, avant de sortir la serpillière.

« Observez autour de vous chaque objet. Il doit vous procurer de la joie [...] Si ce n'est pas le cas, il faut s'en débarrasser. Et ce, immédiatement ! » a ordonné Marie Kondo, la papesse japonaise du rangement. Elle me remonterait certainement les bretelles parce que je suis incapable de jeter ou de donner un seul objet de mes grands-parents. J'ai juste changé l'agencement du salon en poussant les meubles pour les placer aux endroits les plus lumineux. Quand je déciderai de faire un saut dans un grand magasin, j'achèterai quelques plaids et des peaux de mouton pour donner un aspect cosy au lieu et couvrir les motifs floraux des canapés qui ont fait leur temps.

Je nettoie, frotte, désinfecte, javellise, trie, range jusqu'à l'épuisement. Un épuisement bénéfique puisqu'il m'empêche de penser, de sombrer, de faire remonter les souvenirs les plus obscurs. Qu'est-ce que je ferai un fois que le ménage sera terminé ? Les fantômes reviendront-ils ?

J'ai fait des réserves de nourriture. Mais je crois que je n'aurais pas dû, ça fait presque une semaine que je ne suis pas sortie de la maison et que je passe mon temps en survêtement et en sweat-shirt rose avec écrit « Rosé all day » dessus. Ma mère détesterait.

Et de toute évidence, je ne peux pas continuer à me gaver de kouign-amann à réchauffer au four et de plats préparés, il faut que je bouge mes fesses avant qu'elles ne deviennent aussi molles que les coussins du vieux sofa.

Qu'est-ce que je pourrais faire ici ? Assise sur le canapé du salon, la fenêtre ouverte, je jette un coup d'œil à Coco qui m'observe d'un air méfiant depuis le rebord. Il vient tous les jours sur le perron pour faire son jogging et quémander un morceau de pâtisserie.

— Qu'est-ce que je sais faire, Coco ? Donner des cours de Techniques de Recherche d'Emploi, écrire des lettres de motivation en forme de « vous, moi, nous » et des CV axés sur les compétences ?

J'imagine bien écrire une lettre de motivation pour Léonard, tiens. Super utile, ma cocotte ! Ou un CV avec les compétences suivantes : savoir-être ? Râleur. Savoir-faire ? Critiquer tout le monde et marcher le plus lentement possible avec une canne.

Complètement découragée, je me lève pour aller chercher une bouteille de cidre et la décapsule avant de revenir au salon afin de continuer à cogiter sur mon avenir à moyen terme.

Malgré ma déprime et mon manque cruel de motivation, une petite voix que je tente d'ignorer se fait de plus en plus insistante. J'essaie de la faire taire, ce qui donne un dialogue des plus bizarres entre moi et… moi-même :

— Non, je ne veux pas t'entendre.

— Mais, j'ai un truc important à te dire !

— Chuuuut ! Tu vas te taire, oui ?

— Lucie, tu sais très bien ce que tu souhaites faire…

— Chut, je te dis ! Tu n'es même pas réelle !! Tu es dans ma tête !

— Et alors ? Je suis la voix de ta conscience !

— Blablabla…

— TA CONSCIENCE !

— Je t'en ficherais moi, de la conscience ! Dégage !

— Écoute ton cœur.

— Même pas en rêve ! Ouste !

— Écoute ton âme, elle te paaarle.

— C'est cliché ce que tu dis. Je n'ai pas d'âme. Elle est partie avec elle. Mon cœur n'existe plus, il s'est déchiré en un puzzle épars qui s'émiette davantage de jour en jour. Mon cœur n'est plus qu'une mécanique qui sert à propulser mon sang pour me garder en vie contre mon gré.

— …

— Ha !

Apparemment, j'ai cloué le bec à ma conscience.

Pourtant, je crois que je sais exactement ce qu'elle a voulu me dire.

Une nouvelle semaine du mois de septembre vient de commencer, mais je crois que je ferais mieux de retourner au lit après la scène à laquelle j'ai assisté en me levant. Oui, très tôt ce matin, poussée par une insomnie récurrente, je suis enfin sortie de chez moi alors qu'il faisait à peine jour. Enfin, je suis sortie sur la terrasse, mais c'était déjà un progrès notable. Je dégustais tranquillement mon premier café, emmitouflée dans trois couches de K-way, devant le grand jardin toujours recouvert de mauvaises herbes quand je l'ai aperçu. Il sortait de chez lui, le pas traînant et la mine renfrognée. Je me suis levée pour me cacher et je l'ai observé qui gagnait la promenade, probablement pour prendre l'air marin près de la plage du Sillon.

Pas possible ! Léonard ! Mon voisin ? Je devais être en train de rêver ! C'était un cauchemar.

J'ai cligné trois fois des yeux mais je me suis vite rendu à l'évidence, il ne s'agissait pas d'un sosie inoffensif ou d'un fantôme : c'était bien Léonard en (vieille) chair et en (très vieux) os.

Quelques heures plus tard, je me remets lentement du choc. Bon, Lucie, tu es une belle personne. Tu peux tenter une nouvelle approche. Après tout, tout le monde mérite une seconde chance, non ?

D'ailleurs, j'ai une petite idée. Une idée qui germe dans mon esprit et qui me fait sourire. Après avoir bu trois autres cafés, je ne tiens plus en place et vérifie l'heure sur mon portable : huit heures et demie.

Si ma mémoire est bonne, il était aux alentours de neuf heures et demie quand Papy sale tronche avait croisé ma route à la boulangerie. J'ai donc une petite marge pour mettre mon plan à exécution. J'enfile un vieux jean et mon sweat-shirt rose et me mets en route, bien décidée à acheter tous les kouign-amann aux pommes de la boulangerie d'Amandine.

Je passe ma commande à la gentille boulangère qui m'observe en plissant les yeux tandis qu'elle glisse les sept pâtisseries dans des sachets en papier. Elle a l'air sceptique et ne peut s'empêcher de me sermonner :

— Il ne va pas être content, notre Léonard…

Elle me fixe et comprend que je ne lui dis pas tout :

— Oh, vous, vous avez une idée derrière la tête.

— C'est possible. Mais sachez que je ne suis pas une horrible personne, il va l'avoir son kouign-amann aux pommes, le grincheux. Il faudra juste qu'il passe me voir. Dites, on peut se tutoyer ?

— Bien sûr ! Eh bien, tu n'as pas peur, toi.

— Peur de Léonard ? Il en faut beaucoup plus pour m'effrayer.

Je ne lui confie pas que j'ai une peur panique des mites, que les papillons me font hurler et que j'ai tendance à courir dès que je tombe sur une fourmi. Mais Léonard, lui, je suis certaine que je peux le dérider. Au moins un tout petit peu. Après tout, il faut bien que j'entretienne de bons rapports de voisinage. Et si cette pâtisserie peut m'aider, je ne vais pas m'en priver.

En rentrant, je passe devant la librairie et remarque qu'elle est toujours fermée. Par curiosité, je vérifie les horaires notés sur la porte, mais ne peux que constater qu'ils ne correspondent pas à la réalité. Normalement, elle devrait être ouverte du lundi au samedi de 9 heures à 19 heures. Il faudra que je pose la question à Amandine, elle qui connaît tous les habitants, elle pourra certainement me renseigner.

De retour chez moi, je m'installe sur la terrasse avec un café fumant, dispose les pâtisseries devant moi et ouvre mon ordinateur pour tenter d'écrire en attendant d'apercevoir Papy râleur à l'horizon. Ce qui ne tarde pas trop puisque, à 10 heures, je le distingue à l'angle de la rue, la canne fébrile et la moue boudeuse. Hé hé. Lorsqu'il passe devant mon jardin, je lui fais de grands signes en criant :

— Youhou ! Léonard, attendez !

Je poursuis ma pantomime jusqu'à ce qu'il fasse mine de comprendre (il ne pouvait décemment pas continuer de m'ignorer) et qu'il franchisse le portail en soupirant. Quand il arrive à ma hauteur, je lui demande avec un grand sourire :

— Vous allez bien ce matin ?

Il reste aussi immobile qu'une pierre.

— Ne faites pas semblant d'être en forme, vous avez une mine affreuse et vous devriez changer de pull. Ça fait une semaine que je vous vois avec à travers vos fenêtres.

J'écarquille les yeux et note mentalement que j'ai un voisin grognon ET voyeur. Merde, il a réussi à me clouer le bec. Ce n'était peut-être pas une bonne idée de sympathiser avec lui finalement. Je m'apprête à lui balancer son kouign-amann à la figure quand il finit par émettre un son.

— Qu'est-ce que vous faites avec ça ?

Il pointe mon ordinateur ouvert de son doigt tordu par l'arthrite. Désarçonnée par sa question, je réponds sans même y réfléchir :

— Oh… euh. J'écris un roman.

— Vous écrivez des livres ?

— Ça se pourrait…

— Soit vous écrivez, soit vous n'écrivez pas.

— Oh ça va, ça va, Yoda. Oui, j'écris mais j'ai toujours du mal à l'avouer. Et en ce moment, je n'arrive plus à m'y mettre.

— J'aime bien les livres. Les classiques, surtout. Et vous, qu'est-ce que vous lisez ?

— Musso, Levy, Bussi, Dicker, Grimaldi, Valognes… ah et Romain Puértolas, j'adore. Vous avez lu *L'Extraordinaire voyage du fakir qui…*

— Le faki quoi ? Arrêtez, vous me faites mal à la tête. Si je comprends bien, vous vous contentez de lire des auteurs populaires qui ont appris à écrire avec leurs pieds ?

Je le gronde :

— Léonard, ce sont des histoires distrayantes et des romanciers que j'apprécie beaucoup. Il y a de l'émotion et souvent beaucoup d'humour dans leurs livres, ça me fait du bien au moral. Et une bonne romance ressemble à un beau rêve, c'est doux, tendre et passionné. En plus, il y a toujours un happy end, on sait dès le début que l'histoire se terminera bien… pas comme dans la vraie vie.

Il grogne et hoche la tête de droite à gauche comme s'il était déçu. Son attitude m'agace, je mets les mains sur les hanches et lui demande :

— Pourquoi est-ce que le divertissement et le bonheur sont ainsi décriés ? Est-ce que vous avez au moins lu un seul roman de ces auteurs pour les juger ainsi ?

Il grommelle un « non » à peine audible et continue sa diatribe :

— Pas besoin, c'est de la mélasse pour l'esprit. De la tourbe pour le cerveau. C'est pour contenter les masses, ceux qui se satisfont d'un style pauvre et sans fulgurance. C'est mal écrit et sans idée. Jamais je ne lirai de livres aussi médiocres, même avec un couteau sous la gorge.

Tu parles, mon pépère, je vais t'avoir à l'usure.

— Vous trouvez que les descriptions de dix-sept pages sur l'abside d'une église sont plus intéressantes peut-être ? J'en ai bouffé du Flaubert, du Proust et du Hugo à l'école, c'est bon.

— « Vous avez des joues qui appellent le baiser d'une sœur, et des lèvres qui réclament le baiser d'un amant. »

Qu'est-ce qui lui prend au petit vieux ? Je pense que devant mon air dubitatif, il se sent obligé de préciser :

— C'est une phrase tirée des *Misérables* de Victor Hugo. Le phrasé démontre une vraie recherche stylistique, une quête du beau langage, chaque mot a sa place, chaque lettre a un sens. Le fond et la forme sont au service l'un de l'autre. C'est de l'art, on touche au sublime. Je suis sûr que vos auteurs ne l'égaleront jamais…

Il pousse un long soupir et c'est en le regardant que j'ai une autre idée (il faut croire que l'air de la Bretagne m'inspire) et que je me retrouve à lui dire :

— Attendez-moi une petite seconde.

Je me lève sans lui laisser le temps de protester, retourne à l'intérieur, fouille dans mes cartons et mets rapidement la main sur ce que je cherchais : mon exemplaire de *Et si c'était vrai…* de Marc Levy.

Je reviens et lui tends le roman avec le sachet de la boulangerie.

— Je vous ai acheté votre pâtisserie ce matin. Bon appétit, Léonard, passez une belle journée.

Il me regarde avec une légère lueur d'étonnement dans le regard, saisit le livre et le sachet, grommelle quelques mots que je ne parviens pas à comprendre (un mix entre un « mourf » et un « merci » peut-être) et s'éloigne à petits pas traînants en direction de sa maison.

En début d'après-midi, je vaque à mes occupations habituelles, c'est-à-dire compter mes doigts et recommencer, quand je sors quelques minutes pour respirer un peu d'air frais. C'est là que je les vois, assis sur les marches de la maison du petit vieux. Léonard, lunettes sur le nez et la petite voisine semblent penchés sur un livre, plongés dans leur univers. Le roman passe régulièrement de mains en main et la mine concentrée de Mathilde me prouve que la lecture n'est pas aussi simple qu'il y paraît. Elle fronce les sourcils et triture une mèche de ses longs cheveux bruns d'un doigt tandis que Léonard l'aide à suivre les lignes tout en tenant le livre.

C'est la première fois que je le vois sourire. Je découvre une douceur et une bienveillance chez ce vieil homme. Une quinzaine de minutes plus tard, il repose le livre, se tourne, attrape le sachet que je connais bien et partage le kouign-amann en deux avant de tendre la moitié à Mathilde. Elle lui adresse un regard lumineux dont seuls les enfants ont le secret et ne tarde pas à mordre dedans avec gourmandise, la mine réjouie.

Le petit vieux et la petite fille regardent la mer, le regard tourné dans la même direction, on dirait qu'ils y voient les mêmes choses, les mêmes rêves, les mêmes horizons. Une vie les sépare et pourtant, ils ont l'air aussi proches que des âmes sœurs.

Chapitre 3 : ne pas se transformer en beurre…

Je me réveille avec une énergie nouvelle. Et je trouve ça louche.

Pourtant, je sais ce qui me réjouit : je me suis trouvé une occupation ! Aujourd'hui, j'ai prévu de me lancer dans une nouvelle activité et pas mal de boulot m'attend.

Pour chasser le sommeil qui alourdit mes paupières, j'adopte une tactique qui a fait ses preuves en Bretagne et qui est encore plus efficace qu'une douche froide : boire un café sur la terrasse. En ouvrant la porte, mon pied bute sur une forme carrée et dure. Il me faut une seconde pour percuter et comprendre que Coco ne s'est pas changé en boîte à biscuits. D'ailleurs, la forme est trop plate pour être une boîte à biscuits. Je me baisse et constate qu'il s'agit d'un roman et plus précisément de *La Peste* d'Albert Camus. Je souris en jetant un coup d'œil à la maison de mon voisin, serre le roman contre mon pull rose et fais quelques pas sur le perron avant de grelotter. L'air froid, c'est beaucoup mieux qu'un lifting. En deux secondes, j'ai les traits figés et plus cryogénisés qu'une star après une injection de Botox. J'avise Coco qui fait son petit jogging sur le perron, puis sautille sur le rebord de la fenêtre pour observer l'intérieur de la maison, comme s'il semblait étonné par les changements. Quand je frissonne et que j'ai les yeux bien ouverts, je rentre, m'assieds dans un fauteuil avec un plaid sur les genoux et entame ma lecture tout en sirotant le reste de mon café tiède. Pour me sentir moins seule, j'ouvre la fenêtre malgré le froid et lis à haute voix quelques passages au petit goéland qui ne bouge pas d'un pouce. Il a l'air d'apprécier et je me surprends, moi aussi, à me laisser aspirer par la ville d'Oran, foudroyée par la peste.

L'heure venue, je quitte mon repaire pour ma désormais traditionnelle promenade du matin jusqu'à la boulangerie d'Amandine.

En chemin, j'aperçois Léonard qui est parti plus tôt que d'habitude, certainement pour me court-circuiter et arriver avant moi vous savez où. Pourtant, il semble avoir eu besoin de faire une petite pause en chemin et il s'est assis sur un banc face à la mer. Mais qu'est-ce qui lui arrive ? Sa hanche en polyéthylène ne fait plus son boulot et il est déjà fatigué par la marche ? Je m'apprête à le chambrer pour sa ressemblance avec une limace en plastique, mais son attitude concentrée et sa tête penchée en avant attirent mon attention. Il semble serrer quelque chose dans ses mains. Je passe devant lui, curieuse, jette un coup d'œil à ce qu'il tient et écarquille les yeux en constatant qu'il s'agit de *Et si c'était vrai…* Je lui balance un « bonjour » l'air de rien. Il n'a même pas le temps de ranger le livre que je suis déjà loin, un sourire aux lèvres.

Amandine me salue dès que je franchis la porte et se met directement à emballer les pâtisseries :

— Alors, ta stratégie avec Léonard fonctionne ?

Je m'approche du comptoir et l'observe mettre les kouign-amann avec dextérité dans trois sachets différents.

— Oh, disons qu'on s'apprivoise petit à petit. On a réussi à échanger deux phrases de suite sans qu'il soit trop méchant. Et il m'a confié qu'il aimait les livres.

Son sourire a l'air de signifier « c'est logique espèce d'ignare ». Je ne peux pas me retenir de lui demander :

— Quoi ? Peux-tu me dire ce qu'il y a derrière ton œil pétillant et ton sourire qui cache sûrement une information que j'ignore ?

— C'est normal que Léonard aime les livres. Il a tenu la bibliothèque de Saint-Malo pendant près de trente ans.

— Kniiii ? Il a été autre chose que ronchon et… vieux ?

Elle éclate de rire. J'en profite pour lui poser d'autres questions :

— D'ailleurs, en parlant de livres, tu sais à quel moment de la semaine la librairie est ouverte ? Parce que chaque fois que je passe devant, elle est fermée. Et je suis en panne de lecture.

Amandine pousse un soupir :

— Vivianne est là le mercredi et le vendredi en général, mais ses horaires sont très irréguliers.

— C'est bizarre, comment arrive-t-elle à tenir un commerce ? Elle est rentière ?

Je vois que je pose trop de questions quand le front d'Amandine se fronce et fait apparaître quelques rides. Pardon, je suis certainement trop indiscrète.

— Non, non… ce n'est pas un secret dans Saint-Malo, mais Vivianne ne va pas très bien depuis que son mari l'a quittée.

D'autant plus qu'il est responsable de la gérance. C'est donc lui qui attribue les baux... et qui lui loue son local commercial. Imagine les tensions ! Si elle ne se reprend pas, elle devra bientôt mettre la clé sous la porte.

— Oh merde, la pauvre.

Amandine acquiesce et je lui souhaite une belle journée avant de quitter la boulangerie.

De retour chez moi, je m'installe avec mon ordinateur et attends le retour de Léonard. Une demi-heure plus tard, j'entends sa douce voix bougonner derrière moi :

— Arrêtez d'acheter tous les kouign-amann aux pommes de chez Amandine.

Je ne fais pas attention à sa remarque et ne prends pas la peine de lever le nez de mon ordinateur. Je ne m'arrête pas de taper (en réalité, j'écris n'importe quoi) et sans le regarder lui lance sur le ton de la confidence :

— Vous m'aviez caché que vous aviez été bibliothécaire.

— Je ne vois pas en quoi mon passé vous regarde.

— Mais, Léonard, c'est une révélation. Cela signifie que vous n'avez pas été irascible et bougon toute votre vie.

Il me fait un geste de la main comme pour chasser une mouche désagréable, attrape le sachet de la boulangerie et ronchonne un truc inaudible en se détournant et en reprenant le chemin de sa maison.

— À demain ! lui dis-je.

Je n'en suis pas certaine mais je jurerais l'avoir vu sourire.

Maintenant, il est temps de mettre mon plan à exécution. Première étape : réorganiser la chambre du rez-de-chaussée. J'y passe l'aspirateur, nettoie la poussière, installe la grande table ovale en bois de chêne qui trônait dans la salle à manger et une petite dizaine de chaises. Je dispose ensuite des bougies, change les rideaux et la lampe pour apporter plus de luminosité, dépose des feuilles blanches et des carnets de note devant les places assises, puis soupire d'aise devant la pièce transformée. Grâce aux teintes de mauve et de blanc, l'espace est chaleureux et cosy. Seconde étape : je me remets devant l'ordinateur. Mon but ? Créer des flyers pour promouvoir mon activité. Une fois la mise en page effectuée, j'en imprime plusieurs dizaines. Dès que j'ai fini, je me dis que, ça y est, je suis officiellement folle. Je vais me planter, il n'y aura personne et je finirai seule et triste avec Coco. Et une cargaison de bouteilles de cidre.

Comme le vent de la Bretagne, je suis inépuisable et, le lendemain, je prends ma pile de flyers sous le bras et me dirige vers le centre pour une petite distribution dans les commerces des remparts. Je commence par Amandine pour me donner du courage, j'ai besoin d'une dose d'optimisme (et de sucre). Je lui demande timidement en lui tendant une pile :

— Est-ce que ça t'ennuierait d'en mettre quelques-uns sur ton présentoir ?

Elle en saisit un, le lit et pousse un cri !

— C'est toi qui as fait ça ?

Je me demande si ce n'est pas le bon moment pour courir et mettre la tête dans le four à pain (et pourquoi pas le corps entier tant qu'on y est). J'hésite sur la réponse à fournir : « non, c'est Coco le goéland » me semble la meilleure option à ce stade. Je fais la grimace et couine un faible :

— Moui, ça se pourrait.

— C'est génial ! Je pourrai venir ? Si tu veux, je pourrai même apporter quelques petites douceurs à grignoter ?

Vu ma tête, elle doit se demander si j'ai bien compris ce qu'elle a voulu dire. C'est pourquoi elle passe sa main devant mes yeux et répète en articulant comme si j'étais débile :

— L-U-C-I-E, est-ce que tu parles notre langue ?

— Moui, ça se pourrait.

Elle plisse les yeux et je réagis enfin en expirant l'air que j'avais gardé dans mes poumons.

— Oh merci Amandine, ce serait tellement merveilleux ! Tu es la meilleure ! Je vais passer à la librairie pour voir si elle est ouverte et déposer quelques flyers.

— Je crois que c'est ton jour de chance, Vivianne est venue acheter des croissants il y a quelques minutes, donc elle doit être là. Tiens, voilà tes kouign-amann du jour.

Elle me fait un clin d'œil et je lui envoie un baiser avant de sortir.

En effet, il y a de la lumière dans la librairie et le petit panneau affiche « ouvert », je pousse donc la porte et entre. Les livres disposés sur les grandes tables blanches sont recouverts de poussière et une odeur de renfermé me fait froncer le nez.

J'entends du bruit dans le fond, un gros « boum » comme si plusieurs livres étaient tombés par terre, puis un juron. Je décide alors de faire le tour des hautes étagères avant d'aller parler à Vivianne. Je prépare une sélection de livres que je compte offrir à Léonard puis, après un tour complet des rayons, reviens vers l'entrée et la libraire qui s'affaire devant des cartons.

Derrière la caisse enregistreuse, une longue femme d'une quarantaine d'années, perchée sur des jambes de sauterelle, remet une mèche de ses cheveux blonds derrière son oreille en pestant. Son teint fatigué, ses cernes et les filasses grasses qui lui tombent devant les yeux témoignent de sa tristesse et de son vague à l'âme. Elle est penchée sur trois gros cartons et tente de les ouvrir avec un ciseau qui semble aussi fatigué qu'elle. Le plus doucement possible pour ne pas l'effrayer, je dis :

— Bonjour !

Elle sursaute comme un oisillon apeuré, lève ses yeux bleus pour me fixer, sourit timidement malgré son regard perdu et se redresse. Comme par réflexe, elle tend ses bras maigres vers moi pour saisir les bouquins que j'ai dans les mains et les scanne un à un sans m'adresser la parole.

— Excusez-moi, est-ce que j'oserais vous demander un service ?

— Bien sûr.

Avec sa voix si douce qu'on dirait un simple souffle, je dois me pencher vers elle pour l'entendre.

— Est-ce que je peux vous laisser quelques flyers pour les clients de la librairie ? Comme ils aiment les livres, je me dis que certains aimeraient peut-être se lancer ? Un semblant de lumière et de passion semble s'être rallumé en elle alors qu'elle lit les quelques lignes imprimées.

— Oh oui, oui bien sûr. Je vais les mettre là, juste là. Vous écrivez ?

— Oui. J'ai déjà publié quelques romans. Vous en avez deux d'ailleurs, posés sur les étagères dans la section contemporaine.

— Super. C'est vraiment super. Lucie, c'est ça ?

— C'est ça, oui.

Elle murmure et pose un tas juste devant la caisse :

— Je vais les mettre juste là.

— Merci Vivianne, c'est vraiment gentil de votre part.

Elle m'adresse un sourire timide et se cache à nouveau pour vider ses cartons tandis que je quitte le magasin.

Après avoir fait un tour et distribué presque tous les flyers, je rentre à la maison, prête à accueillir Léonard dans mon jardin. Je me prépare un café que je verse dans une tasse en porcelaine avec des motifs floraux roses, la préférée de ma grand-mère, et dépose le reste de mon matériel de promotion sur le plan de travail de la cuisine. J'y jette un dernier coup d'œil avant de sortir avec mon ordinateur, un sourire aux lèvres.

Vous voulez écrire un roman ?

Atelier d'écriture avec Lucie Chevalier le vendredi soir à 19 heures à *La Malouinière* du Sillon.

Malgré ma concentration et la scène palpitante que j'essaie d'écrire sans y parvenir, en réalité je suis complètement bloquée depuis longtemps, je suis intriguée par le bruit d'une porte qui claque. Je lève les yeux et aperçois Léonard sortir de chez lui pour venir dans ma direction. Curieux, c'est la première fois que je ne le vois pas arriver depuis les remparts. Ce serait-il fait à notre petit rituel du matin ? Je fais semblant de ne pas le voir et me replonge dans l'écriture. J'ai encore le temps de rédiger quelques lignes avant qu'il débarque. Pour tout vous avouer, je suis en train de rédiger ma liste de courses dans l'espoir que cela déclenche mon processus créatif. Sans succès. Je sens sa présence avant de l'entendre bougonner :

— Mais qu'est-ce qu'elle devient Lauren à la fin ? C'est Arthur qui est complètement fou, c'est ça ? Il ne peut pas voir des… femmes dans le coma ! Ce n'est pas rationnel.

Il secoue le livre de Marc Levy devant moi, les sourcils plus broussailleux et froncés que jamais. Moi, je lui souris et me contente de le taquiner un peu :

— Nooon ! C'est pas vrai ! Alors vous êtes vraiment en train de le lire ? Vous ne faites pas juste semblant ?

Il grogne :

— C'est pour Mathilde, la petite voisine. Je crois qu'elle aime bien.

— Mouais, c'est ça.

— Et vous et Camus ? Moi aussi je vous ai vue en train de le lire à travers la fenêtre ouverte.

— Je crois que Coco aime bien. Je lui fais la lecture à haute voix.

— Coco ?

— Mon goéland.

— Il y a vraiment un truc qui cloche chez vous.

Je me retiens de rire tandis qu'il tourne les talons pour rentrer chez lui, son sachet à la main.

Il y a une chose qui me fiche un cafard monumental depuis que j'ai quitté Paris : dormir seule dans un lit pour deux. Le corps de l'autre qui rassure, le bruit d'une respiration régulière qui berce le sommeil, la chaleur d'une jambe ou d'un pied collé au vôtre. C'est le moment où mon mari me manque le plus. Ce moment où l'absence est la plus douloureuse. Ce moment que je redoute dès que j'éteins la lumière, car elle s'éteint en moi aussi, cette lumière. Si j'arrive à faire illusion pendant la journée, la nuit, je suis terrifiée, vide, grise. Chaque soir, je pleure en me recroquevillant sur moi-même comme un enfant et les larmes mouillent la taie d'oreiller jusqu'à ce que je sombre enfin.

Ce soir, mon ventre se serre, comme d'habitude, tandis que je soulève la couette pour me glisser dessous. C'est là que j'entends mon portable sonner. Qui peut bien m'appeler à… je jette un coup d'œil au réveil : 20 h 30 ? Lucie, tu es pathétique !

« Maman » s'affiche sur l'écran. *Lucie, tu es pathétique bis.*

— Oui, maman ?

— Ma chérie, tu vas bien ? Je ne te dérange pas ?

— Si, un peu, je viens de finir l'apéro et je vais sortir en ville pour…

— Ne bois pas trop, hein !

Je souris déjà :

— Je te taquine maman, ne panique pas. Je suis au lit.

Réflexion faite, je n'aurais peut-être pas dû lui confier ce détail. J'ai l'air encore plus pathétique maintenant. Le silence qui s'installe me confirme ce pressentiment.

— Ma chérie, ne te formalise pas de ce que je vais te dire mais je crois que j'aurais préféré que tu sortes boire des verres finalement.

— Maman !

— Ben oui, tu déprimes. En plus, tu es bien trop loin et tu ne me donnes aucune nouvelle. Je sais bien que je t'ai incitée à partir, mais j'ai cru que tu t'étais fait manger par un… un…

— Un quoi ? Un goéland ? Ou un vieux psychopathe peut-être ? J'ai un voisin que tu adorerais, tiens.

— Tu manges bien au moins ?

— Oh, tu n'as pas idée ! Et je bois bien aussi (oups). Enfin, du cidre, c'est toujours plus sain que la vodka que je descendais à Paris, hein. Et toi ?

— Lucie ! Bref, j'ai testé le tatami du traiteur à côté de chez moi, c'est délicieux ! Je t'en apporterai. D'ailleurs, j'ai pensé à…

Je suis incapable de me retenir plus longtemps et éclate de rire. J'imagine ma mère en train de mordre dans un tapis de judo et manque de m'étouffer.

— Quoi ? Qu'est-ce que j'ai dit encore ?

— Maman, je t'adore. Mais si le traiteur vend des tatamis, je me demande bien ce que peut proposer le vendeur de sport juste à côté.

— Tu sais, de la viande de bœuf en tranches.

— Du pastrami ? Oh mon Dieu.

Et me voilà repartie de plus belle. Je sens ma mère dépitée, mais mon rire est tellement contagieux qu'elle ne tarde pas à me suivre et à glousser avec moi. Une fois le fou rire passé, elle poursuit :

— Tu ne devrais pas te moquer de ta vieille mère ! En fait, je me disais que je pourrais venir te rendre visite. Tu me manques et je pourrais t'aider à ranger la maison, à lui donner un petit coup de neuf et rester quelque temps. Qu'est-ce que tu en dis ? Je peux arriver en fin de semaine ?

Premièrement, tu n'es pas vieille et pour le reste… à une condition. (Je laisse passer quelques secondes.) Tu boiras du cidre avec moi !

— Vendu !

C'est ainsi que ma mère débarque à Saint-Malo pour quelques jours avec Chichi, son chihuahua.

Chapitre 4 : le début ou la fin ?

Le vendredi soir arrive bien trop vite à mon goût et je fais les cent pas dans la maison pour tenter de me détendre avant l'arrivée des participants à l'atelier d'écriture. Sans succès. Suis-je capable de motiver des gens à créer alors que je me sens moi-même stérile et incapable de rédiger une ligne ?

Comme je ne suis pas une pro du marketing, j'ai oublié le B.A.BA sur mon matériel de promotion : mes coordonnées pour les inscriptions. Il faut croire que j'aime l'effet de surprise. Tout ce que je sais, c'est qu'il y aura au moins deux personnes : ma mère, que j'ai forcée à participer, et Amandine. Au pire, on passera une soirée entre filles. À boire du cidre avec un goéland et un chihuahua.

À 19 heures, je guette les allées et venues dans la rue en grognant contre Coco qui a pris ses aises sur le rebord de la fenêtre et m'empêche d'avoir une vue dégagée. Chichi saute partout et ma mère lit le dictionnaire, comme si ça allait l'aider à écrire.

— Maman, pose ce Larousse !

— Elle lève la tête et me regarde en brandissant le livre :

— Tu sais que je commence à confondre les cocotiers et les coquetiers, j'ai besoin d'un rafraîchissement. Tu te rends compte qu'il y a des mots comme « zinzinuler », « salmigondis » et « guelfe » qui existent vraiment ? Mais qui connaît des définitions pareilles ?

— Une fauvette zinzinule.

— Mais comment sais-tu des trucs pareils ?

— Maman, je suis romancière. et tu as dit deux fois « pareil » dans tes deux dernières phrases.

Elle me fixe et je crois lire une certaine admiration dans son regard malgré une toute légère nuance de scepticisme. Elle fronce les sourcils et plisse les yeux en parcourant du doigt les pages.

— Foutriquet !

— Pardon ?

— Foutriquet !

— Santé, maman !

— Non, qu'est-ce que ça veut dire ?

— Je n'en ai pas la moindre idée, mais ça ressemble à une insulte.

— « Personne chétive, de petite taille, insignifiante. »

— Bravo, maman. Tu pourras ajouter ce mot à ton futur texte de ce soir. Oh, je vois des gens qui arrivent.

Cette fois, c'est moi qui écarquille les yeux de surprise. Non ! C'est pas possible !

Je… non. Ha ha. Qu'est-ce qu'elle est drôle, Amandine ! Ce que j'ai aperçu me laisse dubitative. Elle a vraiment osé me faire ça ?

— Non, non, non… ça, ça ne va pas aller du tout !

— Quoi, quoi, quoi ? demande ma mère en laissant tomber le dictionnaire qui manque de peu d'écraser Chichi, installée après sa séance de trampoline sur le tapis au pied du canapé.

Elle me rejoint près de la fenêtre et observe la rue par-dessus mon épaule en se hissant sur la pointe des pieds. Une étrange procession s'avance vers la porte d'entrée. On dirait que les Dalton se sont donné rendez-vous chez moi.

J'ai à peine le temps d'échafauder un plan de secours (une vague géante s'apprête à submerger ma maison, mais juste ma maison, Coco a chopé la varicelle, Chichi a la rage, ma mère a la rage) que j'entends la sonnette retentir. Merde ! Il est trop tard. J'écarquille les yeux et jette un coup d'œil paniqué à la porte devant ma mère qui ne comprend pas du tout pourquoi je me mets dans un état pareil :

— Quoi, mais qu'est-ce qu'il y a à la fin ?

— Maman, ça va être la merde ! Sache que j'ai été ravie de te connaître. Au cas où, Coco adore les kouign-amann aux pommes de chez Amandine, il en mange un morceau tous les matins. Mais il ne faut pas lui en donner trop, sinon il chie partout sur le balcon.

OK, j'exagère et je dramatise peut-être un poil, mais vu les énergumènes devant la porte, autant la prévenir que je risque de ne pas survivre à la soirée. Même si j'ai l'impression de devoir jeter les dés au jeu Jumanji et qu'un danger imminent s'apprête à frapper ma maison, je finis tout de même par bouger lorsqu'ils sonnent pour la troisième fois. J'inspire profondément, plaque un sourire sur mon visage, tourne la clé et ouvre enfin la porte. Mon heure est venue, au revoir.

— Bonsoir, tout le monde, et bienvenue !

Amandine sourit, tenant un grand panier en osier rempli de viennoiseries, Vivianne semble s'être trompée d'endroit, Léonard se cache derrière les deux femmes et grogne tandis que la petite Mathilde chante à tue-tête « Malbrough s'en va-t'en guerre », version fleurie.

Hé hé, ça va être marrant. À peine quelques secondes plus tard, la douce voix de Léonard s'élève :

— Si j'avais su que c'était vous, je ne serais pas venu.

— Léonard, mon adresse est sur le flyer. Mon nom aussi d'ailleurs.

Il bougonne à nouveau :

— Je suis venu parce qu'Amandine m'a dit qu'elle apporterait des pâtisseries gratuites.

Je tente de garder mon sérieux, les invite à entrer, leur présente ma mère et les conduis vers le lieu où se déroulera l'atelier. Une fois qu'ils ont tous pris place autour de la table, je vois Léonard ouvrir en tremblotant un étui à lunettes. Alors qu'il les pose sur son nez, il me regarde puis marmonne en me fixant :

— Qu'est-ce que vous allez nous faire faire ? Des exercices débiles qu'on devra lire devant tout le monde avant de se féliciter et de se dire à quel point nous sommes tous géniaux ?

Mathilde, qui s'est assise à côté de lui, pousse un soupir bruyant, attrape un petit pain aux pépites de chocolat et un caramel, les pose devant Léonard et le réprimande :

— T'es un vieux ronchon. Prends un caramel, tiens un stylo et une feuille !

— Le caramel va niquer mon dentier ! Et je ne pourrais plus parler.

Il marmonne toujours, fait une grimace, mais saisit tout de même ce que lui tend la petite fille. À mon tour de susurrer (suffisamment fort pour qu'il m'entende) :

— Voilà qui ne serait sans doute pas plus mal…

— Hein ? Qu'est-ce que vous avez dit ? Vous avez parlé dans votre barbe.

— Je n'ai pas de barbe.

— Ah, ça, c'est vraiment malin, râle-t-il.

Mathilde nous observe, un sourire aux lèvres :

— Vous êtes drôles tous les deux. Vos disputes, elles ressemblent à celles de Léonard et Karine.

— C'est qui Karine ? je demande par curiosité.

Mathilde et Léonard répondent en même temps :

— Sa fille !

— Personne !

Finalement, la soirée s'annonce peut-être plus enrichissante que prévu. Je suis en train de me demander si c'est le bon moment pour interroger Léonard sur ses relations familiales quand nous sommes interrompus par un bruit strident. La sonnette ! Nous nous regardons tous comme si nous étions en plein film d'horreur et que quelqu'un nous avait murmuré : « Vous allez tous mourir ! »

Toutes les personnes que je connais en ville sont autour de la table. Amandine a le même réflexe que moi et regarde les cinq visages en les comptant, puis elle fronce les sourcils :

— Qui c'est ?

Je hausse les épaules, recule ma chaise et retourne dans le salon pour ouvrir à l'inconnu.

— Bonsoir, c'est bien ici l'atelier d'écriture ? Désolé, je suis en retard. Ça vous ennuie si je me joins tout de même à vous ?

Devant moi se trouve un homme d'une quarantaine d'années avec un jean, une chemise bleue et une veste de costume. Ses yeux foncés, ses cheveux bruns bien coupés et son air de businessman vont détonner avec la clique qui attend (certainement pas bien sagement) dans la pièce d'à côté.

— Euh, bien sûr que non. Nous n'avons pas encore commencé, entrez.

Une fois tout ce petit monde installé, je leur propose du thé ou du cidre quand je remarque une canette bleu argentée sur la table. Surprise, je m'exclame :

— À qui est ce Red Bull ?

Mathilde est trop jeune pour en boire, du coup, je pencherais plutôt pour Vivianne, qui aurait sérieusement besoin d'un coup de fouet pour garder les yeux ouverts, mais je vois une main s'avancer et saisir la boisson :

— C'est le mien !

— Mais enfin, Léonard, c'est malsain comme boisson ! Et avec votre verve, vous n'avez pas besoin de plus d'énergie. Vous risquez de nous faire une crise cardiaque !

— Est-ce que je critique votre façon de vous nourrir et votre propension à boire des bouteilles de cidre toute seule, moi ?

Je jette un coup d'œil paniqué à ma mère et décide de lancer un tour de table afin que chacun se présente rapidement et que je puisse sauver mes fesses. Le danger pourrait surgir là où je l'attends le moins. C'est-à-dire de ma mère qui déciderait de m'envoyer en cure de désintoxication ou aux alcooliques anonymes.

C'est ainsi que j'apprends que notre invité mystère n'est plus mystère, puisqu'il s'appelle Ralph et qu'il est directeur de grandes surfaces.

J'ai concocté cet atelier de deux heures en imaginant deux parties distinctes : une première heure de jeux et une heure thématique pour aborder les grands principes de l'écriture romanesque. Ce soir, nous allons jouer au cadavre exquis. Puis nous allons parler de la création de personnages. Enfin, nous utiliserons des fiches et des cartes postales pour inventer des histoires.

Les participants me posent plein de questions sur ma manière de travailler et je livre mes astuces avec plaisir, puis je les lance sur l'exercice de leurs protagonistes et les laisse travailler en gardant un œil sur eux, toujours disponible en cas de question.

À la fin de la soirée, il est temps de partager les récits de chacun. C'est avec une curiosité et une bienveillance que je ne soupçonnais pas (surtout de la part de Léonard, qui s'est abstenu de faire des commentaires désobligeants) que chaque participant écoute puis commente les lignes rédigées durant la dernière heure. Léonard a inventé un SDF qui vit sous un pont complètement reclus de la société et qui se nourrit de papier journal, Mathilde a décidé de mettre en scène un poisson qui sort de son bocal pour voyager de la Thaïlande à l'Italie, Vivianne n'a pas encore terminé (je crois qu'elle s'est endormie), ma mère a imaginé une princesse de soixante-quatorze ans qui épouse un roi, quant à Amandine, elle s'est inspirée de Chichi pour donner vie à un chien qui parle et qui rêve de dévorer un goéland. Son principal écueil ? Il fait la même taille que lui. Et Ralph semble ne pas avoir compris l'exercice puisqu'il a raconté l'histoire d'un chef d'entreprise ambitieux qui vendrait père et mère pour développer son business. Comme lui, en somme.

J'oscille entre le fou rire et l'abnégation la plus totale. Mais je retiens leurs rires, leurs sourires et leur implication. Tous ont joué le jeu et me remercient en quittant les lieux, heureux de cette expérience.

Je les regarde s'éloigner, ravie du résultat. Chacun a laissé quelques billets dans la tirelire que j'avais posée sur la table au bon vouloir des participants. L'argent gagné grâce à ce premier atelier me permettra de continuer à fournir le vieux grincheux en kouign-amann et d'acheter des livres. J'ai été prévoyante et j'ai fait des économies ces dernières années. Heureusement, d'ailleurs, car ce n'est pas avec ce que je touche de mon salaire actuellement que je pourrais m'en sortir. Elles me serviront pour tenir plusieurs mois ici et assurer ma subsistance, d'autant plus que je n'ai pas à m'inquiéter pour le loyer. Un souci en moins.

Fatiguée, je rejoins ma mère au salon pour boire un thé avant d'aller nous coucher. Je serre la tasse chaude entre mes mains et sirote le breuvage, goûtant au plaisir de ce calme après les vives et riches interactions de la soirée.

En face de moi, ma mère a glissé ses pieds sous le plaid préféré de grand-maman, Chichi s'est couchée sur ses genoux, et elle m'observe :

— Comment tu vas, ma chérie ?

J'avale une nouvelle gorgée de thé pour réfléchir à sa question.

— Je crois que ça va… je ne m'attendais pas à me faire aussi vite des relations dans le coin. Amandine est une femme adorable et Léonard n'est pas si méchant quand on le connaît un peu.

Elle acquiesce mais laisse passer quelques secondes de trop avant de répondre :

— Lionel m'a demandé de tes nouvelles.

Coup au ventre. *Respire. Respire, merde !* Je m'agite sur le canapé :

— Oh… il aurait pu me joindre directement.

— Il a essayé mais tu ne réponds pas à ses appels. Je ne peux qu'imaginer ce que tu ressens, mais lui aussi a mal, lui aussi se sent seul. Qu'est-ce que tu comptes faire, tu vas le rappeler ? Tu vas tenter d'arranger les choses ?

Oh non, pas maintenant. Pitié, maman. Ne me fais pas ça. Ne fais pas revenir les fantômes. Laisse-les hanter d'autres esprits, juste un moment. Pitié, maman. Éloigne-les de moi. Ne les laisse pas me manger, il reste si peu de chair, si peu d'espoir, si peu d'envie de vivre.

J'aimerais tellement repousser ces sentiments nocifs, morbides, ancrés en moi comme un tatouage.

Mais il est trop tard.

Des flashs m'assaillent et me serrent la gorge. Ils me poignardent. Ils me labourent. Je sens les yeux qui brûlent, le ventre qui se tord, le cœur qui se brise, la flamme qui s'éteint, l'âme qui s'envole, le chagrin qui prend à nouveau toute sa place en moi. Coline aurait bientôt dû fêter ses deux ans.

— Je ne peux pas… je…

Je ne peux contenir mes larmes et les sens rouler sur ma joue, elles embrasent ma peau, la dévorent, la lacèrent et ne laissent que cet être calciné que je tente de ranimer de toutes mes forces. Sans y parvenir. Tentant de contrôler le sanglot qui me consume, je murmure :

— Chaque fois que je pense à lui, je repense à tout le reste. Je ne suis pas assez forte pour survivre à ça. Je suis en manque en permanence. C'est comme si une partie de moi était partie à tout jamais.

— Je sais, ma chérie, je sais…

Incapable de me contenir plus longtemps, je laisse ma tristesse éclater, je la laisse prendre à nouveau toute la place et sombre dans les bras de ma mère. Elle me berce et me serre fort contre elle, mais les démons sont revenus, ils prennent possession de mes pensées, de mes souvenirs. Ils ne comptent pas me laisser en paix. Jamais.

Dans mon lit, plus tard, je triture mon portefeuille et hésite. Et si ? Est-ce que cela serait pire si je la regardais ? Est-ce que cela m'apaiserait ?

Cela fait des mois que je ne l'ai pas sortie, mais je sais qu'elle est toujours là. À la même place que d'habitude.

Cette photo qui me fait si mal.

Saisie d'une pulsion, j'ouvre, la tire de sa cachette et l'observe. Je connais chaque détail par cœur. Les coins sont cornés à force d'avoir été manipulés, l'image a tellement été montrée. À tout le monde. Presque tous les jours. Coline était un bébé magnifique. Souriant. Ses joues me donnaient envie de les croquer en permanence, ses petits cheveux blonds étaient si doux que je ne me lassais pas de les caresser. Et son odeur…

Ma petite fille.

Je ferme les yeux, serre la photo et me mords l'intérieur des joues pour tenter de faire taire cette douleur mentale par cette souffrance physique. Pour apaiser mon corps et mon esprit qui ont besoin de sommeil, je prends un anxiolytique et me laisse sombrer dans un nuage de coton.

Tout est noir. Pas un bruit. Milieu de la nuit.

Un hurlement. Le mien.

Je l'ai vue.

Mon cœur bat la chamade, mon pyjama est trempé de sueur, la panique contracte tous mes muscles. Assise dans mon lit, tout à fait réveillée, je sanglote, secouée de spasmes que je ne parviens pas à maîtriser. Certainement alertée par mon cri, ma mère entre dans ma chambre et court vers mon lit. Je sanglote tout en serrant le drap si fort que j'en ai mal :

— Elle pleurait, maman. Je te jure que je l'ai entendue pleurer.

— Je sais, ma chérie. Ça va aller, ça va aller. Rendors-toi maintenant.

— Je crois que je suis en train de devenir folle.

— Non, non. Tout ira bien, ne t'inquiète pas. Je suis là, je suis là…

Elle s'allonge à côté de moi, caresse mes cheveux comme lorsque j'étais enfant et qu'un chagrin me terrassait, susurre des « chhhh » apaisants pendant de longues minutes, puis me serre dans ses bras jusqu'à ce que je me rendorme.

Le lendemain, j'ai l'impression qu'une locomotive m'a roulé dessus au moins trois fois. Ma mère dort encore et, moi, j'ai besoin de prendre l'air avant de passer à la boulangerie. Je m'habille comme un automate, sors et me dirige vers la plage. Mes baskets s'enfoncent dans le sable, des bourrasques me fouettent le visage, l'odeur des embruns emplit mes poumons et les cris des mouettes s'évanouissent dans l'air frais du matin comme si elles se trouvaient dans une autre réalité. J'ai cette curieuse sensation que chaque pas me rapproche de la délivrance.

Et si tout s'arrêtait maintenant ?

Depuis plus d'un an et demi, j'ai l'impression d'être un poids terrible pour mon entourage. Pour Lionel. Pour ma mère.

Et si j'osais ? Et si je les libérais de l'obligation de prendre soin de moi ? Est-ce que tout le monde ne serait pas plus heureux finalement ?

Les vagues.

Un pas de plus. Encore.

Les vagues viennent lécher mes baskets. J'observe l'écume s'évanouir et mourir sur la berge. Je souris. J'y suis presque. J'ai de l'eau jusqu'aux genoux maintenant.

Il me suffit de marcher encore un peu. Tout droit. Sans réfléchir.

— Je l'ai terminé.

La voix me fait sursauter. Je me retourne et aperçois Léonard qui me tend mon Marc Levy.

Il a les pieds dans l'eau, lui aussi. Il me fait la conversation comme si c'était normal que nous soyons immergés malgré le froid matinal, malgré le vent.

— D'ailleurs, je dois vous dire que votre jardin est une sainte catastrophe. Vous devriez désherber avant d'aller faire trempette. Vous savez, ça fait du bien à l'esprit d'arracher tout ce bordel.

— Bbb… bien sûr. Vous avez raison, Léonard. Quand j'aurai la force, je m'en occuperai.

J'ai les dents qui claquent tandis que je sens une étrange chaleur. Je baisse les yeux sur sa main en train de serrer mon bras.

— Lucie, n'allez pas dans l'eau. Elle est bien trop froide. Et j'ai encore beaucoup de romans à vous faire lire.

Une larme roule sur ma joue. Je recule.

Quelques secondes plus tard, Léonard s'est éloigné et j'ai l'impression de sortir d'une transe. Le vent sèche ma peau et me laisse juste ce sentiment désagréable de tiraillement causé par le sel qui déshydrate l'épiderme alors que je prends la direction de la maison.

Curieusement, Léonard n'est pas encore rentré chez lui. Je l'aperçois sur le banc de la promenade qui laisse une vue bien dégagée sur l'entrée de *La Malouinière*. Il ne quitte son observatoire qu'après m'avoir vue pousser le portail et entrer dans le jardin. Il a raison, les mauvaises herbes ont tellement poussé qu'elles ont englouti tout l'espace.

Ma mère a préparé du café qui embaume le salon et lit tranquillement sur le canapé. Je me sers une tasse et lui lance un « bonjour » tout en grimpant rapidement l'escalier pour gagner ma chambre et éviter qu'elle remarque mes vêtements trempés. J'avale le liquide brûlant puis enfile un pantalon sec et des chaussettes. Ensuite, je décide de faire comme chaque matin : comme si tout allait bien.

Je file donc à la boulangerie, achète des viennoiseries pour le petit déjeuner et l'habituel kouign-amann de mon voisin avant de m'installer dans le jardin avec mon ordinateur. J'ai sélectionné *Tu comprendras quand tu seras plus grande* de Virginie Grimaldi comme prochaine lecture à confier à Léonard. Je caresse la couverture bleue et me remémore le doux souvenir que m'a laissé l'histoire de Julia, une jeune psychologue qui accepte de travailler aux Tamaris, une maison de retraite à Biarritz. Les protagonistes attachants, les scènes emplies d'humour et la tendresse de Julia pour les pensionnaires m'avaient beaucoup émue et aussi beaucoup fait rire. J'espère qu'il en prendra soin et qu'il l'aimera malgré ses réticences et ses idées préconçues.

À la même heure que d'habitude, mon petit vieux arrive. Ce matin, il apporte une canette de Red Bull, pose *Germinal* de Zola sur la table et saisit le roman que j'ai laissé pour lui.

— Ça vous ennuie si je reste là quelques minutes pour lire ?

Je lève les yeux, surprise, et secoue la tête, reconnaissante qu'il ne m'interroge pas sur mon envie subite de faire goûter à mes mollets l'eau salée de la marée du matin.

Nous restons côte à côte pendant près de deux heures. Lui à lire, moi à tenter d'écrire. Je surprends parfois un sourire qui creuse les rides aux coins de ses yeux. Je suis certaine qu'à une époque Léonard savait rire. Son visage tout entier raconte les vestiges de son bonheur passé.

Chapitre 5 : les premiers livres

Aujourd'hui, nous sommes allés visiter le mont Saint-Michel avec ma mère. Nous l'avions déjà vu, mais la perspective de nous remémorer ces souvenirs a gagné et nous avons pris le car à côté de l'office du tourisme pour une petite expédition matinale. L'endroit était toujours aussi magique, les crêpes hors de prix et les touristes affluaient, même hors saison, mais nous avons pris du bon temps.

À 17 heures après avoir été déversées près de la plage, nous regagnons la maison en une quinzaine de minutes.

Je discute avec ma mère de mon avenir (inexistant qu'on se le dise), quand nous arrivons aux abords du jardin.

— Non, maman, je ne deviendrai pas crêpière ici. À Paris non plus. Et ne me propose pas de fabriquer du cidre !

— C'est à la mode, les gens produisent même leurs propres bières aujourd'hui ! Alors, qu'est-ce que tu veux faire ?

— Bonne question. Joker. Survivre au jour d'après ? Impossible de lui confier mes tourments intérieurs et ma balade dans la mer, je ne souhaite pas l'inquiéter davantage. Si elle me parle de mon avenir, c'est qu'elle pense qu'il y en aura un. Même si, moi, je n'en suis pas certaine.

Nous franchissons le portail quand je ressens une étrange sensation de vide, comme s'il manquait quelque chose. Mais quoi ? J'écarquille les yeux. De toute évidence, une parcelle de terre a été retournée, la moitié de la surface a été tondue et des ustensiles de jardin, une pelle, un râteau, une binette et des cisailles, jonchent le sol. Un grand espace salvateur a remplacé les herbes folles. Je me demande si un nain de jardin a été pris d'une crise de folie, mais je dois le reconnaître : c'est beau et le dégagement fait un bien fou à mon esprit. Ma mère est bouche bée, elle a l'air ébahi par le changement :

— Tu as engagé un jardinier ? Quelle excellente idée ! C'est tellement dommage de ne pas exploiter ce terrain. Tu te rappelles la fois où tu as tué un cactus ?

— Oui, c'est bien pour cette raison que je m'abstiens de toucher à l'herbe. Je crois qu'elle mourrait rien qu'en me voyant approcher. Mais, je n'ai engagé personne. Je crois juste que sous un vieux démon se cache parfois un petit ange… Rentre, je vais faire un tour. J'en ai pour cinq minutes.

Je pense que j'ai identifié le nain de jardin.

Un sourire aux lèvres, je me dirige vers la maison de Léonard. En approchant, je crois reconnaître la voix du vieil homme, mais impossible toutefois d'entendre ce qu'il raconte. Quand il entre enfin dans mon champ de vision, je constate qu'il est au téléphone sur son perron et qu'il semble agité. Il a l'air furieux et marche nerveusement malgré la canne qui le ralentit, les sourcils froncés et la bouche pincée. Vu la distance, je distingue uniquement des bribes de sa conversation.

— Tu ne peux pas me faire ça. Je… non ! Qu'est-ce que je vais devenir ?

Je fais demi-tour le plus discrètement possible, décidant très logiquement que ce n'est pas le moment de le déranger, même pour le remercier de s'occuper de mon jardin désastreux. Je remarque malgré tout la beauté de sa pelouse, les massifs de fleurs de toutes les couleurs et un autre lopin de terre où poussent des légumes gigantesques. Léonard a bien des talents cachés, on dirait. Je perçois encore quelques mots, dont « toute ma vie ici… hors de question », puis je crois qu'il raccroche rageusement. Que lui arrive-t-il ?

Mettant ma curiosité de côté, je rentre à la maison, salue Coco et Chichi qui se courent après sur la terrasse, enfin Coco volète et Chichi bondit, et rejoins ma mère dans la cuisine, des questions plein la tête.

Le lendemain, je suis inquiète. Le sachet de la boulangerie est toujours posé près de moi, il est dix heures et demie passé et toujours pas de Léonard en vue. Qu'est-ce qu'il fiche ?

À 11 heures, je n'y tiens plus : j'abandonne mon ordinateur et mon roman en cours, qui n'avance pas, pour me rendre chez lui. Je le trouve assis sur les marches de son perron, fixant ses mains, la mine préoccupée, le front encore plus plissé que d'habitude. Il ne lève même pas les yeux quand je m'assieds à ses côtés et que j'entame la conversation : :

— Qu'est-ce qui ne va pas ? Vous vous êtes engueulé avec un bigorneau ?

— Qu'est-ce que vous êtes drôle.

Il laisse passer une seconde avant de compléter :

— Avec un dragon serait plus juste.

À mon tour de patienter quelques secondes pour qu'il poursuive, mais il ne développe pas. Je dépose le sachet et demeure ainsi quelques instants à le regarder, espérant qu'il s'ouvre à moi. Mais il reste fermé comme une huître. À ma plus grande surprise, il finit par ouvrir la bouche pour me demander :

— Je sais que vous aimez les livres. J'ai de vrais trésors là-dedans. Vous aimeriez les récupérer ? Je dois m'en débarrasser et j'aimerais qu'ils soient accessibles à tous, gratuitement. La plupart de ces romans sont des éditions originales que j'ai collectionnées tout au long de ma vie. Certains sont même dédicacés et valent une petite fortune…

— Pourquoi souhaitez-vous me les donner ?

Il ronchonne :

— Là n'est pas la question. Pouvez-vous les prendre et les rendre disponibles à qui souhaiterait les lire ?

— Vous ne voulez pas les vendre ou les offrir à votre fille ?

Il s'agite et je vois que mes questions l'agacent.

— Bon, vous les voulez, oui ou non ?

— Oui, oui bien sûr. Je les prends. La maison est grande et l'immense bibliothèque est quasiment vide. Il y a de l'espace pour les ranger.

— Bien, alors venez avec votre mère dès cet après-midi et on se mettra au travail pour les transporter chez vous. À 14 heures tapantes. Et ne soyez pas en retard.

Sur ces belles paroles, il se lève et me laisse seule sur les marches.

Je n'en apprends pas plus.

À l'heure dite, je suis devant chez lui avec ma mère, des sacs et des cartons.

Léonard nous ouvre pile à l'heure et nous fait signe de le suivre. Arrivées dans le salon, nous restons ébahies à contempler les livres du vieux monsieur pendant de longues minutes avant que ma mère, avec son tact habituel, ne plisse les yeux et commence son interrogatoire :

— Pourquoi est-ce que vous voulez vous débarrasser de ces bijoux ?

Je la sermonne :

— Maman, arrête ! Ça ne nous regarde pas.

Je fais mine d'être outrée par son audace mais, poussée par mon étonnement et ma curiosité, je reprends là où ma mère s'est arrêtée. Décidément, il n'y en a pas une pour rattraper l'autre :

— C'est vrai que c'est plutôt surprenant de votre part de nous laisser vos romans les plus exceptionnels…

Il ronchonne pour nous remettre à nos places, comme il sait si bien le faire :

— Je ne vous les laisse pas « à vous », je les laisse à la communauté.

— Mais pourquoi ?

— Parce que !

— Vous allez bientôt mourir, c'est ça ?

— Maman !

J'ai envie de pouffer mais devant l'air grognon de Léonard, je m'abstiens. D'ailleurs, il pousse un profond soupir et nous tourne le dos pour commencer le travail. Je connais suffisamment bien mon papy râleur pour savoir que je n'obtiendrai pas plus d'explications de sa part. Nous commençons donc à empiler les précieux ouvrages dans les cartons et, malgré le beau temps et l'ambiance plutôt bon enfant, je remarque le pas traînant de

Léonard. Chaque fois que nous emportons un carton, ses épaules s'affaissent davantage et il semble se ratatiner.

Nous passons l'après-midi à faire des allers-retours entre *La Malouinière* et sa maison. Les derniers romans qu'il manipule semblent être les plus précieux et il les dispose avec soin dans les cartons. Je les charge comme je peux et l'entends m'avertir avec son tact habituel :

— Attention ! Ne les portez pas comme des sacs à patates, ils sont fragiles.

Je lui tire la langue.

— Je vous ai vue !

— À votre âge, je suis sûre que la vue est altérée.

— Vous avez songé à une carrière de comique ?

Si ma mère l'a entendu, elle risque de le prendre au sérieux et de me pousser à entreprendre une vie de comédienne. Ça ne manque pas et je l'entends crier depuis la bibliothèque :

— Le cours Florent est très réputé, paraît-il ! Je jette un regard noir à mon voisin :

— Merci, Léonard.

— De rien, c'est un vrai plaisir.

— Faites gaffe, je tiens vos romans les plus précieux entre mes mains. Ce serait dommage, vraiment dommage que je les utilise pour caler des portes.

— Vous ne feriez jamais ça.

— Il ne faut jamais dire jamais !

Le lendemain, je suis épuisée après avoir passé une partie de la soirée et de la nuit à feuilleter et ranger les merveilles de Léonard. Ne coupant pas au rituel matinal, je me suis levée pour faire quelques achats et reviens de la boulangerie légèrement en retard. J'ai juste le temps de m'installer dans le jardin que j'aperçois mon voisin franchir le portail et s'avancer vers moi en claudiquant.

Il s'assied sur la chaise en face de moi et fait une grimace en se tenant la hanche comme si elle le faisait souffrir de plus en plus. Il tient le roman que je lui ai prêté et je remarque qu'un marque-page est glissé à la moitié du livre. Il grogne :

— Celui-ci, vous me l'avez filé parce qu'il y a un vieux ronchon qui s'appelle Léon, n'est-ce pas ? Avouez !

J'éclate de rire.

— Vous me prêtez de bien mauvaises intentions, Léonard. Je vous l'ai confié parce que j'ai adoré la plume de l'autrice et son histoire. Vous devez l'apprécier aussi pour avoir lu la moitié aussi rapidement.

— C'est pas mal. Mais ça ne vaudra jamais un Flaubert ou un Zola.

— Chaque époque a sa littérature. J'aime beaucoup Germinal d'ailleurs. La lutte des mineurs, les inégalités, la révolte de Lanthier, ça m'a retourné le cœur.

— Cette œuvre est sombre, politique et symbolique. Elle reste d'ailleurs terriblement d'actualité avec la lutte des classes. Notre société ne vaut pas mieux et a toujours les mêmes travers. Bref, vous seriez folle de ne pas l'aimer.

Je souris à ce terme qui semble me coller si bien à la peau.

— Folle, je dois l'être quand même un peu.

Une seconde passe. Un cri de mouette transperce le silence.

— Ma fille a vendu la maison. Nous la lui avions léguée avec ma femme comme avance sur héritage pour réduire l'imposition sur la donation. Mais aujourd'hui, elle veut m'envoyer en maison de retraite parce qu'elle pense que je n'arrive plus à me débrouiller tout seul et que je dois être surveillé, tout ça à cause d'une malheureuse bougie que j'avais oubliée et qui a brûlé un rideau. Les nouveaux propriétaires débarquent dans trois semaines. Et j'avoue avoir quelque peu ignoré les lettres du notaire…

— Et où se trouve cette maison de retraite ?

— Dans le trou du cul du monde. À Brest.

— Alors ce n'est pas vraiment le trou du cul du monde.

— Pour moi, c'est encore pire. J'ai passé toute ma vie à Saint-Malo. J'aime cet endroit, mes remparts, les commerçants que je côtoie tous les jours et qui prennent le temps de discuter avec moi, la plage du Sillon dont je connais chaque grain de sable. J'ai vécu avec ma femme les plus beaux moments de ma vie, ici. Tout le monde dit que les souvenirs restent à tout jamais dans notre cœur, mais c'est faux. Moi, j'oublie. J'oublie son odeur. J'oublie son sourire. Alors, j'ai besoin de refaire nos balades, de partager mon kouign-amann avec Mathilde, de me réveiller dans mes draps et de serrer sa chemise de nuit préférée pour m'endormir. Pour ne pas la perdre complètement. Si je quitte cet endroit, elle disparaîtra définitivement et je n'aurais plus qu'à me laisser mourir. C'est ici que je souhaite finir ma vie. Nulle part ailleurs. Mais il semblerait que je n'aie pas le choix cette fois-ci.

— C'est pour cette raison que vous nous avez laissé vos livres ? Parce que vous devez quitter votre maison ?

Il acquiesce, il a l'air tellement triste que ça me fend le cœur. Je ne sais pas ce qui me prend. Vraiment pas. Mais je m'entends lui dire :

— Vous n'irez pas. J'ai une idée. Laissez-moi jusqu'à demain et je vous retrouve ici, à la même heure que d'habitude !

Folle.

Je dois être complètement folle pour avoir eu les deux idées qui viennent de me traverser l'esprit. Je bondis de mon siège et laisse un Léonard perplexe sur sa chaise de jardin.

Après avoir passé l'après-midi à discuter avec ma mère et à lui exposer mes grandes idées, je l'ai sentie très légèrement sceptique. Je crois qu'elle a eu du mal à y croire. Moi aussi, d'ailleurs. Elle m'a d'abord regardée comme si j'étais débile et que je parlais rachasap (j'ai pourtant fait des efforts pour être claire), puis elle a jeté des coups d'œil à Chichi et à Coco qui n'étaient pas d'un grand secours, avant de me sourire et de hurler que j'étais géniale. Enfin, elle n'a pas vraiment dit que j'étais géniale, elle a seulement dit que mon projet l'était. Mais, on ne va pas chipoter, hein.

Depuis ma grande révélation, elle n'arrête pas de courir dans la maison pour mettre de l'ordre et tout préparer. Moi, je la laisse faire, j'ai d'autres chihuahuas à fouetter dans l'immédiat. Je me prépare à sortir pour rejoindre Amandine dans un bar de la ville et termine de me coiffer dans la salle de bains quand je vois la tête de ma mère apparaître dans l'entrebâillement de la porte. Elle plisse les yeux et me fixe comme si elle tentait de lire dans mes pensées. Je la connais par cœur :

— Tu sais que ça ne marchera pas, hein ?

— Je suis sûre qu'en essayant encore… Attends, je me concentre !

— Maman, je t'ai déjà dit mille fois que…

— Si ! Attends, tu es en train de penser que je n'arriverai pas à deviner ce que tu penses !

— Faux, je pensais au mot « antépénultième ».

—Anté… quoi ?

—Tu sais quoi ? Tu n'auras qu'à fouiller dans le dictionnaire pour t'occuper pendant que je boirai un verre avec Amandine. Tiens, pendant que tu y es, cherche aussi « nycthémère ».

—Quoi ? « Nique ta mère » ? Mais je sais très bien ce que ça signifie et sache, ma chérie, que je ne t'ai pas élevée pour que tu insultes ta génitrice. Non, mais, je…

Je me dirige vers la sortie et lui jette un dernier regard en lui souriant de toutes mes dents tandis qu'elle s'énerve toute seule :

—Je t'aime, maman ! À tout à l'heure !

Je l'entends qui râle encore quand je ferme la porte et que je prends l'allée menant à la plage. J'ai désormais hâte d'être à demain pour parler à Léonard, même si la perspective de boire un verre avec Amandine me réjouit. Ça fait des lustres que je ne suis pas sortie entre filles, que je n'ai pas papoté de tout et de rien avec une délicieuse insouciance. Depuis bien trop longtemps à vrai dire. Je me suis oubliée, comme j'ai tenté d'oublier le drame de ma vie. Bizarrement, j'ai bien mieux réussi l'entreprise en ce qui concerne ma petite personne. Les souvenirs, eux, sont toujours là.

Juste après être entrée dans les remparts, j'aperçois la jeune boulangère attablée à *La Buvette des bains*, un bar à huîtres qui jouxte la plage ou la mer selon les horaires de la marée. Elle porte une robe à fleurs et un gilet qui mettent en valeur ses formes généreuses et se lève en souriant à mon approche :

—Je suis contente que tu sois là ! Je crois que ça fait des lustres que je ne suis pas venue ici et que mon mari me pousse à sortir pour m'amuser un peu.

—Il a bien raison, ton mari, ça m'a tout l'air d'être un mec bien. Nous nous asseyons et elle me regarde, l'air heureux.

— J'ai de la chance de l'avoir. J'ai l'impression qu'il pense toujours à moi avant de penser à lui. Et toi, alors, j'ai remarqué que tu portes une alliance, tu es mariée ?

Naïvement, je n'avais pas anticipé ce type de confidences et je sens mon cœur cogner contre ma cage thoracique alors que je pense à Lionel, à nos débuts, à nos cinq années passées ensemble, à nos si beaux projets. Puis au désastre.

Le serveur nous interrompt, me laissant un répit bienvenu qui me permet de réfléchir à ma réponse. Amandine me demande :

— Qu'est-ce que tu veux prendre ?

— Une bouteille de vin blanc et des huîtres ?

Elle détourne un instant le regard et je perçois une légère hésitation.

— Prends ce qui te fait plaisir, je vais commander un jus de pommes et un peu de terrine, je n'ai pas très faim.

Le serveur nous sourit :

— Quelques huîtres pour la petite dame avec du vin blanc, du pâté et un jus de pommes ? OK, mes jolies, je vous amène tout ça.

Je me dis que, pendant ces dix secondes, elle aura peut-être oublié la question qu'elle m'a posée juste avant mais, d'après son regard, ce n'est malheureusement pas le cas. Pas grave, j'ai préparé un argumentaire en béton pendant que le serveur répétait notre commande. Je suis prête ! Je sais parfaitement ce que je vais dire. Enfin, en théorie. Et juste dans ma tête.

Tout va bien avec Lionel. Il est à Paris pendant que j'écris mon roman en Bretagne. On s'appelle tous les jours juste pour le plaisir de s'entendre, on s'aime, on est heureux, on nage en plein bonheur ! En vrai, je m'entends répondre :

— Mon mari est à Paris.

Je suis fière de moi. Je fais une pause.

— Enfin, ce n'est plus vraiment mon mari.

Oups, ça se gâte. Qu'est-ce que je suis en train de dire ? Je marque une nouvelle pause.

— Enfin, en fait, je n'en sais rien. Je crois qu'on fait une pause. Ça n'allait plus très fort entre nous...

Raté.

— Oh flûte, je suis désolée. Mais qu'est-ce qui s'est passé ? Enfin, n'hésite pas à me dire si je suis trop indiscrète, je ne suis pas vraiment connue pour ma retenue.

Notre commande arrive et je bois mon verre d'une traite. Je tente de sourire, mais mon ventre se contracte, je suis tout à coup gelée à l'intérieur, paralysée par ces sentiments d'échec, de tristesse, de dégoût, de désamour, de perte et d'abandon. Je déglutis.

— Oh beaucoup d'usure et le quotidien qui nous érode, qui nous abîme. On n'arrivait plus à se soutenir dans nos projets. Je crois qu'on a perdu l'enthousiasme de nos débuts.

La mort.

La tristesse infinie.

La pente qu'on n'arrive pas à remonter.

— Tu l'aimes encore ?

— Oui, toujours. Malgré tout, il reste l'homme de ma vie.

Je suis étonnée par la rapidité de ma réponse. J'ai parlé sans réfléchir et le constat est plutôt violent : j'aime toujours Lionel mais j'ai l'impression d'avoir égaré le mode d'emploi de notre couple. Amandine pose délicatement sa main sur la mienne et je lis dans ses yeux toute la bienveillance du monde :

— Alors, tout n'est pas encore perdu.

Je lui souris à mon tour et avale mon second verre de vin. Heureusement, j'ai toujours eu l'alcool plutôt joyeux, et le début de la conversation est vite oublié. Amandine est une femme pleine de vie, positive et sa compagnie est vraiment agréable.

Notre discussion dévie rapidement sur Léonard, sur les habitants de Saint-Malo et les amis de la boulangère, mais nous sommes interrompues quand une cliente semble faire un esclandre à quelques tables de la nôtre :

— Hubert, je veux encore du vin ! Sers-moi une bouteille de champagne.

— Je ne suis pas sûr que ce soit une bonne idée, je...

— J'ai toujours de bonnes idées. Et surtout, j'ai soif, très, très, TRÈS soif! Et j'ai de quoi payer ! J'ai des sous ! Du vrai argent, hein. Je suis quelqu'un de bien, moi. Je ne trahis pas ceux que j'aime, je ne suis pas une menteuse. Et je t'aime beaucoup Ebour...

— Hubert...

— Hubouur !

Amandine écarquille les yeux quand elle reconnaît la femme :

— Merde, ça alors, c'est Vivianne.

— Nooooon !

Je me dévisse le cou pour apercevoir la grande femme maigre qui se lève derrière moi et qui titube en direction du bar, sûrement pour tenter de convaincre le gérant de lui servir encore à boire. Je retourne la tête vers Amandine en fronçant les sourcils :

— La pauvre, elle est dans un sale état. Ses affaires ne s'arrangent pas ?

— Elles empirent même. Sa librairie est définitivement fermée maintenant et l'espace a été loué à une autre enseigne. En fait, ça faisait des mois qu'elle ne payait plus le loyer faute de moyens.

— Ça doit être dur de savoir qu'un autre commerce va s'installer là aussi rapidement…

— Oui et je trouve cette histoire vraiment curieuse parce qu'elle aurait dû avoir un peu plus de temps pour remettre son commerce sur pied. Mais la gérance, et donc son mari, a reçu une offre par un repreneur qu'elle n'a pas pu refuser. Les dirigeants de la nouvelle enseigne voulaient reprendre très vite les locaux. Et pour couronner le tout, la copine chez qui elle squattait depuis des mois l'a mise dehors. Elle en a eu marre de s'occuper d'une dépressive qui buvait et râlait tout le temps.

— Merde. Et tu sais ce qu'elle va faire ?

— Je crois qu'elle a loué une chambre sur Airbnb, mais c'est une solution provisoire. Elle ne tiendra pas longtemps… tout le monde connaît ses difficultés financières. Je la plains, elle n'a pas eu une vie facile.

— C'est-à-dire ?

— Sa mère a quitté le foyer quand elle était enfant et elle a disparu dans la nature. Quant à son père, il l'a toujours traitée d'incapable. Apparemment, il la tenait pour responsable de la fuite de sa femme et il s'est acharné sur elle. Elle a grandi dans un climat malsain. J'imagine que sa rupture avec Marc a ravivé toutes ses fragilités psychologiques. Elle a beaucoup de mal avec le rejet et l'abandon…

— Les blessures mettent parfois toute une vie à cicatriser.

Vivianne est revenue vers le mur surplombant l'eau, sans bouteille de champagne, et se tient à la corde qui domine la mer comme si c'était une bouée de sauvetage. La marée est particulièrement forte ce soir et le vent qui souffle en rafales produit des vagues de plus en plus impressionnantes. À mon avis, la libraire devrait s'éloigner de sa corde. Mais non. Vivianne s'y accroche comme une moule à son rocher dans la baie de Saint-Brieuc et ce qui devait arriver arriva.

Celle-là, je l'ai vue débouler depuis une bonne dizaine de mètres et même les vieux troncs plantés dans le sable pour briser les lames n'ont rien pu y faire. La vague s'écrase contre les pierres avec une force inouïe, elle remonte le long du mur et déborde dans une gerbe d'eau salée qui vient s'écraser sur Vivianne. Celle-ci avait commencé à chanter avec un certain enthousiasme *« Tous les cris, les SOS »* comme un message destiné à l'au-delà. Nous entendons un hurlement ressemblant à un « hiiiiii » s'élever malgré le boucan des vagues et du vent et hésitons entre le rire et les larmes devant le spectacle tragi-comique de Vivianne détrempée par la marée. Notre table a échappé à la lame. Nous nous regardons et pensons apparemment la même chose en même temps. Quand je propose à Amandine d'aller la chercher, celle-ci est déjà debout.

L'air hagard, Vivianne n'oppose aucune résistance au moment où nous l'attrapons gentiment chacune par les bras pour la mener à notre table. Nous déposons nos gilets sur ses frêles épaules pour lui éviter de se transformer en femme de glace et commandons un thé pour la réchauffer. Amandine demande doucement :

— Vivianne, ça va ?

— Mais où est le champagne ? Je l'ai pourtant commandé à Hénur. Bour. Habar. Oh, je ne sais plus. Vous prendriez bien un peu de champagne avec moi ?

— Tiens, Vivianne, bois ça, ça te réchauffera.

Amandine lui tend le thé chaud et la libraire en sirote quelques gorgées en faisant la grimace.

— Ce champagne n'est vraiment pas terrible. Où est Hubsch, il faut que je lui dise !

J'hésite à éclater de rire mais je me contente de lui répondre :

— Hubert, et ce n'est pas du champagne mais du thé noir.

Vivianne me lance un regard sceptique avant d'observer le liquide sombre, de tremper son doigt dedans, de le retirer tout aussi rapidement, certainement à cause de la chaleur, et de le goûter. Elle plisse les yeux :

— Vous êtes qui déjà ?

— Lucie, je suis venue vous acheter des livres l'autre jour, vous vous souvenez ? J'écris aussi des romans.

— C'est bien ça, les livres sauvent des gens vous savez.

Comme pour s'en assurer et pour vérifier mes dires, elle trempe à nouveau son doigt dans le thé et l'amène à sa bouche. Puis, elle gémit, réalisant sa méprise.

— C'est nuuul, c'est pas du champagne. Ma vie est nulle. Je suis nulle. Je veux mourir. Je vais retourner vers la corde, attendre une vague et ouvrir la bouche.

— Ouvrir la bouche ?

— Pour me noyer.

Ah, on dirait que je ne suis pas la seule. Amandine fronce les sourcils et force Vivianne à boire encore un peu de son thé.

— Allez, Vivianne, finis ton thé et on va te ramener chez toi. Il faut que tu te reposes et que tu dormes un peu. Tout ira mieux demain.

— Chez moi ? Si je croise ce petit con de Marc avec sa PP, je les assomme.

Intriguée, je regarde tour à tour les deux femmes avant de demander :

— « PP » ?

Elles se jettent un regard et lancent d'une seule et même voix :

— Pieuvre-pouffiasse !

Nous éclatons de rire, même Vivianne pouffe et se tient le ventre, secouée de soubresauts. Mais, à peine quelques secondes plus tard, elle se fige à nouveau et balance tristement, comme frappée de plein fouet par la réalité :

— Je n'ai plus de chez moi. C'est lui qui a gardé la maison. Il avait tout prévu avec son contrat de séparation des biens ! Maintenant, je suis dans cette saleté d'Airbnb avec ma valise… et tous mes livres sont encore dans le stock de la librairie. Et je dois tout débarrasser d'ici un mois. Oh, je suis vraiment dans la merde ! Où est donc ce foutu champagne ?

Quand elle commence à hurler « Bébért » en jetant des coups d'œil au bar, nous voyons le serveur se planquer furtivement derrière le comptoir. Nous l'emmenons avec douceur et la raccompagnons à son adresse provisoire. Nous montons l'escalier avec elle et l'aidons à retirer ses vêtements trempés avant de la mettre au lit et de la quitter. Une fois arrivées devant la boulangerie, nous nous embrassons comme deux vieilles amies, reconnaissantes d'avoir chacune trouvé une précieuse confidente.

Ma mère dort déjà quand je franchis la porte de *La Malouinière*. Après m'être mise en pyjama, je me glisse sous les draps et je trouve un post-it sur mon oreiller :

Je savais bien que tu étais incapable d'insulter ta mère ! Je vais commencer mon nouveau nicthamère, nyctémère, nycthémère (la vache, comment ça s'écrit déjà ?) en allant au lit.

Je t'aime, fais de beaux rêves, ma chérie.

Je souris et, en me couchant, repense à Léonard, Amandine, Coco et Vivianne. Et je me demande dans quel joyeux bourbier je me suis fourrée en venant à Saint-Malo.

Chapitre 6 : la bibliothèque

En me réveillant grâce à Coco qui sautille sur mon lit (mais comment est-il arrivé là ?), j'ai une nouvelle idée.

— Coco, descends de là !

Le petit goéland me jette un regard courroucé, ouvre le bec pour lancer un cri aigu puis quitte mes draps pour voleter sur le rebord de ma fenêtre ouverte.

— Oh, pas la peine de le prendre comme ça, hein !

Vexé, il s'envole. Pas très loin apparemment, puisque j'entends ses petites pattes sur les lattes en bois du perron situé juste sous ma chambre.

Le projet que j'envisage commence à prendre de l'ampleur et je ne suis pas certaine d'y arriver. Surtout avec cette clique malouine de fortes têtes. Je sais qu'ils ont tous bon cœur, mais je suis aussi consciente qu'ils ont de sacrées tronches et des caractères bien trempés.

Ce matin, je dois d'abord parler à Léonard pour lui exposer mon plan. Après être passée à la boulangerie comme d'habitude, je l'attends dans le jardin, impatiente, le cœur battant la chamade. Je passe mon temps à jeter des coups d'œil dans l'allée, je me mets sur la pointe des pieds pour le guetter par-dessus les buissons du jardin, puis fais quelques pas vers la maison et reviens vers l'entrée. Cinq fois de suite.

À la sixième, j'aperçois la silhouette de mon petit vieux se dessiner au loin, je le vois boitiller, marcher toujours aussi vaillamment avec sa canne, s'arrêter parfois pour reprendre son souffle puis continuer.

Je stresse. Je sens mon souffle s'accélérer. Ma plus grande angoisse à ce stade ? Sa réaction. J'ai peur qu'il soit déçu par ma proposition.

Quand j'entends le grincement caractéristique de la grille du jardin, je retourne m'asseoir, l'air de rien, et ouvre mon ordinateur pour faire semblant de travailler.

— Votre écran est noir, vous venez de sortir votre ordinateur ? Vous êtes bizarre ce matin, qu'est-ce que vous mijotez ?

Je lève les yeux et affiche un air sérieux :

— Rien, je réfléchis.

— Ah bon, ça vous arrive ?

Je lui jette un regard noir.

Vous ne voulez pas vous asseoir au lieu de raconter n'importe quoi ? Il hésite, fronce les sourcils puis finit par tirer la chaise à côté de moi. Je l'observe se poser lentement sur son siège, la main appuyée sur la table pour assurer son équilibre et en profite pour le taquiner un peu :

— Vous avez peur ? Je vous sens inquiet ?

— Pas du tout. Je commence à vous connaître et je me demande quel lapin vous allez encore sortir de votre chapeau.

— Je n'ai pas de chapeau !

— C'est une expression !

— STOP, on arrête avec les blagues pourries ! J'ai des trucs importants à vous dire.

— Je sais, c'est pour ça que je suis là.

— Ah bon, ce n'est pas pour les viennoiseries ? Tant pis pour vous alors.

Je saisis le sachet de kouign-amann pour les éloigner de Léonard qui me regarde faire comme si je devenais de plus en plus débile. Il esquisse un grand geste qui englobe la table et mon sachet :

— Vous voulez bien arrêter ce cirque ?

Je m'apprête à répliquer avec une blague débile sur les animaux du type

« ce n'est pas à un vieux singe qu'on apprend à faire des grimaces » mais en voyant le coup d'œil mauvais qu'il me jette, je juge que la torture a assez duré pour mon petit vieux. Je lui dis d'un coup :

— J'ai eu une idée.

— Une seule ? Et vous n'êtes pas trop épuisée après toutes ces réflexions ?

— Ha ha, qu'est-ce que vous êtes drôle ! En fait, je me disais que vous pourriez… venir vous installer ici ?

— Quoi ?

Il s'étouffe. Je profite de sa toux pour lui balancer tout l'argumentaire que je prépare depuis hier :

— La maison est grande, vous auriez de l'espace et une grande chambre rien que pour vous. Cette solution vous permettrait de rester dans votre quartier, de ne pas trop changer vos habitudes et de continuer à côtoyer vos potes à Saint-Malo.

Il se renfrogne et grogne entre son dentier :

— Je n'ai pas de « potes ».

— Et Amandine et Mathilde ? Et les grains de sable de la plage du Sillon que vous connaissez par cœur ?

— Les grains de sable ? Il y a quand même quelque chose qui ne tourne pas rond chez vous. Vous avez pensé à consulter ?

— Je vais très bien, merci ! Et ce n'est pas la question, c'est vous qui m'avez parlé des grains de sable en premier.

Il me fixe avec attention pendant quelques secondes, se gratte la tête, pose un coude sur la table et finit par réagir à mon offre :

— En gros, vous me proposez d'habiter avec vous ? Votre goéland et… votre mère ? Vous voulez vraiment ma mort ? Avec vos caractères de cochon ?

— Nous n'allons pas rester éternellement dans la maison, vous savez. Ma mère habite à Paris et moi, euh, moi je ne sais pas exactement ce que je vais faire, mais j'ai encore le temps d'y réfléchir. Quoi qu'il en soit, vous pensez vraiment que vous serez mieux coincé dans une maison loin de Saint-Malo avec des dizaines de petits vieux comme vous ? Bonjour le cauchemar !

Il me considère et semble réfléchir intensément. J'en profite pour lever le doigt, capter son attention et ajouter :

— Mais ce n'est pas tout…

Il hausse un sourcil interrogateur, j'ai l'impression de voir tous les rouages de son cerveau s'activer. Je poursuis :

— J'aimerais vous demander une contrepartie. Enfin, plutôt deux à vrai dire…

— Je le savais ! Il n'y a jamais rien de gratuit avec vous ! S'il s'agit de courtiser votre mère qui se sent seule, vous pouvez toujours vous brosser, je ne suis pas un gigolo !

J'éclate de rire.

— Léonard !

Il pousse une sorte de soupir et ses épaules s'affaissent :

— Mourf.

Il m'observe, je devine qu'il pèse certainement les pour et les contre, réfléchit aux alternatives qui s'offrent à lui. Il finit par me demander :

— Qu'est-ce que vous voudriez que je fasse si je viens vivre ici ?

À ce moment-là, je sais que j'ai gagné et mes lèvres s'étirent en un grand sourire. Il est temps de lui parler du projet :

— Première chose, vous pourriez vous occuper du jardin. Cultiver quelques fruits, des légumes et faire pousser des fleurs. Vous auriez quartier libre, la pelouse est à l'abandon et l'espace est bien assez grand pour que vous en fassiez quelque chose. En plus, ça vous permettrait de rester en forme et de vous activer un peu histoire de ne pas perdre le peu de muscles qu'il vous reste.

Je lui laisse un instant pour intégrer l'information et je remarque un très léger sourire sur ses lèvres et ses yeux qui commencent à pétiller.

— Ça pourrait se faire pour le jardin. Quoi d'autre ?

Je prends quelques secondes pour choisir les bons mots. Il s'agite sur sa chaise :

— Allez-y, bon sang, vous me stressez.

J'inspire profondément et annonce d'un ton solennel :

— Bon, très bien. J'aimerais que vous deveniez le baby-sitter officiel de Coco. Il grandit vous savez et il aura bientôt besoin de quelqu'un pour s'émanciper, pour aller pêcher, pour éviter d'attaquer les touristes et pour apprendre à dire « bonjour ». Vous pourriez faire ça ?

— Vous êtes complètement dingue !

Je pince les lèvres pour me retenir de rire et laisse passer quelques secondes.

—Je plaisante, Léonard, ne vous énervez pas. En fait, j'aimerais ouvrir un espace de lecture libre… avec tous vos livres. Et installer des canapés à l'intérieur et dans le jardin pour créer des coins où les gens pourraient se poser tranquillement avec un livre. Vous pourriez vous en occuper, gérer les prêts, vérifier que tout se passe bien. Comme ça, vos romans seraient à disposition de la communauté comme vous le souhaitiez. Qu'est-ce que vous en dites?

—Une sorte de bibliothèque? On ne dirait pas comme ça mais… vous n'êtes pas si folle en fait.

—Oui, c'est ça, une sorte de bibliothèque. Merci. Et… je dois prendre ça pour un «oui»?

—Je n'ai pas vraiment le choix, non?

—Pas vraiment, non.

Je sens qu'il hésite à me demander quelque chose, je commence à le connaître, je sais qu'il n'osera jamais exiger de l'aide et j'anticipe en lui proposant:

—Si vous voulez, on pourra vous donner un coup de main pour déménager vos affaires.

—Si vous insistez…

Nous nous regardons en souriant.

L'après-midi même, nous commençons à transporter les cartons de Léonard dans ce qui sera sa future chambre au rez-de-chaussée de *La Malouinière.* Je ne lui ai pas dit que nous avions évité de le mettre au troisième à cause de son âge avancé, il nous aurait sûrement grondées en argumentant que sa canne était bien meilleure que nos propres jambes et qu'il pouvait même courir dans les escaliers. Par goût du défi (et pour nous embêter), il aurait bien été capable d'exiger de s'installer tout en haut. Et moi, je l'aurais retrouvé avec un fémur cassé quelques jours plus tard. Hors de question ! Il sera donc juste à côté de l'espace bibliothèque du salon et bénéficiera de sa propre salle de bains. Quant à moi, je garde la pièce « atelier d'écriture » puisque le projet du coin lecture pourrait bien amener de nouveaux auteurs en herbe à la maison.

Nous nous partageons le deuxième étage avec ma mère, ce qui nous laisse encore tout le troisième pour nos besoins. Sur ce dernier palier, il y a une chambre, une autre salle de bains et un bureau que j'ai investi pour écrire quand le temps ne me permet pas de le faire à l'extérieur. Ma mère et moi sommes plus que ravies de voir cette bâtisse revivre et s'animer à nouveau. Surtout avec un papy râleur qui n'a rien perdu de sa verve.

Alors que nous faisons le second trajet en déposant notre chargement dans le salon, il avise Chichi en train de faire le zouave et de courir comme une dingue derrière une mouche.

— Vous direz à votre goéland et à votre chihuahua de me laisser tranquille, hein ?

Je jette un coup d'œil au petit chien qui, langue pendante, a l'air de s'éclater comme jamais en sautant partout.

— Oh, ne vous inquiétez pas, ils n'aiment pas les vieux os… et ils ont tendance à fuir les personnes qui n'aiment pas profiter de la vie.

Il me fusille du regard et je lui balance un tout petit coup dans le bras après avoir posé mon carton sur le sol.

— Bon, vous voulez voir votre chambre où vous préférez râler sur le palier en regardant des mouches ?

Il grogne mais il acquiesce en me suivant dans le salon, sa canne produisant un petit cliquetis sur le parquet. J'aperçois Coco qui se cache derrière un canapé et pose ma main sur mes lèvres pour lui intimer le silence. Il penche la tête, l'air de comprendre et continue de fixer notre étrange procession sans bouger d'une plume.

Je m'arrête devant la future chambre de Léonard et me tourne vers lui d'un air théâtral :

— Vous êtes prêt ? Un… deux…

— Si vous me faites le coup du « deux et demi » et du « deux trois quarts », je vous préviens, je pars pour la maison de retraite.

— Je ne comptais pas le faire, je ne suis plus une gamine !

En fait, si, c'est exactement ce que je voulais faire. Je me retiens et lui souris tout de même en hurlant :

— Tadaaaam !

En début d'après-midi, alors qu'il s'affairait dans la pièce d'à côté, j'ai prétexté emballer des bibelots dans sa chambre. En réalité, j'ai subtilisé la photo de lui et de sa femme qui trônait sur sa table de nuit et j'en ai profité pour décrocher les tableaux qu'il avait au mur ainsi que les cadres avec ses photos de famille. Je les ai tous installés au même endroit dans sa nouvelle chambre pour lui faire une surprise.

J'ai également mandaté ma mère pour trouver le placard où il rangeait sa literie. Le but ? Qu'elle puisse filer en douce et changer les draps avec les propres affaires de Léonard.

Même s'il ne le montre pas, je sais que ce changement le bouleverse et que c'est un profond déchirement pour lui de quitter sa maison. Après tout, il s'agit tout de même du lieu de tous ses souvenirs. Son chez lui. Là où il a été heureux, là où sa femme et lui ont vécu leurs plus belles années.

J'ai senti son désarroi dans ses gestes, dans sa manière de caresser chaque objet qu'il arrachait à sa place pour le mettre dans un carton. Je l'ai entendu à ses soupirs et je l'ai deviné à son dos qui se voûtait et à ses lèvres qui se pinçaient quand il est retombé sur tous ces témoins de son passé, sur tous ces souvenirs chers à son cœur. Il s'est détourné de nous quand ses yeux sont devenus humides, a grogné et a trouvé un prétexte pour s'isoler dans une autre pièce.

Alors, quand j'ouvre enfin la porte de sa nouvelle chambre, je guette son expression pour y voir un peu de joie, un peu d'espoir, une lueur qui me dirait qu'il n'est pas si malheureux. Sa tête baissée jusque-là se relève, il entre dans la pièce et se fige un instant. Il écarquille les yeux, avance encore un peu, regarde autour de lui. Il tend le bras vers les cadres et les tableaux, les doigts tremblants, il les touche doucement, les caresse, puis il remarque la photo sur la table de nuit. Sous le coup de l'émotion, il s'assoit sur le lit et saisit le cadre pour le regarder.

Discrètement, je m'installe juste à côté de lui. Pour qu'il sente une présence. Mon épaule contre son épaule. Sans dire un mot.

C'est là que sa main vient serrer la mienne. Nous restons ainsi plusieurs secondes. Quand je vois les premières larmes rouler sur ses joues et son étreinte se relâcher, je le laisse seul pour qu'il puisse laisser libre cours à ses émotions.

Le transfert des affaires de Léonard nous prend un peu plus d'une semaine. Heureusement, ce début du mois d'octobre est relativement clément et la pluie nous a épargnés. Les gros meubles dont il ne veut pas seront donnés à Emmaüs, quant à nous, nous gardons plusieurs chaises, fauteuils, bibliothèques et tables pour installer les futurs coins lectures et disposer des étagères avec des livres dans différents endroits de la maison et du jardin. Aujourd'hui, c'est le branle-bas de combat et Amandine accompagnée de Vivianne et de Mathilde nous prêtent main-forte pour définir le concept de notre petite bibliothèque communautaire et commencer les aménagements.

Ce sont les seules personnes que nous avons décidé de mettre dans la confidence de ce projet bien particulier pour le moment.

— Franchement, cette idée est géniale, jubile Amandine en étudiant les romans qui se trouvent toujours dans les cartons en attendant d'être rangés.

Juste à côté d'elle, Léonard avale un morceau de far breton apporté par mon amie et observe les rayonnages d'un air revêche.

— Il faudra voir l'ordre des ouvrages. Pour que ce soit pratique, il faut les aligner par ordre alphabétique ou par thématique !

— Foutriquet, lance ma mère le plus discrètement possible.

— Oh la vieille chouette, ça va, hein. C'est vous, les foutriquets ! Incapables de faire les choses correctement.

— C'est moi que vous traitez de vieille chouette ?

J'interviens pour sauver les meubles (et les livres) avant que ça ne dégénère.

— Hé, vous deux, je ne veux pas de disputes entre vous !

Amandine, qui se marre dans son pull (elle essaie de se cacher mais tout le monde l'entend pouffer) en ajoute une couche :

— Les contraires s'attirent, non ? Si ça se trouve, dans un mois, vous tombez amoureux et vous ne pourrez plus vous passer l'un de l'autre.

—La blague. Plutôt mourir d'une crise d'hémorroïdes, répond Léonard.

—Moi vivante ? Jamais ! renchérit ma mère. Plutôt crever en mâchant toutes les pages d'un dictionnaire !

—Ça vous ferait le plus grand bien pour apprendre des mots intelligents. Vous pourriez peut-être les intégrer plus facilement ainsi !

Mathilde qui caresse tranquillement Chichi nous regarde, désespérée :

—Franchement, vous ne donnez pas envie de devenir adultes. Je me demande où vous allez chercher tout ça.

Je tente de ne pas partir dans un fou rire incontrôlable même si Amandine, elle, ne se prive pas et ajoute même « j'adore cette gamine, je veux la même » ce qui fait sourire Mathilde de toutes ses dents, et reprends les choses en mains en ordonnant :

—Amandine et Léonard, vous pouvez ranger les livres par ordre alphabétique ou par thème dans les étagères du salon. Maman, Mathilde et moi, nous allons aménager le jardin et débarrasser la cabane.

La cabane en bois du jardin est assez spacieuse pour qu'on y installe quelques fauteuils tout en gardant un coin pour ranger les outils de Léonard. Je m'y cachais souvent quand j'étais enfant et que j'avais besoin d'un peu de tranquillité, j'aimais l'odeur du bois et de la terre, la douce chaleur qui y régnait les soirs d'été quand le vent soufflait dehors. C'était mon abri, je m'y sentais bien et en sécurité loin de ma famille (mais pas trop quand même). Adolescente, j'y avais même fumé mes premières cigarettes avant de me faire engueuler par mon grand-père qui avait vu de la fumée sortir sous la porte.

On commence par jeter tout le fouillis accumulé avant de faire le ménage puis de monter les étagères et d'installer les fauteuils. Dans un coin, je dispose de grands coussins moelleux sur le sol pour que les gens puissent s'étendre et lire confortablement. J'adore déjà cet endroit, on s'y sent bien et, grâce au soleil qui réchauffe ce local, la température est agréable.

À la fin de la journée, les romans sont rangés et notre bibliothèque commence à prendre forme. Maintenant, il faut penser à communiquer sur le lieu pour que le public puisse venir le découvrir. Il est vrai qu'il existe plusieurs bibliothèques à Saint-Malo, mais aucune ne peut se targuer d'avoir autant de trésors et d'éditions originales. Après discussion avec la troupe, nous avons décidé d'organiser un événement pour inaugurer cet endroit. Au programme ? Des activités et un apéritif.

Amandine a gentiment proposé de s'occuper gratuitement du buffet en arguant que ça lui fera de la pub, Léonard a suggéré de faire une lecture croisée de Marc Levy et de Flaubert avec Mathilde (ça promet de détonner) et ma mère gérera les boissons. Moi, à la demande générale, je suis chargée de préparer un discours et de créer des affiches, des flyers et d'ouvrir une page Facebook pour la communication. Léonard, qui m'a assuré avoir une pension de retraite et des économies grâce à l'héritage touché à la mort de sa femme, a payé pour la fabrication du matériel de promotion. Ouverture prévue dans trois semaines. Nous trépignons tous comme des gamins, Léonard en tête.

Mais, c'est toujours quand on baisse la garde et qu'on profite d'un instant de répit, qu'on oublie qu'il suffit de peu, de très peu pour sombrer à nouveau. D'un instant. De quelques secondes.

Il suffit d'un message pour nous replonger dans nos abîmes les plus profonds et les plus douloureux.

Chapitre 7 : l'inauguration

C'est en allant au lit que j'aperçois l'icône sur mon téléphone : j'ai reçu un message.

De Lionel.

Mon ventre se serre à la simple lecture de son prénom. Et ce n'est pas la suite de son SMS qui va m'aider à me calmer. Bien au contraire.

Lucie, j'ai trouvé un carton avec des affaires de Coline au fond de ton armoire. Je croyais qu'on avait décidé ensemble de tout donner pour aller de l'avant. Je ne savais pas que tu avais gardé tout ça… qu'est-ce que tu veux que j'en fasse ?

Dans un réflexe de survie, je jette le téléphone au bout du lit, comme si ce geste allait effacer les lignes que je viens de lire. La souffrance, elle, se répand déjà comme un poison dans mes veines. Elle m'étouffe, elle me bouffe. Elle me vide.

Elle me tue.

Je m'agite, je me relève, je ne sais pas quoi faire pour la faire taire, pour l'étrangler avant qu'elle ne m'étrangle.

Mon pouls s'emballe et je décide de descendre au salon pour m'occuper. Et boire.

J'ouvre tous les placards à la recherche de quelque chose de plus fort que du cidre, n'importe quoi tant que ça se boit vite et que l'ivresse est proportionnelle à la douleur. Après avoir fouillé et mis un beau désordre en sortant de la vaisselle, je respire enfin en trouvant une bouteille de rhum. Comme je ne suis pas certaine d'avoir vraiment envie de boire du rhum cul sec, je prends la bouteille de cidre qui se trouve dans le frigo et m'installe au salon.

Je me sers un premier verre en mélangeant les deux alcools et sursaute en entendant un bruit. Je manque avoir une crise cardiaque quand je vois Léonard ouvrir la porte de sa chambre, en robe de chambre bleue à fleurs, une canette à la main. Il s'approche de mon canapé en fronçant les sourcils :

— Je me disais bien que j'avais entendu du bruit.

Mes yeux se posent sur sa main et sa canette et, vu l'heure tardive, je ne peux m'empêcher de m'exclamer :

— Vous buvez vraiment du Red Bull avant d'aller au lit ?

À son tour, il examine ce qui se trouve sur la table basse et grommelle :

— Vous buvez vraiment du rhum avec du cidre avant de dormir ?

— OK, un partout.

— Je peux vous demander pourquoi vous buvez de l'alcool ?

— Non.

— Je peux rester avec vous ? Parce que, comme je ne vous sens pas très en forme, j'aimerais éviter que vous retourniez faire trempette. J'ai la flemme de sortir.

Il s'assoit à côté de moi, saisit un plaid qui se trouve au bout du canapé et l'arrange doucement autour de mes jambes repliées en tailleur. Puis, il saisit la bouteille de rhum et en ajoute un peu dans sa canette de Red Bull.

— C'est pas mauvais en fait. Vous voulez goûter ?

— Vous voulez ma mort ?

— Vous la voulez déjà toute seule, non ?

— Léonard, vous devenez lourd.

— Ce sont les secrets qui sont lourds, vous savez. Tellement lourds parfois qu'ils vous empêchent d'avancer. Et ça fait du bien, parfois, d'en parler pour se libérer un peu…

— Moi, parler ne me libère de rien. Parler, ça me fait mal.

Un silence s'installe et je porte le verre à mes lèvres pour avaler une longue gorgée du mélange plutôt douteux. La brûlure de l'alcool me fait grimacer sous les yeux d'un Léonard qui semble soucieux et qui ne lâche pas le morceau :

— Ce soir, vous aviez pourtant l'air en forme. Qu'est-ce qui vous a mis dans cet état ?

Je lui jette un regard mauvais et il réagit :

— Oh ça va, c'est sobre comme question.

— Un message de mon… J'hésite un instant.

— De votre ?

— Mon mari ?

— C'est une question ? Ce n'est pas votre mari ?

— La situation est un peu compliquée.

— C'est pour ça que vous êtes triste ?

— Non.

— Il faut vraiment vous tirer les vers du nez ce soir, hein. Vous êtes plus bavarde d'habitude.

Un silence encore plus long et épais s'abat sur nous deux. Les mots que j'entends ensuite ne me semblent pas sortis de ma propre bouche.

— J'ai perdu ma petite fille.

Si le silence précédent était déjà pesant, celui-ci ressemble à du béton. Dense, suffoquant. Dans un souffle, je parviens à ajouter :

— Il y a un peu plus d'un an et demi. Et je ne me le pardonnerai jamais. Je ne guérirai jamais. Je n'oublierai jamais…

— Personne ne vous demande d'oublier. Mais je pense que les gens qui vous aiment vous demandent de vivre.

— Le problème, c'est que je ne sais pas si j'en ai encore envie.

— « Envie »… en vie. C'est amusant quand on y pense.

— Hilarant, oui.

— Je n'ai jamais connu la douleur de perdre un enfant mais, quand ma femme est décédée, j'ai eu envie de mourir aussi. Plus rien n'avait de sens, plus rien n'avait de goût ou de couleurs. Ma vie se jouait en noir et blanc. Ou plutôt en gris, tout le temps. À l'intérieur, moi, j'étais tout noir. J'étais mort moi aussi…

Mon verre est vide, le sien aussi, alors Léonard nous ressert et je lui en suis reconnaissante, même si je ne dis rien. Nous buvons, je fais tourner le liquide dans mon verre, je l'avale en même temps que je ravale ma tristesse. J'ai envie de la vomir, je la sens remonter de mon cœur à ma gorge, je sens son aigreur et sa brûlure. Les mots s'étranglent dans ma gorge quand je le questionne avec un infime espoir :

— Comment on s'en remet ? Comment on remet de la couleur dans tout ce bordel ?

— Oh, grâce à l'amour de ceux qui nous aiment. Mais, je sais que parfois ça ne suffit pas et que le noir à tendance à revenir très vite et à effacer toutes les autres couleurs…

Nous restons ensemble, enveloppés dans le silence. Je réfléchis aux paroles de Léonard et me demande si l'amour possède vraiment ce pouvoir-là. Encore faut-il parvenir à ne pas rejeter ceux qui nous aiment…

Dans quelques minutes, les habitants de Saint-Malo vont arriver pour découvrir la bibliothèque. C'est le branle-bas de combat et mes amis s'activent afin que tout soit prêt à temps pour l'inauguration. Léonard teste le micro du salon avec Mathilde en chantant une chanson de *La Reine des neiges* (pitié enlevez-moi ce « libérée, délivrée » de la tête), Amandine et ma mère se démènent derrière les grandes tables installées dans le jardin pour terminer de dresser le buffet et moi, je répète mon discours en relisant mes notes. Toute cette agitation couplée au stress de la soirée m'empêche de penser au message de Lionel que je ressasse depuis trois semaines et à toutes ces émotions qui sont remontées depuis.

Je n'ai pas fermé l'œil de la nuit, je suis épuisée et à fleur de peau. J'ai l'impression que la moindre contrariété pourrait me faire exploser ou me faire fondre en larmes, alors j'essaie de me nourrir des ondes positives qui émanent de ce projet de bibliothèque et de ces gens qui m'entourent et que j'aime.

Chichi et Coco collent Amandine comme si elle était devenue leur raison de vivre, leur gueule et leur bec ouverts, prêts à attraper la moindre miette qu'elle laisserait tomber. Elle les regarde en faisant de grands gestes :

— Arrêtez d'être dans mes pattes, vous deux ! Je ne peux pas faire un pas sans tomber sur un tas de plumes ou sur une boule de poils.

— Miiiiiih !

— Wouf !

J'observe la scène, attendrie, le petit goéland et le chien la contemplent avec des yeux emplis d'amour. Du coup, je viens lui prêter main-forte en attrapant Chichi et en la portant à l'intérieur. Coco semble aux prises avec le pire dilemme de sa courte vie et il ne cesse de jeter des regards à la nourriture puis au Chihuahua. Suivre sa pote ou baver devant les préparations de la boulangère ?

— Coco, tu te décides ? Allez viens, Amandine ne te donnera rien. Et ce n'est pas parce qu'elle ne t'aime pas, mais parce qu'elle n'a pas le droit de te nourrir.

En effet, à Saint-Malo, on risque une amende si on est surpris en train de donner à manger aux goélands. La plupart du temps, ils se servent d'ailleurs tous seuls et n'hésitent pas à fondre sur les sandwichs ou les crêpes des touristes, souvent surpris par la rapidité et la brutalité de l'attaque. C'est vrai que de voir trois goélands qui vous volent dessus, becs grands ouverts, ça peut surprendre.

Quand les premiers invités arrivent, nous sommes prêts à les recevoir, le buffet est dressé, ma mère est au garde-à-vous et n'arrête pas de remplir des verres de vin et de jus d'orange parce que « on ne sait jamais, ma chérie, ils auront peut-être tous très soif », Léonard se cache pour boire un Red Bull parce que « vous savez, Lucie, j'ai besoin d'énergie à mon âge pour supporter toute cette agitation » et moi, j'avale presque cul sec un premier verre pour me donner du courage. Vivianne est l'une des premières à venir nous féliciter « parce que, vous savez Lucie, les livres, c'est la vie » et elle propose même de nous aider en passant des plateaux parmi les habitants pour leur proposer à boire. Je la surveille tout de même du coin de l'œil pour m'assurer qu'elle ne siffle pas à elle seule la cargaison entière de chouchen.

Tout se déroule à merveille. Pendant plus d'une heure.

C'est quand nous voyons le mari de Vivianne franchir le portail main dans la main avec une jeune femme que nous sentons le grabuge arriver. Ou le désastre, c'est selon. Amandine jette des regards circulaires pour évaluer les risques et me prévient :

— Oups, ça se gâte…

De mon côté, je tente de repérer Vivianne qui a disparu avec quelques plateaux et l'aperçois sur ma droite. Elle boit son cinquième chouchen, son verre dans une main et la bouteille dans l'autre, et semble en grande conversation avec un coin du buffet. Tu t'occupes de Marc et moi de Vivianne. On va essayer de les maintenir chacun dans un coin opposé du jardin. OK ?

— OK, me répond Amandine en fonçant ni une ni deux vers le couple, un plateau de nourriture dans les mains.

Je m'approche de la libraire, me place de telle sorte qu'elle regarde du côté de la maison et commence à lui faire la conversation.

— Alors, Vivianne, comment allez-vous ?

Bon, ce n'était peut-être pas la question la plus pertinente du monde vu la situation, mais je suis trop occupée par l'observation assidue d'Amandine en train de faire goûter toutes ses spécialités à Marc et à sa copine pour faire mieux que ça. Vivianne regarde tristement la bouteille qu'elle tient et me la montre :

— Ce champagne a un drôle de goût. On dirait qu'il y a du miel dedans.

Toujours distraite par la scène qui se déroule plus loin, je ne fais qu'à moitié attention à ce qu'elle me répond. Le problème, c'est que Marc a tout mangé et que je vois Amandine me lancer des regards paniqués quand le couple s'approche de l'entrée de la maison.

—Lucie, je t'aime bien mais j'ai l'impression que mon problème de miel te passe par-dessus la tête.

—Ma tête ? Qu'est-ce qu'elle a ma tête ?

J'ai envie de lui dire que si quelqu'un ici n'a pas toute sa tête, c'est un peu elle tout de même, mais je suis trop obnubilée par Marc qui se trouve maintenant à moins de cinq mètres derrière nous. Comme je note à peine qu'elle vient de passer au tutoiement.

—Je crois que je vais le goûter à nouveau pour être sûre. Tu en veux ?

Elle incline la bouteille mais plus rien n'en sort, elle est vide. J'ai l'impression qu'elle va éclater en sanglots.

—Y en a pluuuuus. Mais tu sais quoi ?

On dirait qu'elle veut me confier un secret et elle se penche vers moi pour murmurer :

—Je vais aller en rechercher !

—Surtout pas ! Le miel, c'est... c'est... super mauvais pour les gens comme toi qui... aiment le champagne.

Cette conversation n'a vraiment ni queue ni tête.

—Je ne comprends pas du tout ce que tu dis.

—Moi non plus, ça tombe bien.

Elle plisse les yeux, elle doit penser que je suis folle. C'est là que tout s'accélère.

—J'ai soif de miel, me dit Vivianne.

Avant que j'aie le temps de la retenir, elle me contourne pour se rendre au buffet et je la perds de vue au milieu des invités. Je fais la grimace quand j'entends un cri aigu :

—Hiiiiii !

Puis un hurlement grave :

— Haaaaa !

De toute évidence, Vivianne et Marc viennent de tomber l'un sur l'autre.

— Qu'est-ce qu'il fait là, lui ?

— Qu'est-ce qu'elle fait là, elle ?

Je les repère et interviens avant qu'ils se tapent dessus avec les plateaux à proximité :

— C'est-à-dire qu'il y a une bonne partie des habitants et des commerçants des remparts ce soir, c'est normal que vous vous croisiez à un moment ou à un autre. Mais comme tout le monde est de bonne humeur, on va tenter de le rester, hein ?

Marc fait des grands gestes, ses yeux lancent des éclairs quand il crache :

— De bonne humeur ? Je ne suis absolument pas de bonne humeur quand je la vois, elle ! Et vous savez pourquoi ? Elle est complètement folle, elle a dormi dans le cabanon du jardin pendant trois nuits avant qu'on la remarque puis, quand on lui a demandé de partir, elle a saccagé la pelouse avec du papier toilette et de la salade.

Pourquoi tout ce qui me vient à l'esprit à cet instant est de demander :

— Pourquoi de la salade ?

Cela dit, je me pose vraiment la question. Trop occupé à hurler, Marc ne relève même pas (tant mieux pour moi) :

— Elle a même tagué le mur extérieur de la maison ! Elle a écrit « va te faire foutre avec ta PP » ! Qu'est-ce que ça veut dire « PP » ?

Nous échangeons un regard avec Amandine mais nous ne jugeons pas bon de lui délivrer cette information. Amandine fait ce qu'elle peut avec ce qu'elle a pour calmer le jeu et utilise les moyens à sa disposition :

— Une mini galette-saucisse, Marc ?

Comme par réflexe, il saisit ce que lui propose la boulangère, l'enfourne dans sa bouche, mais ça ne l'arrête pas. Il continue, hors de lui, crache des morceaux de saucisse sur nous et menace en la pointant du doigt :

— Je n'en peux plus, je vais appeler les urgences psychiatriques.

Il est tout rouge, je me demande s'il va exploser.

— Soit vous vous occupez d'elle, soit je la mets à l'asile ! Comme nous sommes encore mariés, j'ai le droit de la faire interner d'office et je ne vais pas me priver.

— Jamais tu m'entends ? Je n'irai jamais ! J'ai des amies formidables qui ne me laisseront pas tomber pour sortir avec des petites jeunettes (cela me semble une remarque parfaitement pertinente puisqu'il n'y a, en effet, aucune chance que ça arrive), contrairement à toi. Elles sont gentilles et fidèles et elles, elles me prêteront volontiers leur cabanon pour que je dorme dedans.

Sur le perron, je remarque Léonard et Mathilde qui me font des signes pour me prévenir qu'ils sont prêts. Cela me donne le prétexte parfait pour mettre un terme à l'esclandre et annoncer à tout le monde :

— Mes amis, il est temps de rejoindre le salon pour assister à la lecture croisée de Levy et de Flaubert. Je vous invite à entrer, suivez-moi !

La copine de Marc semble tellement mal à l'aise qu'elle le tire par la manche et le persuade de quitter l'inauguration à mon plus grand soulagement. Les esprits échaudés se tranquillisent et le calme revient alors que nous rejoignions l'intérieur.

Léonard se lance dans la comparaison de l'usage de la description chez les auteurs classiques et les auteurs contemporains, selon lui « sans jugement de sa part » mais je vois bien que ses yeux brillent quand il illustre ses propos avec des exemples de *Madame Bovary*. Droit comme un « i » dans le salon, ses lunettes sur le nez, il fait de grands gestes avec sa main gauche au fur et à mesure qu'il parcourt le texte :

— « Emma se sentit, en entrant, enveloppée par un air chaud, mélange du parfum des fleurs et du beau linge, du fumet des viandes et de l'odeur des truffes. Les bougies de candélabres allongeaient des flammes sur les cloches d'argent ; les cristaux à facettes, couverts d'une buée mate, se renvoyaient des rayons pâles ; des bouquets étaient en ligne sur toute la longueur de la table, et, dans les assiettes à large bordure, les serviettes, arrangées en manière de bonnet d'évêque, tenaient entre le bâillement de leurs deux plis chacune un petit pain de forme ovale. » Quelle beauté ! s'exclame-t-il, les larmes aux yeux.

Je ne suis pas convaincue par sa prétendue impartialité, mais même moi je souris devant l'implication du vieil homme. Mathilde, elle, est chargée de lire les extraits de *Et si c'était vrai…*, elle se racle la gorge, sérieuse, et commence sa tirade :

— « Regarde bien tout ce qu'il y a autour de nous : de l'eau en colère, de la terre qui s'en moque, des montagnes dominantes, des arbres, de la lumière qui joue à chaque minute de la journée à changer d'intensité, de couleur, des oiseaux qui voltigent au-dessus de nos têtes, des poissons qui essaient de ne pas être la proie des mouettes tout en chassant d'autres poissons. Il y a toute cette harmonie de bruits, celui des vagues, celui du vent, celui du sable ; et puis au milieu de ce concert incroyable de vies et de matières il y a toi, moi et tous les êtres humains qui nous entourent. Combien d'entre eux verront tout ce que je viens de te décrire ? Combien réalisent chaque matin le privilège de se réveiller et de voir, de sentir, de toucher, d'entendre, de ressentir ? Combien d'entre nous sont-ils capables d'oublier un instant leurs tracas pour s'émerveiller de ce spectacle inouï ? Il faut croire que la plus grande inconscience de l'homme, c'est celle de sa propre vie. »

Les plus passionnés se lancent dans un débat intéressant, mais je dois malheureusement les interrompre après une demi-heure d'échanges car le programme est encore chargé !

L'animation est suivie par un petit atelier d'écriture sur la description puis par la visite guidée, assurée par moi-même et par mon papy râleur, de la bibliothèque, du coin atelier d'écriture, puis des différents espaces lecture du jardin. Les gens ont l'air enthousiaste et saluent tous notre initiative, Léonard rayonne (enfin, il ne faut pas exagérer, il sourit de temps en temps, mais je le connais suffisamment pour savoir qu'il est content), Mathilde est fière de sa performance et Amandine a conquis de nouveaux clients avec sa pâtisserie.

Tous réunis à nouveau dans le jardin, il est temps de sabrer le champagne pour fêter l'ouverture de notre lieu et remercier tous les invités ainsi que mes amis qui se sont investis. Je porte un toast en levant ma coupe :

— Merci infiniment à vous tous d'être venus ce soir. Merci à Léonard sans qui cette bibliothèque n'aurait jamais existé, à ma mère pour son soutien, à Mathilde évidemment pour son enthousiasme et sa performance et merci à Amandine. Depuis mon arrivée, tu as toujours été là pour m'écouter, me soutenir et m'apporter ton aide précieuse. Tu es devenue une amie et je te remercie mille fois pour tout !

— Merci à toi, Lucie, d'être la belle personne que tu es. Bravo à toi et à vous tous pour cette magnifique initiative. À ta santé ! Et si tu m'autorises à garder la parole encore deux petites secondes, je voulais vous annoncer à tous une nouvelle !

Elle lève son verre.

C'est là que je vois qu'elle tient un verre d'eau et qu'elle a posé la flûte de champagne sur le buffet. Son mari la couve d'un regard tendre et amoureux, ce regard que je connais si bien, ses yeux pétillent, son sourire me fait péter à la gueule leur bonheur à venir.

Mon ventre se crispe.

Et c'est dans un certain brouillard que je l'entends poursuivre :

— Une excellente nouvelle en fait. Mon mari et moi…

Elle lui adresse un sourire éclatant et lui serre la main un peu plus fort :

— … nous attendons notre premier enfant. Je suis enceinte !

Chapitre 8 : la descente

Le reste de la soirée se déroule dans ce même brouillard. Je fais bonne figure mais quelque chose a implosé en moi.

Ma mère et Léonard ont évidemment remarqué mon trouble et ils essaient maladroitement de me parler. Je les évite, comme j'évite Amandine. Je n'ai même pas eu la force de la féliciter, c'était trop dur et j'ai préféré me retrancher dans l'atelier d'écriture au rez-de-chaussée de la maison avec une bouteille de champagne que je bois au goulot. J'attends une seule chose : que tout le monde parte pour que je puisse m'enfermer dans ma chambre et ne plus voir personne. Mais, un dernier rebondissement me force à faire encore un effort. Ma mère toque doucement à la porte, je la sens empruntée et légèrement inquiète :

— Ma chérie, je sais que ce n'est pas le moment de te déranger et que tu as envie d'être seule mais… Vivianne a disparu. Je l'ai entendue hurler « j'ai peur des bébés chiens » quand Chichi lui a léché le pied, puis elle est partie en courant. On l'a cherchée dans toutes les pièces et dans le jardin, mais elle reste introuvable.

— Mais… Chichi n'est pas un bébé chien. Bref… vous avez regardé dans les caisses de champagne ?

— Lucie, enfin !

— Je crois que je sais où elle est.

Je me lève, sors et me dirige instinctivement vers la cabane. Évidemment, c'est là que je la retrouve, profondément endormie, ronflant dans les coussins avec une bouteille de champagne serrée contre elle.

Léonard a sorti une lampe de poche et a apparemment inspecté tous les alentours, accompagné de ma mère :

— J'étais sûr qu'elle était là, je vous avais pourtant bien dit qu'une cabane ne ronflait pas, Annick !

— Ne me faites pas croire qu'avec ces vieux appendices qui vous servent d'oreilles, vous avez entendu du bruit. Vous n'êtes vraiment pas crédible.

Comme on ne peut décemment pas laisser Vivianne dans le jardin, je compte l'installer dans la dernière chambre libre de *La Malouinière* au troisième étage pour cette nuit. Le petit problème ? Il faut la porter jusque-là. Et, même si elle n'est pas lourde, je n'y arriverai pas toute seule. Impossible de la réveiller, ça fait trois fois que je la secoue et qu'à part grogner « champagne », elle ne bouge pas d'un pouce. Tout ce que j'espère, c'est qu'elle ne me vomisse pas dessus pendant le transport. Je passe la tête à l'extérieur pour demander :

— Je vais avoir besoin d'aide pour la porter à l'intérieur. Maman, tu me donnes un coup de main ?

Léonard s'insurge en brandissant sa lampe de poche :

— Je ne suis pas encore totalement impotent que je sache !

— Vous comptez la porter comme un bébé sur votre hanche en plastique ? Non, parce que je me disais qu'avec votre canne, ça risquerait d'être plutôt compliqué. Si vous y tenez vraiment, je vous la laisse, faites-vous plaisir.

Je lui tends le bras d'une Vivianne amorphe, mais il ronchonne :

— Oh, je proposais ça pour aider, moi, c'est tout.

Je le fusille du regard et ça lui suffit pour s'écarter, je ne suis vraiment pas d'humeur à plaisanter et il doit le sentir. Nous la traînons tant bien que mal dans les escaliers, la bordons dans le lit sans manquer de lui donner un vieux tee-shirt. Je mets également une grande bouteille d'eau et des cachets d'aspirine sur la table de nuit, elle en aura bien besoin quand elle émergera de son coma.

Une fois que c'est fait, je m'enferme dans ma chambre et je me couche avec la ferme intention de me laisser mourir.

Je ne sais plus si nous sommes le jour et la nuit. J'aimerais ne plus penser, ne plus réfléchir, oublier Amandine et son annonce de grossesse. Chaque fois que j'y pense, j'ai l'impression qu'un couteau s'enfonce dans mon ventre pour taillader mes entrailles, j'ai envie de hurler mais plus un son ne sort de ma bouche. Il pleut.

Les jours passent et se ressemblent dans cette brume mentale accentuée par les médicaments que j'ai commencé à avaler comme des bonbons. Anxiolytiques. Somnifères. Un cocktail que j'agrémente de pensées noires et de goût de mort.

Ma mère a fait plusieurs tentatives d'approche qui se sont toutes soldées par des échecs. « Tu devrais sortir un peu, ma chérie. S'il te plaît. Essaie de manger quelque chose. Je m'inquiète pour toi. Est-ce que tu veux aller voir quelqu'un ? » À part des grognements peu engageants, elle n'a reçu aucune réponse. Elle est même venue me voir pour me dire que je manquais à Coco et qu'il me cherchait partout dans la maison sans plus de résultat. Ensuite, elle a essayé de me motiver en me parlant d'écriture et en m'engageant à poursuivre la rédaction de mon roman « je le sens bien celui-ci, ce sera un best-seller, tu devrais le continuer, tes personnages ne te manquent pas ? » Une seule personne me manque.

Et c'est un fantôme.

D'habitude, l'écriture représente mon salut, mon échappatoire, mon bonheur. Là, je m'en contrefiche comme de mes premières socquettes.

Léonard aussi s'y est mis. Il m'a laissé *Du côté de chez Swann* et *Madame Bovary* devant la porte de ma chambre avec un petit mot manuscrit « pour remettre un peu de couleurs » mais je suis trop fatiguée pour lire ou pour faire un effort, je n'arrive plus à leur faire plaisir et à jouer le jeu de la vie.

Je ne sais plus quel jour nous sommes quand j'entends des chuchotements dans le couloir. D'ailleurs, je crois qu'on vient de frapper trois petits coups contre le bois, mais je n'en suis même pas sûre. C'est quand je vois la porte s'entrouvrir et que j'aperçois la tête de Léonard que je me rends compte que je n'ai pas rêvé. Apparemment, ma mère est là aussi puisque je l'entends lui chuchoter :

—Allez-y, peut-être qu'avec vous ça marchera. Essayez de la faire parler un peu, ça pourrait lui faire du bien. Allez !

—Mais, je…

Je perçois un léger « boum » et je devine que ma mère l'a poussé pour qu'il franchisse définitivement le seuil. Il avance péniblement, à croire qu'il a peur et qu'il marche encore plus lentement que d'habitude. Je ne l'ai jamais entendu parler aussi doucement :

— Lucie ?

Je le coupe dans son élan, la tête dans l'oreiller :

— C'est pas la peine d'essayer Léonard. Mais merci quand même.

— Je vous ai apporté un Red Bull, je me suis dit que ça vous aiderait peut-être à retrouver un regain d'énergie. Ça marche plutôt bien avec moi…

Il pose la boisson sur ma table de chevet et attend, tout penaud.

— Je peux m'asseoir ?

— Non.

— Je suis vieux et fatigué, vous savez.

— Arf, Léonard, pitié. Vous n'avez rien de mieux à faire ?

— Non. Alors, je vais attendre tranquillement ici, le temps que vous sortiez cette colère et cette tristesse qui vous rongent en me les confiant.

— Ça fait combien de temps que vous répétez cette phrase toute faite avec ma mère ? Mais qu'est-ce que vous voulez que je vous dise ? Je ne veux pas parler, pas manger, pas boire de Red Bull. Je veux seulement dormir.

— Puisque ça vous intéresse, je répète cette phrase toute faite comme vous dites depuis hier soir. Vous ne faites que ça, dormir.

— Oh ça va les reproches, hein !

— Lucie, on a besoin de vous, nous. La bibliothèque aussi. Il y a de plus en plus de monde.

— Je suis certaine que vous vous débrouillez très bien. Personne n'a besoin de moi. Je me sens vide. Inutile. Vous avez déjà ressenti ça ? Ce sentiment que le monde se porterait bien mieux sans vous ?

— J'imagine bien que l'annonce d'Amandine vous a secouée, mais les gens d'ici ont vraiment envie de vous voir et de vous remercier pour tout ce que vous faites. Ils tiennent à vous… comme nous.

— Ça ne vous ressemble pas d'être aussi sentimental, Léonard. Laissez-moi encore quelques jours pour digérer tout ça, d'accord ?

Lui donner un léger espoir est la seule stratégie que j'imagine payante pour qu'il me laisse tranquille. Je ne me trompe pas puisque, quelques minutes plus tard, il quitte enfin ma chambre, l'air un peu apaisé, et je me rendors.

La salve suivante ne tarde pas à arriver et, le lendemain matin, ma mère entre dans ma chambre, vient ouvrir ma fenêtre « pour aérer et donner de l'oxygène à mon cerveau afin qu'il fabrique de nouveaux neurones » (elle est inspirée aujourd'hui) et se poste à côté de ma tête en me fixant (j'ai ouvert un demi-œil pour vérifier). Je me demande quel stratagème elle va tester aujourd'hui et la réponse ne se fait pas attendre davantage puisqu'elle enchaîne d'une voix rapide :

— Ça fait cinq jours que vous n'êtes pas sorties à part pour aller aux toilettes. Ni toi ni Vivianne. Dis, tu ne veux pas aller voir comment elle va ? Avec Léonard, on n'ose pas entrer dans sa chambre. Et on a un peu peur qu'elle soit morte.

J'enlève le duvet que je m'étais mis sur la tête pour lancer d'une voix pâteuse :

— Morte ? Vous ne dramatisez pas un peu par hasard ?

— Je te jure, on ne l'entend même pas respirer. S'il te plaît, viens juste jeter un petit coup d'œil. Tu pourras te recoucher après si tu y tiens vraiment.

Je grogne, donne quelques coups de pied pour me dépêtrer des draps, m'étire de tout mon long avec cette curieuse sensation que mes membres sont à moitié morts et inutilisables, puis enfile un vieux peignoir. Sous l'œil inquiet de ma mère, je franchis enfin le seuil de ma chambre.

— Je suis fière de toi, ma chérie, tu n'imagines pas comme ça me fait plaisir de te voir debout.

Je suis prise d'un affreux doute en grimpant l'escalier et me retourne pour poser la question qui me brûle les lèvres :

— Attends, Vivianne est vraiment là-haut ou c'est encore l'une de vos stratégies débiles pour me faire bouger de mon lit ?

— On n'est pas aussi vicieux !

— Mon cul, oui !

— Lucie !

Devant chez Vivianne, je retrouve Léonard, l'oreille collée contre la porte, les yeux fermés. Je n'y crois pas, il dort ! Ma mère lui donne un coup de coude dans le bras ce qui le fait sursauter et écarquiller les yeux.

— C'est pas moi !

Qu'est-ce qui lui prend encore ? Ma mère renchérit en fronçant les sourcils, l'air méfiant :

— C'est pas vous « quoi » ?

Je resserre mon peignoir autour de ma taille en leur intimant l'ordre de se calmer, je n'ai pas le temps d'investiguer plus loin sur les crasses qu'ils se font l'un à l'autre.

— Chuuut, taisez-vous, j'aimerais écouter.

Je colle à mon tour l'oreille contre la porte mais n'entends aucun bruit filtrer.

—Vous êtes sûrs qu'elle est encore là-dedans ?

Tous les deux acquiescent et Léonard questionne :

—Qu'est-ce qu'on fait ? Lucie, vous n'avez pas envie d'aller lui toucher le bras pour voir si elle bouge encore ?

—Vous êtes fou ! Et si elle est vraiment morte ? Je serai traumatisée à vie à cause de vos conneries.

—Lucie, me réprimande ma mère.

Je réfléchis. Il doit bien y avoir une solution pour faire réagir Vivianne sans entrer dans la pièce. Tout à coup, j'ai une idée :

—Maman, tu sais où est Chichi ?

—Sur mon lit.

—Tu peux l'appeler ou aller la chercher ?

Ni une ni deux, ma mère revient avec le petit chihuahua dans ses bras et lui caresse tendrement la tête.

—Qu'est-ce que tu comptes faire de ma Chichi ?

—Tu m'as bien dit que Vivianne avait eu peur d'elle le jour de l'inauguration ? Eh bien, si on fait entrer Chichi dans sa chambre, ça devrait assez logiquement provoquer une réaction, non ?

—Ma chérie, tu es un génie.

J'entrouvre la porte et fais entrer le petit chien dans l'antre de la libraire.

—Voilà. Dans quelques secondes, on devrait être fixés et savoir si Vivianne est morte.

J'ai du mal à croire que j'ai vraiment dit ça. Avec mes doigts, je fais un décompte silencieux en regardant tour à tour ma mère et Léonard et articule « un… deux… trois ».

—Miiiiiiiiiiih !!! Pas le bébéééééé chien !

— Voilà, vous avez votre réponse. Elle n'est pas morte !

S'il leur fallait une autre preuve, ils l'ont eu la seconde d'après, quand Vivianne, l'œil affolé et le cheveu hirsute, ouvre, en culotte et vieux tee-shirt pour courir dans le couloir et foncer dans le jardin après avoir claqué la porte d'entrée.

Quelques jours plus tard, le soleil qui filtre à travers les volets fermés me donne envie de sentir ses rayons sur ma peau fatiguée. La douleur se tasse. Un peu. J'ai envie d'un café. Ça fait une semaine que je n'ai envie de rien alors les premières gorgées brûlantes que j'avale ont un goût de victoire. En me voyant dans la cuisine, vêtue d'autre chose que d'un vieux peignoir tout gris, ma mère me sourit et vient me prendre dans ses bras.

— Tout ira bien ma chérie, tout ira bien. Je suis tellement contente de te voir debout, tu as l'air d'aller mieux.

Coco marche d'un air pataud vers le plan de travail où nous discutons, sans faire très attention à nous, l'air perdu dans ses pensées puis, il s'arrête et me regarde comme s'il était étonné de me voir là. Il incline la tête, j'imagine qu'il souhaite vérifier sous un autre angle si c'est bien moi, semble percuter que oui, et pousse une succession de petits cris joyeux avant de bondir vers moi. Dès cet instant, il ne me lâche plus d'une semelle, à croire qu'il a peur que je disparaisse à nouveau, et me suit comme un vrai pot de colle. Une fois que je me suis assise avec mon café à la table du jardin, il volète sur mes genoux, s'installe en se dandinant et se serre contre moi. Je le grattouille sur la tête : il ferme les yeux, l'air heureux et je souris. Un sourire. Grâce à un petit goéland. Comme la vie peut être simple, parfois.

— Tu te prends pour un chat, mon Coco ?

Comme il ne bouge pas d'un millimètre, j'en déduis qu'il a dû s'endormir.

Je saisis alors le livre que j'ai pris avec moi et tourne les pages le plus doucement possible pour ne pas le réveiller. Le grincement du portail me tire de ma lecture et je réalise qu'il est l'heure du traditionnel retour de la boulangerie. Léonard arrive donc avec le même sachet que d'habitude et mon cœur se serre quand je pense qu'il a vu Amandine. Il semble deviner mon trouble en suivant mon regard et s'assied près de moi, l'air surpris de découvrir Coco sur mes genoux :

—Je ne vais pas vous demander pourquoi vous avez un goéland qui dort sur vos jambes.

—Merci bien.

—Par contre, Amandine s'inquiète beaucoup pour vous. Elle dit qu'elle a essayé de vous joindre… au moins dix fois, je crois. Alors, je lui ai raconté que vous étiez très malade depuis l'inauguration et que vous vomissiez dans tous les coins de la maison un truc verdâtre qui sentait les algues.

—Charmant, merci Léonard. Avec tous ces détails, je me demande si elle vous a cru, mais c'est gentil d'avoir fait diversion.

—Qu'est-ce que vous comptez faire ?

—Là tout de suite, lire.

Il me jette un regard noir puis fait la grimace et je sens qu'il est sur le point de ronchonner, je le devance en ajoutant :

—Ne vous énervez pas, j'ai très bien compris ce que vous vouliez savoir… le problème, c'est que je n'en ai pas la moindre idée. Je sais que ce n'est pas la faute d'Amandine et qu'elle ne mérite pas que je la traite comme ça et que je l'ignore. Mais, moi, ça me crève le bide cette histoire. Et après quoi ? Je vais voir son ventre et son bébé grandir ? Je devrais l'écouter me raconter les échos et les contrôles chez le gynéco ? J'arrive presque à gérer mon quotidien normalement parce que j'évite soigneusement tout ce qui me rappelle Coline et les enfants en général. Je fuis les femmes enceintes et les bébés, j'ai les larmes aux yeux quand je vois des poussettes et tout cet amour entre les parents et leur...

Ma voix se brise... je devrais être heureuse pour elle mais, pour le moment, je n'y arrive tout simplement pas.

— Alors, je crois que lire du Proust est déjà une excellente idée.

Nous nous sourions et je me plonge dans mon roman alors que Léonard s'attaque à *La Vérité sur l'affaire Harry Quebert* de Joël Dicker.

Quelques jours plus tard, Léonard conseille des ouvrages à une fille aux cheveux courts qui semble avoir à peine vingt ans. Ce n'est pas la première fois qu'elle vient, je l'ai déjà aperçue en train de lire dans tous les coins de la maison et de parcourir les rayons, avide de découverte. Elle m'a marquée avec ses grands yeux bleus et son air timide, il émane d'elle une fragilité et une sensibilité qui me touchent. Quand elle lit, elle a toujours le nez plongé dans un roman, elle semble à l'abri dans un monde imaginaire, le bonheur peint sur son joli visage. Je range des ouvrages quand Vivianne réapparaît. Elle se plante devant moi pour me raconter le plus naturellement du monde :

— J'ai essayé de dormir dans le musée historique mais ça n'a pas marché. J'ai testé le petit train touristique aussi mais les banquettes étaient trop dures et j'ai bizarrement aussi été virée. J'ai fini par me retrancher dans la remise où je stocke mes livres.

Mais tu sais quoi ? Dormir sur des bouquins, c'est vraiment pas confortable.

Comme elle a changé de tenue, j'imagine qu'elle devait avoir quelques affaires dans sa remise. Elle ne pouvait pas décemment rester en culotte !

— J'imagine. Mais, je me demandais… tu n'as pas envie de retrouver un job dans le domaine ? De conseiller à nouveau les gens pour qu'ils découvrent des livres ? Même si ce n'est pas ton propre commerce, il y existe des librairies ailleurs…

Voyant son air éberlué, je la prends doucement par le bras et la guide en lui disant plus comme une affirmation que comme une question :

— On va prendre un café au jardin pour discuter un peu ?

Évidemment, je ne peux pas laisser Vivianne vivre dans la rue et sans perspective de carrière, alors je prépare du café et l'emmène dehors pour trouver une solution avec elle. Elle a toujours l'air perdue dans son monde tandis qu'elle souffle sur le liquide chaud, les doigts serrés autour de la tasse. Je me mets à parler et elle me regarde enfin :

— Vivianne, est-ce que tu souhaiterais venir habiter ici, le temps que ta situation se stabilise ?

— Vivre ici ? Avec le bébé chien ?

— Ce n'est pas… bref, oui, c'est ça, si tu veux. Mais elle est parfaitement inoffensive et c'est toujours mieux que de dormir dans un cabanon de jardin chez ton ex. Ou sur des livres.

Elle semble en proie à une intense réflexion, avale une gorgée de café, et finit par me répondre :

— Je crois que tu as raison, je veux bien venir quelque temps. Et en ce qui concerne les livres… je les aime, tu sais, mais je ne me sens pas encore prête à m'en occuper. Bientôt… mais pas encore.

C'est curieux mais le fait qu'elle accepte ma proposition de s'installer à *La Malouinière* me rassure. Et me fait du bien. Je réalise que, peut-être, m'occuper des autres, c'est aussi une manière de m'occuper de moi.

Chapitre 9 : le projet de Vivianne

J'aime beaucoup Vivianne, mais depuis son arrivée, elle erre en permanence dans la maison telle une âme en peine. Comme elle ne prononce pas un mot et ne fait quasiment aucun bruit, elle me fait peur chaque fois que je la croise. C'est au moins la douzième fois que je sursaute cette semaine en la voyant passer l'encadrement de la porte avec sa chemise de nuit rose pâle. On se croirait dans un film d'horreur quand le fantôme passe derrière le héros. C'est flippant !

Ma mère décide de déclencher les hostilités et vient faire un point avec moi avant l'ouverture de la bibliothèque :

— Ma chérie, ce n'est plus possible. J'ai renversé au moins trois tasses et cassé plusieurs verres à cause de ta Vivianne qui passe et repasse comme un spectre dans les couloirs. Qu'est-ce qu'elle fait d'ailleurs à se balader comme ça ? Il faut lui trouver une occupation ! On a casé le vieux ronchon, maintenant on doit réfléchir et discuter avec elle. On ne peut pas continuer comme ça.

— Promis, la prochaine fois que je vois une apparition rose, je vais lui parler.

L'occasion se présente à peine quelques minutes plus tard quand j'entends ma mère hurler et un verre se briser. Il me suffit de faire quelques pas pour voir disparaître un voile rose derrière le canapé du salon.

— Vivianne ?

La silhouette se fige et la libraire se retourne lentement, les yeux écarquillés comme si elle était étonnée qu'on lui adresse la parole. Je profite de cet instant de stupéfaction pour m'approcher d'elle et entamer la discussion :

— Vivianne, tu ne t'ennuies pas à déambuler comme ça tous les jours ? Tu n'as pas envie de te trouver une occupation ?

— Une occupation ?

— C'est ça, une occupation.

Je me demande si elle connaît vraiment la définition de ce mot vu la façon dont elle me regarde. J'ai l'impression d'avoir dit « prolégomènes ». J'essaie de creuser la question et d'en savoir plus :

— Qu'est-ce que tu aimes faire ?

— Aime faire ?

— Tu comptes répéter tout ce que je dis ?

— Peut-être. Est-ce que ça pourrait être considéré comme une occupation ?

— Je ne crois pas, non. Réfléchis, il y a certainement autre chose qui te plaît.

Elle lève les yeux au ciel et plusieurs secondes s'écoulent, secondes pendant lesquelles je me demande si elle ne s'est pas endormie les yeux ouverts. Elle finit par redescendre sur terre pour me révéler :

—Je sais ! J'aime faire le ménage. Je pourrais faire le ménage ?

—Si tu veux ! C'est super de faire le ménage. À ce qu'il paraît, ça permet également de mettre de l'ordre dans sa tête. Je vais te montrer où on range les balais et tous les produits comme ça, tu pourras… euh… t'éclater.

—Génial !

Vivianne passe le reste de l'après-midi à observer minutieusement la balayette et à répertorier tout le matériel du placard.

Léonard, lui, passe beaucoup de temps au jardin et s'occupe d'un tout nouveau coin potager. Il retourne la terre avec minutie et a planté des semis d'ail, de choux, d'épinards, de mâche. Parfait pour les mois de novembre et de décembre. Il m'a expliqué l'importance de la patience, la terre qui doit respirer, le calendrier des récoltes. Je me demande si tous ces fruits et légumes vont vraiment pousser mais, avec sa main verte et sa passion, je ne me fais pas trop de soucis. Du moment que je ne m'en approche pas !

Parfois, je l'entends papoter tout seul, je perçois parfois le nom de Rosie, sa femme, et je pense qu'il lui parle en même temps qu'il encourage les graines à pousser.

Nous formons une troupe bizarre, mais la vie en communauté se déroule plutôt bien et j'en suis ravie. Vivianne range tout, tout le temps et un peu n'importe où. J'ai l'impression qu'elle a inventé un tout nouveau concept que je ne qualifierais pas d'ordre mais de « déplacement d'objets ».

Ce matin, je cherche partout le carnet dans lequel je consigne toutes mes notes pour mon roman, j'ai l'impression de devenir folle, j'étais certaine de l'avoir laissé au salon après avoir passé quelques heures sur la structure de mon récit. L'ancienne libraire a enfin troqué sa chemise de nuit contre de véritables vêtements mais a gardé la couleur rose, on dirait que ça luit fait du bien de vivre dans ce monde de douceur, dans cette couleur de l'enfance. Aujourd'hui, elle porte une robe vaporeuse avec des collants et un châle qui lui recouvre le nez. Tout en rose. Une vraie barbe à papa. Quand elle passe près de moi, le balai à la main et l'air affairé, j'en profite pour lui demander :

— Vivianne, est-ce que tu as vu mon carnet violet ?

— Oui, il était sur la table et je l'ai rangé.

— Peux-tu me dire où ?

— Dans les toilettes.

— Ah oui, c'est logique.

En fait non, ça ne l'est pas. Vivianne semble avoir perdu tout contact avec la réalité. J'aurais peut-être dû réagir avant ? Dans tous les cas, il est temps qu'elle se soigne et que je la pousse à accepter l'aide d'un psychiatre. Perdue dans mes réflexions, je pars récupérer le carnet et en profite pour aller tourner le petit panneau en bois que nous avons installé sur la porte et qui indique « la bibliothèque est ouverte » ou, à l'inverse, « la bibliothèque est fermée, revenez demain, les livres seront toujours là ». Sous la pluie, dans l'allée, j'aperçois une silhouette frêle qui tient un parapluie et qui fait quelques pas dans ma direction dès que j'ai tourné l'affichette. La personne avance, elle semble transie de froid, ses cheveux sont mouillés, c'est quand elle arrive à ma hauteur que je la reconnais. C'est la jeune fille aux cheveux courts et aux grands yeux bleus. Elle me sourit timidement, elle a l'air contente de pouvoir se mettre au chaud.

— Ça fait longtemps que tu attends ?

Je l'ai tutoyée naturellement. Peut-être à cause de son jeune âge, peut-être parce qu'elle pourrait être ma petite sœur, peut-être parce que, même sans la connaître, je la sens fragile et que j'ai l'impression d'ériger moins de barrières en la tutoyant. J'avise son regard méfiant, son attitude de repli, sa gêne et son hésitation à répondre. Quand je lui souris, elle semble prendre conscience que je ne représente pas une menace, se passe vigoureusement la main dans les cheveux pour les sécher, essuie ses pieds sur le paillasson et me répond d'une voix douce :

— Un petit moment. Chaque matin, j'attends un petit moment. Mais, j'aime bien cette attente, je me réjouis encore plus d'entrer comme ça. Léonard est là ?

— Dans la bibliothèque, comme d'habitude. Vas-y, je vais t'apporter une serviette pour tes cheveux et un thé si ça te dit, pour te réchauffer un peu…

— Merci, c'est gentil.

Elle entre, câline Chichi qui lui fait la fête comme à une vieille amie, caresse la tête de Coco qui n'est pas loin puis se dirige d'un pas sûr vers la bibliothèque. Quand je lui apporte sa boisson chaude, elle est déjà en grande discussion avec Léonard. Elle lui rend Les Misérables de Victor Hugo et mon petit papy lui tend La Délicatesse, un roman de David Foenkinos. Je souris de nouveau.

À peine suis-je installée dans le canapé, mon carnet près de moi et mon ordinateur sur les genoux que la sonnette retentit. Je pousse un soupir et me lève. Je n'aurais définitivement pas dû. J'ouvre la porte et tombe sur Marc qui souffle comme un bœuf, le regard noir. Je lui claque la porte au nez sans réfléchir. Est-ce que je peux faire comme si je ne l'avais pas vu ? Il sonne à nouveau. Logique. J'ouvre à nouveau. Il faut que je dise quelque chose là, non ?

— Bonjour, Marc.

— Vivianne est chez vous ?

— Je... pourquoi ?

— Dites-moi si elle est là ?

— Désolée mais je ne parle pas français !

— Quoi ?

— Non, rien. Qu'est-ce qu'il vous faut ? Un livre ?

— Arrêtez avec votre innocence feinte. Je sais qu'elle est là.

Évidemment, Vivianne apparaît derrière moi à ce moment-là et j'ai beau lui faire des gestes pour qu'elle aille se planquer, il est trop tard et elle s'approche tandis que Marc explique :

— Vous savez ce qu'elle a fait encore ?

Je secoue la tête :

— Est-ce que je dois vraiment le savoir ?

Il ne prend pas garde à ma réponse et enchaîne furieux :

— Elle m'envoie des lettres anonymes d'insultes et des colis. L'autre jour, j'ai reçu un paquet avec des moules pas fraîches, ça puait la mort. J'ai mis une semaine à faire disparaître l'odeur de la cuisine ! Cette fois, c'en est trop, j'appelle les urgences et je la fais interner de force.

Vivianne le regarde, elle fait la grimace alors qu'il pointe un doigt menaçant dans sa direction. Moi, j'hésite entre rire et pleurer, mais quand j'imagine le colis rempli de moules, je retiens un fou rire. Je tente de garder mon sérieux pour proposer à Marc :

— Et si Vivianne s'engageait à suivre une thérapie avec un psychiatre, vous accepteriez de la laisser tranquille ?

Il nous jette des regards méfiants.

— Si elle nous laisse tranquille et qu'elle s'engage à se faire soigner, pourquoi pas. Mais si je trouve encore une lettre, un paquet ou... une feuille de salade dans le jardin, c'est terminé. C'est bien clair ?

J'acquiesce.

— Très clair. Merci de votre compréhension.

Il s'apprête à tourner le dos mais une question demeure en suspens et, si je veux dormir la nuit, il faut que je la lui pose :

— Ah, au fait, Marc, comment avez-vous su qu'elle était ici ?

— Elle a noté l'adresse de l'expéditeur sur le colis.

Je fusille Vivianne du regard alors qu'elle se frappe le front en s'exclamant :

— Rhaaa, je savais que j'avais oublié de ne pas faire ce truc que je ne devais absolument pas oublier de ne pas faire.

— Vivianne, ta phrase est bizarre pour le coup.

— Mais non, c'est très clair ! Je m'étais dit que je ne devais pas écrire l'adresse de l'expéditeur. Puis, j'ai oublié ! Et je l'ai fait. C'est ballot. Mais, cela dit, je ne sais pas si j'ai vraiment envie de voir un psy, je crois que je n'en ai pas vraiment besoin. Et si c'était Marc et sa PP qui allaient voir un psy ?

Marc semble sur le point de s'étouffer sous le coup de la colère ou de la désinvolture de Vivianne, je ne sais pas trop. Quant à moi, je commence à m'inquiéter sérieusement. Il est temps d'agir. Pour arranger les choses et parce que j'ai vraiment peur que cette histoire dégénère, je plaide en faveur de Marc :

— Allez, Vivianne, dis oui. Tu n'as pas le choix. C'est le psy ici ou la clinique.

— Bon, d'accord. Pourquoi pas après tout.

— Parfait ! Marc, c'est bon pour vous ? On va s'occuper de trouver un psy à Vivianne et elle va arrêter d'envoyer des lettres. Je vous le promets.

Malgré le scepticisme que je lis dans ses yeux, Marc finit par partir. Vivianne va nettoyer la maison et moi, je me rends compte qu'elle ne peut pas continuer comme ça.

Je passe tout l'après-midi à réfléchir à ce qu'elle pourrait faire, je sollicite l'aide de ma mère et pars faire une longue balade avec elle sur la plage, puis nous traînons dans les cafés de Saint-Malo et notons dans un carnet toutes les idées qui nous viennent à l'esprit pour trouver un avenir à Vivianne. De toute évidence, elle s'ennuie et erre toujours sans but dans *La Malouinière*, il est temps de l'aider à reprendre sa vie en main. Et après plusieurs heures de réflexion, l'évidence nous frappe. Comment avions-nous pu passer à côté de cette idée ?

Nous rentrons dans la soirée et, dès la porte de la maison franchie, je monte et frappe chez Vivianne avec du thé et des petits gâteaux. Elle me lance un « entrez » et j'ouvre avec le coude, mes mains étant occupées à tenir un plateau, pour la découvrir en train de mettre des gants de ménage.

— Vivianne, j'ai beaucoup réfléchi : suite à ce qu'il s'est passé cet après-midi. Je pense que tu t'ennuies et que tu ne vas pas bien. On va te trouver de l'aide et un projet. Quelque chose en plus du ménage, je veux dire. J'ai ma petite idée… Tu as un peu de temps pour discuter là ?

Elle regarde intensément ses mains serrées dans les gants en plastique rose.

— Tu sais Lucie, j'ai conscience que ma passion pour le ménage est… disons obsessionnelle et bizarre. Mais je crois que c'est la seule activité qui me rassure et qui m'apaise. C'est le seul truc qui ne m'échappe pas et que je peux maîtriser tout en ayant l'impression de faire quelque chose d'utile. Du coup, je comptais nettoyer l'évier de la cuisine.

— L'évier de la cuisine ? Bien, mais tu sais, je crois que ça peut attendre un peu, tu l'as déjà fait ce matin. Et juste après le déjeuner. Je peux ?

Je dépose mon chargement sur le bureau et nous sers le thé avant de m'asseoir sur la chaise, lui laissant son lit si elle souhaite y prendre place. Mais elle reste debout, la tasse à la main, le petit doigt en l'air, avec un faux air de comtesse aux gants en plastique flashy. Elle demeure immobile comme une statue, pourtant elle semble curieuse de savoir ce que j'ai à lui proposer :

— Je me posais la question... comme tu avais un commerce mais qu'il a fait faillite, est-ce que tu as la possibilité de recommencer quelque part et d'ouvrir une nouvelle entreprise ? Ou c'est impossible ?

Elle cligne des yeux, avale une gorgée de temps en temps et réfléchit avant de me dire :

— Je dois d'abord attendre la décision du tribunal de commerce. Pourquoi ?

— Je m'étais dit qu'on pourrait lancer un coin librairie dans la bibliothèque... Quand tu te sentiras prête, évidemment. Tu pourrais déjà commencer par apporter et vendre le stock de livres qu'il te reste ? Ce serait envisageable ça ?

— Peut-être.

Son histoire de tribunal de commerce m'intrigue tout de même. J'ai besoin d'en savoir un peu plus :

— Vivianne, qu'est-ce que peut concrètement faire le tribunal et quand est-ce que tu obtiendras cette fameuse décision ?

Elle répond comme si de rien n'était :

— Oh, ils peuvent prononcer une interdiction de gérer qui peut durer jusqu'à quinze ans.

— Ah oui, quand même…

— Et je devrais recevoir leur décision en début d'année, janvier ou février peut-être.

— Bien. On pourrait peut-être commencer à réfléchir à notre petite librairie dès demain malgré le risque. Qu'est-ce que tu en penses ?

— Franchement ?

Elle me fait peur et mon cœur bat plus vite, je ne sais jamais à quoi m'attendre avec elle, mais elle poursuit :

— Je pense que c'est une excellente idée. Je pense que tu es une femme géniale qui a plein d'idées.

— Et… tu te sens prête à remonter en selle ?

— Je n'aime pas beaucoup les chevaux, mais si tu veux parler des livres, alors oui, je crois qu'ils me manquent. Beaucoup plus que je ne le pensais.

Je suis soulagée et lui souris en reprenant le plateau. Arrivée à la porte, au moment de dire bonne nuit à Vivianne, je me retourne et profite de notre moment de complicité pour lui poser une question qui me taraude depuis l'inauguration de la bibliothèque :

— Vivianne, pourquoi est-ce que tu as mis de la salade dans le jardin de ton ex-mari ? Du papier toilette, des œufs, des ordures, je comprends mais… de la salade ?

— De la salade ? Oh, parce que Marc a toujours détesté ça, il disait qu'on n'était pas des ruminants. Mais comme je trouvais son attitude très vache, je me suis dit que le choix de la salade était plutôt pertinent.

— Ça se tient.

Je m'apprête à sortir quand elle reprend la parole :

— Lucie ?

C'est si rare que Vivianne ait ce ton si doux, si différent, que je m'inquiète tout de suite :

— Oui ?

— Merci.

J'incline la tête, lui souris, je sens mon cœur rayonner, reprendre un peu vie et sors de sa chambre, la tête et le corps emplis de gratitude et de bonheur.

Les dernières marchent craquent quand j'arrive au pied de l'escalier, tout est silencieux mais une lumière provenant du salon m'indique que je ne suis pas la seule encore debout.

Je tombe sur Léonard qui boit un Red Bull en regardant le canapé avec bienveillance. Je m'approche de lui pour lui rappeler que ce n'est jamais qu'un meuble, quand je remarque que la jeune fille aux cheveux courts dort dessus à poings fermés. Il m'avise et pose son doigt sur ses lèvres. Quand j'arrive près de lui, il murmure tout doucement :

— C'est la petite Camille. Elle s'est endormie sur le canapé avec son livre et je n'ai pas eu le courage de la réveiller.

— Mais, il est tard. Ses parents vont se faire du souci si elle ne rentre pas chez elle.

Elle dort paisiblement, son sac serré contre elle, comme si elle avait peur qu'on le lui arrache. Léonard cesse de regarder la jeune fille quelques secondes pour lever les yeux sur moi et m'expliquer :

— En fait, je ne suis pas sûr qu'elle ait des parents…

— Comment ça ? Tout le monde a des parents !

— Pas Camille. Ou alors, elle a choisi de les laisser derrière elle.

— C'est-à-dire ? Allez, crachez le morceau. Qu'est-ce que vous savez ?

— Je sais qu'elle lit beaucoup et qu'elle est là quasiment tous les jours. Elle vient plus souvent depuis qu'il fait froid... Donc j'en ai déduit que...

— Oui ?

— Qu'elle n'avait probablement pas de chez elle, ni de travail...

— Vous êtes devin ?

— Non, je suis logique !

— Vous tirez des conclusions un peu rapides, Léonard. Peut-être qu'elle travaille le soir ? Ou la nuit ? Ou uniquement l'été comme saisonnière et qu'elle vit ensuite sur ses économies ?

— Elle porte presque toujours la même tenue, le même pantalon, le même pull. Je suis sûr que toute sa vie tient dans son sac à dos. Vous avez vu comme il a l'air précieux pour elle, comme elle le tient ? Les seules personnes que j'ai vues aussi attachées à leur sac, ce sont les SDF...

— Vous croyez qu'elle est majeure ?

— Elle a dix-neuf ans !

— Là aussi, c'est votre logique qui parle ?

— Arrêtez de vous moquer de moi, elle me l'a dit ! Contrairement à ce que vous semblez penser, les gens aiment beaucoup se confier à moi.

— Les gens ? Il y a d'autres personnes que Camille ?

Il gonfle le torse prêt à répondre, mais je le sens se dégonfler en même temps que ses joues quand il réalise qu'il n'a pas d'argument. Je lui jette un coup d'œil tout en haussant un sourcil, mais nous cessons de parler quand nous entendons un bruit. Sur le canapé, Camille s'étire et se réveille. Évidemment, elle nous fixe avec de grands yeux quand elle remarque que nous la regardons. Comme Léonard la connaît un peu plus que moi, je lui donne un léger coup de coude pour qu'il réagisse et qu'il parle le premier.

— Bonsoir, Camille, ça va ? Vous vous êtes endormie et nous n'avons pas voulu vous réveiller.

J'ajoute :

— Est-ce que tu veux appeler quelqu'un ? Prévenir chez toi que tu vas arriver pour ne pas inquiéter ta famille ?

Elle se rembrunit. Je ne sais pas pourquoi, mais j'ai le sentiment d'avoir gaffé en appuyant là où ça fait mal.

— Je ne dois rien à personne. Encore moins à vous, alors mêlez-vous de vos affaires !

Elle se lève comme si le canapé était couvert de ressorts qui l'avaient propulsée et quitte précipitamment les lieux, nous laissant perplexes au milieu du salon.

— Bon, ben on sait au moins deux choses, note Léonard avec le plus grand sérieux.

— Elle est majeure… et ?

Je regarde mon papy l'air interrogateur et il ajoute :

— Et elle a un sacré caractère, la petite.

Nous nous sourions, puis nous disons bonsoir avant que Léonard ne quitte le salon pour aller se coucher. À mon tour de rejoindre mes appartements. Je m'apprête à éteindre la lumière, quand je remarque un objet sur le tapis, un objet non identifié qui n'a rien à faire là et je me baisse pour l'observer de plus près. Dans sa précipitation, Camille a laissé tomber un portefeuille. Je le ramasse, espérant qu'elle reviendra le récupérer, malgré sa colère, colère qui pourrait corroborer la théorie de Léonard, et l'emporte dans ma chambre.

Une fois au lit, un million de questions me taraudent et je n'arrête pas de regarder le portefeuille en vieux cuir abîmé. Et si ? Je sais que je ne devrais pas. C'est sa vie après tout et je n'ai pas le droit de…

Bon, un petit coup d'œil n'a jamais tué personne et ça pourrait calmer les inquiétudes que je nourris au sujet de la jeune fille. Ni une ni deux, je saisis l'objet et me rassieds sur mon lit, le cœur battant. J'ai la vilaine certitude d'entrer de force dans l'intimité de Camille alors que j'ouvre le portefeuille.

Une carte d'identité au nom de Camille Pasquier. Pas de billets, juste quelques pièces de monnaie.

Une photo, sur laquelle je la reconnais, alors qu'elle devait avoir une dizaine d'années, la fillette sourit à l'objectif entourée d'une femme blonde et d'un homme. Ils ont l'air heureux tous les trois, j'imagine qu'il s'agit de ses parents.

Et un petit post-it avec un numéro de téléphone et Goéland noté au stylo.

Je suis en train de taper dans la barre de recherche de mon téléphone quand un message me stoppe net.

Je frissonne en lisant « Amandine ».

Lucie, est-ce que tu vas bien ?

Je m'inquiète de ne plus avoir de tes nouvelles. Est-ce que j'ai fait quelque chose de mal ?

Les battements de mon cœur s'accélèrent, je déglutis avec peine, mon souffle se fait plus court, son message me retourne l'estomac. Je m'en veux tellement. Je m'en veux de connaître mes propres limites, mais d'être incapable de les surmonter, de les dépasser, d'autant plus pour elle.

Je me sens tellement seule. Et je pense à Lionel. Je me rends compte qu'il me manque. Sa présence, son corps, ses bras autour de moi. Sans réfléchir davantage, je lui écris un simple :

Je pense à toi.

J'éteins mon téléphone pour me glisser sous les draps et plonger dans le sommeil en oubliant tout ce qui m'ennuie et me perturbe, tous les gens qui m'entourent, que j'ai décidé de laisser de côté pour éviter de penser à mes blessures.

Le lendemain matin, je m'étire, j'ai mal dormi et je n'ai pas envie d'allumer mon téléphone. J'ai vraiment écrit à Lionel ? Je suis nulle. Je m'en veux. De mauvaise humeur, je balance mes draps d'un coup de pied rageur, lance à haute voix un « Lucie, t'es trop conne », me passe un coup d'eau glacée sur la figure comme si elle avait le pouvoir de me laver de mes erreurs et descends rejoindre ma mère et Léonard qui s'apprêtent à boire un café à la cuisine. Léonard verse le liquide brûlant dans trois tasses :

— Je vous avais dit qu'elle aurait une sale tête aujourd'hui, je l'ai entendue parler toute seule dans sa chambre.

Je grogne :

— Je peux vous demander ce que vous faisiez apparemment derrière ma porte ?

— J'aime bien marcher le matin, alors je me balade dans les couloirs parce qu'il fait trop froid dehors.

Il avale une gorgée de café et regarde ma mère d'un œil un peu trop pétillant à mon goût. Il se lève et se poste vers l'entrée du salon, fixant avec insistance la tasse qu'elle tient. Qu'est-ce qui lui arrive encore ? Je le comprends très vite quand ma mère hurle et recrache ce qu'elle vient d'avaler.

— Du sel ? Vieux boursemolle, coquebert, truandaille, vous allez me le payer !

Léonard pouffe et s'esquive le plus vite possible si j'en juge par le bruit de sa canne sur le parquet. Impossible de rester de mauvaise humeur en voyant la mine de ma mère et en réalisant la blague que vient de lui faire le vieux papy. Ils sont intenables. Ma mère me regarde, je la regarde et nous éclatons de rire.

— Sympa les insultes moyenâgeuses.

— N'est-ce pas ? J'adore élargir mon vocabulaire, j'y ai pris goût. Et je trouve que ça colle parfaitement à ce vieux croûton.

— Bon, il est l'heure d'ouvrir la bibliothèque, je vais retourner le panneau. Il reste du café, Léonard est taquin mais, apparemment, il en a préparé plus que d'habitude pour que tu puisses te resservir.

Je sors de la cuisine, passe devant une ombre rose, salue Vivianne qui me sourit, repense au psy qu'il faut lui trouver et ouvre la porte d'entrée. Avant même de retourner l'affichette, j'avise un vieux panier, posé sur le sol, recouvert d'une serviette que je ne tarde pas à soulever pour découvrir quelques petits gâteaux fort appétissants. Pas beaucoup, moins d'une dizaine. Je jette un coup d'œil au jardin au cas où le mystérieux bienfaiteur serait toujours dans les parages mais à part les parcelles de jardin de Léonard et quelques brins d'herbe qui dansent dans le vent, je ne vois rien.

Est-ce une tactique d'Amandine pour reprendre contact ? C'est mignon même si ça me culpabilise encore davantage…

J'emporte le panier et me rends dans le salon où j'ai demandé à tout le monde de me rejoindre à 10 heures pour tenir une séance et échanger nos idées sur le potentiel coin librairie. Ils sont tous là, ma mère, Léonard et Vivianne quand j'entre et que je pose le panier au milieu de la table en les encourageant à se servir. Mais Léonard saisit un biscuit et l'inspecte sous toutes les coutures :

— C'est vous qui les avez faits ?

— Vous m'avez vue à la cuisine en train de faire fondre du beurre et de touiller de la pâte dans des saladiers en chantonnant ?

— Vous auriez pu le faire cette nuit ! Et les gens qui font de la pâtisserie ne chantonnent pas forcément. Surtout vous, ce serait une double peine. D'où viennent ces biscuits alors ?

— La nuit, je dors ! Et je vous interdis de me dire que ce n'est pas vrai. Et puis, je chante très bien d'abord (Coco qui vient d'entrer pour être avec nous lance un petit cri qui ressemble plutôt à un désaccord et je lui jette un regard noir). Une bonne âme les a déposés ce matin.

Je croque dans mon deuxième sablé aux pépites de chocolat et Léonard me dévisage d'une manière suspecte :

— Vous voyez des anges maintenant ?

— Je n'ai pas parlé d'ange ! Tiens, ça vaudrait la peine de creuser cette propension à se figurer « une bonne âme » comme un ange. Vous voulez vous inscrire en thérapie avec Vivianne ? Le panier se trouvait devant la porte ce matin. Je me suis dit que c'était peut-être l'œuvre d'Amandine…

Il lève des yeux sceptiques sur moi et semble hésiter à manger :

— Vous n'avez pas peur ?

— Peur de quoi ?

— D'être empoisonnée. Si vous n'êtes pas certaine qu'il s'agisse d'Amandine, cela signifie que vous ne savez même pas qui a confectionné ces gâteaux !

— Vous pensez vraiment que quelqu'un aimerait tuer un petit vieux, une dépressive et une… euh… enfin, moi et ma mère ? Ça n'a pas de sens. Vous devriez en prendre un, ils sont très bons. Bref, comme je vous en ai parlé, on aimerait créer un coin librairie pour que Vivianne puisse vendre son stock de livres.

Et se trouver une vie.

Vivianne réagit avec un temps de retard :

— Je ne suis pas dépressive ! Je suis… spéciale !

Nous la regardons tous et hésitons à aborder le sujet, sujet qui risquerait bien de nous prendre plus d'une journée si nous nous y mettions vraiment. Je recentre vite le débat sur ce qui nous intéresse.

— Si tu veux, Vivianne. Le but de cette séance est de définir quels coins nous pourrions aménager et ce que nous pourrions y vendre. Vous avez des idées ?

— Un coin romance ? propose ma mère.

— Un coin avec des auteurs régionaux, ajoute Léonard.

— Un coin avec des premiers romans ? J'ai toujours eu envie d'encourager les jeunes auteurs, complète Vivianne.

Nous la regardons tous avec de grands yeux, comme si cela nous faisait bizarre qu'elle dise enfin quelque chose de sensé. Je complète :

— On pourrait regrouper la romance avec les autres livres de genre et mettre aussi du thriller, du polar, de la fantasy. Enfin, ce qui est à la mode aujourd'hui.

— Voilà, elle va nous ressortir du Levy !

— Léonard !

— Et un coin classique avec tous les plus beaux romans écrits dans ce monde ?

— Et un coin avec des manuscrits oubliés ? suggère ma mère.

— Hé oh, on n'est pas dans *Le Mystère Henri Pick*, là ! réagit Léonard.

J'ai une autre idée et je lance, enthousiaste :

— Pour lancer le business, on pourrait imaginer offrir un thé ou une part de gâteau pour un livre acheté ? J'ai toujours bien aimé les *concept stores* qui font librairie et salon de thé.

Léonard ne peut s'empêcher de répliquer dans sa barbe :

— Tant que vous ne faites pas vous-mêmes les gâteaux…

On a tellement l'habitude de ses remarques de ronchon que plus personne ne les relève. Un léger sourire vient éclairer le visage de Vivianne, ça fait des semaines que je ne l'ai pas vue avec cette lueur de vie dans les yeux :

— Je vais y réfléchir. Je pense qu'on pourra faire quelque chose de vraiment sympa. Merci pour toutes vos idées. Je vous aime tous beaucoup.

En début de soirée, je grignote un autre biscuit en essayant d'écrire mon roman : ce sont tous des petites merveilles et je ne me souviens pas d'en avoir jamais dégusté d'aussi bons. Impossible de rédiger une seule ligne, je suis bloquée, à sec, incapable d'avancer, comme depuis des mois. Je suis interrompue dans ma énième tentative par la sonnette de la porte d'entrée. Qui peut bien se pointer à cette heure ? Je jette un coup d'œil pour voir quelle bonne âme se dévouerait pour aller ouvrir, mais ni Léonard qui lit le plus discrètement possible du Françoise Bourdin ni ma mère qui fait semblant de relire pour la troisième fois une page du dictionnaire ne font mine de vouloir bouger. Vivianne, elle, passe le plumeau sur les bibliothèques, perchée sur un escabeau. Dépitée, je lève les yeux au ciel, regarde Chichi et Coco endormis l'un contre l'autre, et pose l'ordinateur pour me diriger vers l'entrée.

J'espère secrètement voir Camille pour lui rendre son portefeuille et apaiser les tensions de notre dernier échange, mais rien ne me préparait à découvrir… Amandine.

Chapitre 10 : la révélation

Enfin, rien… surtout pas mon déni de la situation et mon manque d'enthousiasme à lui répondre depuis plusieurs semaines.

— Lucie, Dieu merci tu es vivante ! Je me faisais un sang d'encre pour toi.

Dois-je lui dire que j'étais contagieuse et atteinte d'une maladie non identifiée ? Que dès que je pensais à elle, je souhaitais en finir avec la vie ? Que les habitants de *La Malouinière* étaient en quarantaine ?

Je reste interdite devant elle, comme si on m'avait mise en pause avec une télécommande imaginaire. Si je ne parle pas pendant deux minutes, va-t-elle s'en aller d'elle-même ? Et si je fais semblant d'avoir perdu ma voix ? D'avoir perdu la raison ? Merde, quelle poisse !

— Je…

Je bug.

— Lucie, ça va ? Tu m'inquiètes !

Comme ma voix s'est barrée pour de vrai, je tente le langage des signes, mais vu comme elle me regarde, j'en déduis que je ne suis pas très douée. Elle comprend tout de même que je l'invite à entrer et à me suivre. Quand les autres nous voient arriver au salon, ils saluent Amandine puis nous laissent tranquilles en allant vaquer à leurs occupations, comprenant parfaitement notre besoin d'intimité.

Amandine retire son manteau et je ne peux pas m'empêcher de regarder son ventre. Une légère rondeur se dessine et j'ai l'impression de recevoir un uppercut dans l'estomac. Des flashs m'assaillent.

Le test de grossesse. « Lionel, je suis enceinte ». Son cri de joie, son sourire, ses yeux pleins d'amour. Son étreinte. Son odeur. Bientôt, nous serions trois.

— Tu veux un verre d'eau, un sirop ou un jus de fruits ?

Le son de ma propre voix me semble étranger, comme un écho lointain. Voilà, je me suis mise en mode « automate ». Elle me demande un verre d'eau.

Je regarde son ventre.

La première échographie, ses petits doigts en étoile. Les larmes de joie.

J'apporte un plateau sur lequel sont posées une carafe d'eau et une bouteille de vin, bouteille que j'ouvre pour moi et me sers un verre avant d'en avaler la moitié d'un coup sous les yeux intrigués d'Amandine.

— Ouh là, ça a l'air sérieux.

— Amandine, je suis désolée. Je ne voulais pas réagir comme ça, je ne voulais pas te laisser sans nouvelles. Tu as toujours été adorable avec moi… Encore hier, avec ces petits biscuits que tu as déposés devant la porte pour reprendre contact.

— Des biscuits ? Devant ta porte ? Ce n'est pas moi. J'aurais pu y penser, mais j'avais tellement peur de venir te voir que j'ai évité ta maison depuis l'inauguration de la bibliothèque…

Je suis tellement submergée par mes émotions que je ne réagis pas davantage. Ce n'est pas le sujet qui me préoccupe, pas le sujet qui me brûle le cœur et que je tente d'éloigner de mes souvenirs. Je reprends le fil de la discussion et parviens à lui confier dans un souffle en la regardant, les yeux déjà humides :

— Je suis désolée, vraiment désolée de t'avoir laissé sans nouvelle alors que tu m'as accueillie à bras ouverts dès mon arrivée à Saint-Malo.

Je fais une courte pause avant de fixer le sol, déglutissant avec peine, consciente qu'il est temps de lui parler, de lui fournir une explication. Amandine est devenue mon amie et, par conséquent, elle mérite toute ma sincérité. Alors je continue, même si chacun des mots que je prononce me donne la nausée :

— J'aimerais tellement être capable de changer, que toute cette tempête dans ma tête s'en aille et me laisse enfin tranquille. Je…

Je regarde son ventre.

C'est une petite fille. « On va l'appeler Coline ». Lionel qui construit le berceau. Moi qui achète des layettes, des biberons, des doudous. Son doudou, le petit éléphant bleu.

Je hoquète. Mes yeux s'emplissent de larmes. Je suis rattrapée par toutes les émotions que j'essaie de juguler depuis mon arrivée. En fait, depuis bien plus longtemps que ça, mais rien ne pouvait laisser présager que j'allais devenir amie avec une femme enceinte et que cette situation allait m'obliger à me confronter à la pire épreuve de ma vie. La pauvre Amandine ne comprend rien à ce qui m'arrive et me regarde déboussolée en me tendant un paquet de mouchoirs. Je me mouche, tamponne mes yeux qui menacent de déborder et cherche mes mots pour lui expliquer. Je sais qu'il est temps de lui raconter, de prononcer ces paroles qui lacèrent ma gorge comme des aiguilles coincées à l'intérieur.

Je regarde son ventre.

Son doudou bleu dans son petit lit. Tout seul.

— Oh mon Dieu, Lucie, mais qu'est-ce qui se passe ? Je suis perdue, je n'y comprends rien.

J'essaie de reprendre contenance mais mon cœur est prêt à exploser, à s'arrêter. Je repense à ma situation, je sais très bien pourquoi j'ai accepté de revenir en Bretagne, j'avais envie de me perdre dans sa nature sauvage. Dans ses vagues. Dans son vent si puissant. Dans ses rochers aussi déchiquetés que mon âme. Dans ses marées si violentes. Dans cette pluie qui fouette et s'abat. Parce que la Bretagne, la force de ses éléments, me renvoie exactement à cette tempête intérieure. À ce tsunami que je vis depuis plus de dix-huit mois et qui déchire mes entrailles, retourne mes sentiments.

Ma culpabilité.

J'ai tenté de l'étouffer. De l'enfouir.

Mais c'est elle qui est en train de m'étouffer. De me tuer. Je regarde son ventre.

« Laisse-moi, Lionel, laisse-moi. Je veux mourir ».

Je me rappelle comme si c'était hier le jour où Coline est morte.

Amandine affiche un air grave et je sens qu'elle porte toute son attention sur moi, attendant que je prenne la parole pour lui expliquer. Je dois faire un effort surhumain pour commencer mon récit :

— Avec Lionel, on a vite compris qu'on souhaitait tous les deux fonder une famille et on a tout fait pour que ça arrive.

Pour être honnête, ça n'a pas été aussi facile qu'on l'espérait et j'ai mis plus de trois ans à tomber enceinte...

— Tu as été enceinte ?

J'acquiesce, les larmes aux yeux, prenant le temps de poser mes émotions pour ne pas sombrer.

— J'ai accouché d'une petite fille. Mais...

Ma voix s'étrangle. Je refuse de me souvenir. Je refuse de prononcer la suite. Je suis incapable d'articuler les mots. Mon souffle n'est qu'un murmure à peine audible :

— Malheureusement, elle...

Amandine tressaille, elle me regarde d'un air désolé avant de poser sa main sur la mienne tandis que je prends quelques secondes pour retrouver mon souffle. Encore. Je regarde son ventre et je ferme les yeux.

Les ambulances, les médecins, des gens partout. Mon cœur qui meurt en même temps qu'elle.

Le reste de l'histoire de Coline demeure coincé au fond de ma gorge, dans les abysses de mon cœur. La déchirure demeure indicible. Trop tôt. Trop tard. Je ne sais plus. Tout ce que je sais, c'est que je suis encore incapable d'évoquer le drame. Je parviens à regarder mon amie dont les yeux brillants trahissent l'émotion :

— Oh, Lucie...

Ce jour-là, tout a changé, le noir a emporté les couleurs avec lui. Je regarde son ventre.

Le déni. Un mois. Puis la crise de nerfs et l'hôpital quand la bombe explose et que je me rends compte que Coline ne reviendra pas.

Amandine tente de me réconforter comme elle le peut :

— Je suis tellement désolée, Lucie...

Nous nous prenons dans les bras l'une de l'autre et je me laisse aller à mon chagrin. Quand je me reprends, je suis à peine capable de murmurer

—Moi aussi je suis désolée. Depuis tout ça, j'ai du mal avec les enfants et…

Je penche presque imperceptiblement la tête vers Amandine, mais elle perçoit mon mouvement et mon coup d'œil en dessous de sa poitrine. Elle a compris, je le sens et elle semble abattue. Après ma crise de larmes, je m'éloigne à nouveau d'elle et reprends ma place sur le canapé. Je meurs de froid. Je tremble. Je regarde son ventre. Encore.

L'enterrement. Le tout petit cercueil. On ne devrait jamais avoir à utiliser des cercueils aussi minuscules.

Quand Amandine brise le silence qui s'est installé, je sursaute :

—Je ne peux qu'imaginer ta douleur et ta tristesse, Lucie, mais je comprends mieux ton éloignement. Qu'est-ce que tu souhaites faire maintenant ? Avec moi, je veux dire. Tu préfères que je te laisse tranquille, que je te laisse du temps ? Dis-moi ce qui est le mieux pour toi et je respecterai ta décision. Je regarde son ventre.

Le petit éléphant dans le lit vide.

Chapitre 11 : que fait-on pour Noël ?

Le mois de décembre s'installe bien vite et avec lui, le vent, le froid et la question de la fête de Noël.

Aujourd'hui, notre vieux papy s'agite, il ronchonne, traîne la patte (plus que d'habitude, je veux dire), déambule puis retire plusieurs livres de la bibliothèque pour les poser sur le canapé, sûrement dans l'idée de les ranger ailleurs dans les rayonnages. Vivianne qui passe évidemment par-là ne se prive pas pour les chiper et les déposer dans la salle de bains. Je suis en train de lire, mais son incessant va-et-vient commence à me taper sur les nerfs :

— Qu'est-ce qui vous arrive, Léonard, vous n'avez pas l'air dans votre assiette ?

Il fait trois pas vers la fenêtre, pousse un soupir puis finit par faire demi-tour et s'assied près de moi :

— C'est Noël, ça me stresse…

— Pourquoi ? C'est le petit Jésus qui vous fait cet effet-là ?

— Ça a tout de même bien conditionné notre manière d'agir, de vivre et de penser cette histoire. Avec quelques cons à la clé, je vous le rappelle. Et quelques millions de morts. Bref, j'espère que vous allez m'épargner les chants, le sapin, la bûche et tout le tintouin. Pitié !

Ma mère qui se trouve dans la pièce d'à côté se met à hurler :

— J'ai toujours adoré chanter « Entre le bœuf et l'âne gris » et « Marie allait par la forêt » ah et comment elle s'appelle celle-ci… « Les Anges dans nos campagnes » ! Ce n'est pas vous qui allez me faire renoncer, je vous préviens.

Je lui jette un coup d'œil :

— Vous êtes prévenu. Non mais plus sérieusement, qu'est-ce qui vous met dans cet état-là ?

— Karine et son fils Bastien, ils veulent venir à Saint-Malo pour fêter Noël…

Je grignote un troisième biscuit, un nouveau panier est arrivé devant la porte, quatre jours après le premier.

— Allez, dites-leur « oui », on va organiser un bon repas. Et puis, Noël, c'est tout de même la période où les familles se réconcilient, non ? Laissez parler votre cœur, Léonard !

— Calmez-vous, hein, on ne va pas s'emballer. C'est tout de même la faute de Karine si je dois habiter ici.

— Plaignez-vous donc, vous n'avez pas l'air particulièrement malheureux. Enfin, pas plus qu'avant en tout cas !

Il grogne mais il semble d'accord. Je vois qu'il hésite, ses vieilles rancœurs doivent certainement l'empêcher d'accepter tout de suite la proposition de sa fille.

— Vous nous tiendrez au courant, histoire qu'on prévoit deux couverts de plus.

Je le laisse à ses réflexions et me concentre sur le message que je viens de recevoir. Pour la première fois depuis longtemps, le nom qui s'affiche sur l'écran me fait sourire : Lionel.

Moi aussi, je pense à toi. Beaucoup…

Cet après-midi, la psychiatre de Vivianne doit venir pour la première fois. J'ai fait quelques recherches sur le Net et j'ai trouvé Jacqueline Perruche, soixante ans, habitant près de la gare de Saint-Malo et qui a accepté de se déplacer à domicile. Comme l'un des commerçants m'a également recommandé ses services, je me suis dit que ce devait être une personne de confiance. De plus, Vivianne a clairement exprimé une condition non négociable : que le médecin soit une femme. Les hommes et elle, c'est définitivement terminé.

À 14 heures précises, la sonnette retentit. Vivianne s'est retranchée dans son nid, toujours réfractaire à l'idée de débuter une thérapie. Mais les quelques lettres qu'elle a tenté d'envoyer à Marc en douce et que j'ai interceptées avant qu'elles partent à la poste m'ont définitivement convaincue d'activer le processus. J'ouvre la porte et tombe nez à nez avec… un homme. Un homme qui n'a rien à voir avec l'image que je me fais d'une psy de soixante ans qui porte le nom singulier de Jacqueline Perruche. Je fronce les sourcils :

— Pardonnez mon impolitesse mais vous n'avez pas vraiment une tête à vous appeler Jacqueline Perruche.

— En effet, moi, c'est Simon. Simon Perruche, je suis son fils.

— Et moi, je suis… perdue.

Devant mon air effaré, il ajoute :

— Et psychiatre, évidemment. Ma mère a eu un léger malaise, elle m'a demandé de prendre sa consultation et de gérer le cas de votre amie.

Simon à la quarantaine, des cheveux blonds, des yeux bleus et des lunettes qui lui donnent l'air d'un gentil intello. Et je me dis que ce serait très malvenu de lui demander si ce n'était pas trop difficile de s'appeler « Perruche » à l'école et si c'est pour cette raison qu'il est devenu psychiatre.

— Bien mais nous allons avoir un très léger problème. Vivianne refuse de voir un homme. Comme j'avais fait appel à votre mère, je n'avais pas jugé utile de le préciser.

— Ah, en effet, ça risque de compliquer la prise en charge.

— Peut-être qu'avec une perruque, ça peut passer…

— Je vous demande pardon ?

— Rien, rien, ne faites pas attention. Suivez-moi, je vais vous conduire à sa chambre, on va voir comment elle réagit.

Une fois devant, Simon toque à la porte avant d'entrer dans la pièce. La réaction de Vivianne ne se fait pas attendre et je l'entends hurler :

— Je ne veux plus jamais voir un homme de ma viiiie ! L'homme, c'est le maaal !

Deux secondes après, Simon passe la tête dans le couloir, j'imagine qu'il va réagir aux cris de Vivianne et à son refus obstiné de se confronter à la gent masculine mais non, il dit simplement :

— Dites, c'est normal qu'il y ait un petit goéland sur le lit ?

— Coco ? Oui, oui, ne vous inquiétez pas, il ne mord pas.

— Bien, très bien.

Vu le regard qu'il me jette, je me demande s'il n'a pas envie de me traiter aussi pour le coup. Comme il n'a pas l'air très à l'aise avec les oiseaux, je vais chercher Coco et l'emmène. Il referme la porte et j'attends quelques secondes pour m'assurer que Vivianne ne fait pas de scandale, ou qu'elle n'essaie pas de l'assommer avec une chaise. Comme aucun bruit ne vient corroborer mes suppositions, j'imagine qu'il est parvenu à la convaincre de commencer la séance avec lui et je redescends dans le salon.

Après cinq minutes de calme pendant lesquelles Coco et moi prenons place sur le canapé, le petit goéland s'est posé sur le dossier et observe la pièce comme s'il montait la garde, j'entends du raffut dans l'escalier. Des pas de course. Quelques secondes plus tard, Simon apparaît dans le salon, essoufflé, les joues rouges, l'air penaud. Je lève les yeux sur lui et remarque qu'un liquide blanchâtre s'écoule de ses cheveux et je fronce les sourcils en pointant sa chevelure.

— Hum, vous avez un truc sur la tête…

— Je sais. De la crème fraîche, je crois.

— Ah. Vivianne s'est montré légèrement récalcitrante, on dirait.

— J'ai eu de la chance, elle aurait pu me balancer le seau rempli d'eau de javel qui était par terre.

— C'est une jolie manière de voir les choses. Vous comptez revenir ?

— Bien sûr, il en faut plus pour me décourager.

— Bien, très bien. Alors, à la semaine prochaine. Je ferai un tour dans sa chambre pour vérifier qu'il n'y a pas de liquide qu'elle pourrait utiliser comme arme antipsy.

— D'après ce que j'ai vu, elle serait capable de trouver autre chose à m'envoyer en pleine figure. Elle a l'air très… euh… créative.

Je remercie Simon Perruche et lui offre quelques serviettes pour qu'il essuie ses cheveux avant de prendre congé et me tourne vers le petit goéland :

— Sacré phénomène notre Vivianne, hein ?

Il pousse un petit cri, cri que j'interprète comme une approbation, et jette un coup d'œil par la fenêtre. La pluie tambourine sur le toit, produisant un murmure de fond que j'ai toujours apprécié, la grisaille et le brouillard ont formé de la buée sur les fenêtres, je me sens comme dans une bulle. Je frissonne et enfile un gilet, profite du calme et observe les quelques habitués qui déambulent en choisissant des livres. C'est là que je la vois, timide, le regard fuyant, elle semble hésiter à venir vers moi. Je lui souris. Ce simple encouragement la pousse à faire quelques pas dans ma direction, elle soupire et s'assied près de moi avant de murmurer d'une voix timide :

— Je suis désolée pour l'autre jour. Je ne voulais pas m'emporter. Vous êtes tellement gentils vous et Léonard. Et puis, l'ambiance de la bibliothèque me manque. Les livres aussi me manquent…

— Tu es la bienvenue, Camille. Tu seras toujours la bienvenue ici, tu sais. Je vais aller chercher le portefeuille que tu as laissé ici l'autre jour. Et je vais te préparer un thé pour te réchauffer, il fait vraiment froid dehors.

Je reviens quelques minutes plus tard avec son portefeuille, quelques biscuits, deux tasses de thé et des questions qui me brûlent la langue. Mais la seule demande qui franchit mes lèvres demeure basique, par pudeur, par respect :

— Tu aimerais un biscuit avec ton thé ? Je te conseille de les goûter, ils sont vraiment délicieux !

— C'est vrai, vous les trouvez bons ?

L'enthousiasme et le sourire qui illuminent son visage me surprennent et j'en déduis qu'elle n'est pas étrangère à ces livraisons. Je l'encourage en ajoutant :

— Ce sont les meilleurs que j'ai mangés de ma vie !

— Ça me fait plaisir. Je… En fait, c'est moi qui les ai faits. Je voulais m'excuser pour mon comportement et vous remercier pour tout ça.

Elle lève les yeux sur les bibliothèques.

— J'ai toujours aimé les livres, je les dévore depuis que je suis toute petite. J'ai d'abord été fascinée par les univers de Roald Dahl et puis, plus tard, j'ai eu un gros coup de cœur pour Harry Potter. Grâce à Léonard, je découvre les auteurs classiques et leur style si riche. Sans parler de la littérature féministe, je suis fan de Jane Austen. Mais là où j'habite, on n'a pas forcément la chance d'avoir autant d'œuvres différentes à disposition.

— Camille, je peux te poser une question indiscrète ?

Elle dévore les biscuits comme si elle n'avait pas mangé depuis trois jours et me jette un coup d'œil qui me fait frissonner. Je lis une certaine crainte dans son regard, mais elle acquiesce tout de même :

— Est-ce que tu vis dans la rue ?

Un silence s'installe, elle a l'air de réfléchir à la bonne réponse à me donner et elle finit par confier dans un souffle :

— Souvent. Mais pas tout le temps. Parfois, je vais au Goéland… Je peux y dormir tranquillement et prendre une douche. En plus, l'équipe est sympa. Ils me laissent souvent utiliser leur cuisine. J'adore la pâtisserie…

Au Goéland. Ainsi, il s'agit d'un centre d'accueil. Tout s'éclaire, Léonard avait raison quand il évoquait les parents de la jeune fille. Elle ne se confie pas davantage.

Le soir, Camille s'endort à nouveau sur le canapé. Cette fois, je ne la réveille pas.

Quand j'ouvre les yeux le lendemain, une délicieuse odeur de sucre, de beurre fondu et de cannelle vient me chatouiller les narines alors que je m'étire dans mon lit. Les effluves qui ont envahi la maison me donnent l'eau à la bouche, mon ventre gargouille et je me demande bien qui a pu se lancer dans la préparation d'un petit déjeuner « fait maison ». Quand je cuisine avec ma mère, il y a toujours un truc qui finit par cramer.

Je descends et découvre une table dressée recouverte de pain perdu, de crêpes, d'œufs brouillés, de baguettes grillées, de craquants aux amandes, de far breton et de compote de pommes caramélisées. Camille est en train de faire dorer d'autres morceaux de pain dans une poêle pleine de beurre et je prends place en admirant sa maîtrise des arts de la table.

Ma mère arrive sur ces entrefaites, suivie de Vivianne.

— Installez-vous, propose Camille en retournant le pain qui sent délicieusement bon.

Ni une ni deux, nous obtempérons, les yeux écarquillés devant toutes ces merveilles. En me servant de tous les plats, je lance à la jeune fille :

— Merci, Camille, je crois que cette table représente la vision que je me fais du paradis.

Et ça, c'était avant de goûter son pain perdu. Un vrai régal, je suis en plein orgasme culinaire quand Léonard fait son apparition. Camille s'est attablée avec nous et déguste une énorme tartine de confiture de fraises faite par notre papy (« avec les fruits de mon jardin » avait-il tenu à préciser). Devant son air ébahi, j'hésite à rire, on dirait qu'il n'a pas compris qu'il était bien à *La Malouinière*, dans la même cuisine où les petits déjeuners sont d'habitude composés de croissants et de kouign-amann de la boulangerie. Voire de pain à moitié sec quand personne n'a voulu marcher jusqu'au centre des remparts. Il ne se fait pas prier pour s'asseoir et se ruer sur les plats posés devant lui.

— Je ne sais pas qui a cuisiné ça, mais c'est drôlement bon. Bien meilleur que les galettes que vous ratez une fois sur deux Annick et vous.

— On en parle de vos omelettes pas cuites avec le blanc qui bloblote ? le fustige Annick en lui jetant un regard mauvais.

Vivianne précise, enthousiaste, en enfournant une pleine fourchette d'œufs dans sa bouche :

— C'est Camille ! Camille est une fée. Camille est merveilleuse. On peut garder Camille avec nous ?

Nous nous regardons tous et louons ses talents à haute voix, mais la dernière question reste en suspens. Camille rougit et ajoute sur la table une nouvelle fournée de son succulent pain perdu :

— C'est chouette, vous aviez plein de trucs dans votre garde-manger, je me suis permis de me servir. Mais, vous devriez acheter plus de produits bio. Vous avez une idée du nombre de pesticides qu'on trouve partout ? Vous saviez que dans l'agriculture industrielle, une pomme subit en moyenne trente-cinq traitements phytosanitaires ?

Je jette un œil mauvais à la compote de pommes qui farcit ma crêpe. Léonard complète :

— Elle a raison, la petite, c'est pour ça que je travaille le jardin en utilisant les principes de la permaculture, c'est bien plus intéressant pour les fruits et les légumes.

— « Perma »... quoi ? demande Annick, l'air largué. Camille, l'œil aussi brillant que Léonard, s'enflamme :

— En fait, c'est un mode d'aménagement des cultures qui utilise des principes d'écologie pour reproduire des écosystèmes naturels.

Les yeux d'Annick s'éclairent :

— Oh mais oui, bien sûr ! J'en ai entendu parler dans un documentaire !

Je capte leur regard complice et Léonard poursuit, de connivence avec Camille :

— C'est une sorte de philosophie de vie, mais si on parle de jardinage, ça veut dire qu'on tente d'obtenir de la diversité et de la stabilité dans les cultures. Le but est de créer des systèmes stables et autosuffisants.

Nous continuons à déguster les plats jusqu'à ne plus pouvoir avaler une bouchée supplémentaire quand la vision du pot de crème posé sur la table me fait repenser à ce pauvre Simon Perruche. Ma curiosité au sujet de la thérapie de Vivianne refait surface et je ne peux me contenir plus longtemps. En avalant une dernière bouchée de far breton, je questionne la libraire :

— Vivianne, comment s'est passée ta séance hier ?

Elle repose la fourchette et semble en proie à une intense réflexion :

— C'était un homme ! Il m'a fait peur alors j'ai insisté pour qu'il parte. Au moins trois fois. Ensuite, il m'a dit qu'il allait me faire rire et il s'est présenté. J'ai accepté qu'il reste cinq minutes uniquement parce qu'il s'appelle Perruche et que je trouvais ça drôle. Mais il m'a aussi parlé de rupture psychotique et il m'a assuré qu'avec le bon traitement, je pourrais aller mieux.

Ma mère passe son doigt dans son assiette pour y recueillir les restes des grains de sucre de canne et de cannelle et le porte à sa bouche avant de confier :

— Et il est plutôt pas mal dans son genre, le petit Simon Perruche.

— Maman ! Bon, Vivianne, il faudra tout de même que tu acceptes qu'il te suive pendant plus de cinq minutes. Et il faudrait éviter de l'arroser avec de la crème.

— Pfff, je veux bien essayer de tenir dix minutes la prochaine fois. Mais, il faut avouer qu'il avait une bonne tête avec sa crème dessus, non ?

Nous nous regardons, je revois mentalement la tête du psychiatre et éclate de rire, bien vite suivie par Léonard, ma mère, Camille et Vivianne.

Pendant l'après-midi, la joyeuse troupe composée de Vivianne, Léonard et Camille se donne la mission d'installer des guirlandes lumineuses sur la cabane et un peu partout dans le jardin. Vivianne, perchée sur son éternel escabeau tente de les accrocher en suivant les directives du papy pendant que Camille démêle les lumignons avec application. J'entends leurs chamailleries, leurs éclats de rire, leurs discussions et leurs sourires. Je les observe avec tendresse, planquée derrière une fenêtre, le cœur empli de joie.

— Ils ont l'air heureux et c'est grâce à toi, tout ça. Tu peux être fière.

Ma mère s'est approchée sans que je l'entende, elle les regarde avec moi, puis pose sa tête sur mon épaule :

— Tu es une belle âme, ma fille.

Ma fille. Léonard, Vivianne, Camille. Une nouvelle famille. Pas celle que j'aurais dû avoir, pas celle que j'imaginais. Mais une sorte de famille malgré tout. Une larme roule sur ma joue, bientôt suivie par d'autres. Je me laisse aller et sanglote dans les bras de ma mère, déversant ma tristesse, ma rédemption, mes peurs et ce passé que je laisse encore trop souvent me submerger.

J'aimerais te voir.

Ce message de Lionel reçu ce matin m'angoisse depuis que je l'ai lu. Et relu. La seule réponse qui me vient à l'esprit est « pourquoi » ? Mais je trouve ce mot méchant. Ai-je vraiment besoin de savoir pourquoi mon propre mari a envie de me voir ? Pourquoi ai-je le sentiment qu'il souhaite me parler de notre douleur commune, de notre peine à avancer ? Peut-être a-t-il seulement envie de sentir ma présence à nouveau, de reconstruire une histoire sur notre champ de ruines ? Nous nous sommes tellement éloignés l'un de l'autre que je n'arrive pas à imaginer qu'il veuille me retrouver par plaisir, pour la simple envie de passer du temps avec moi. Il y a forcément une considération pratique derrière cette demande, quelque chose de factuel et non de sentimental.

De mon côté, la simple perspective de me confronter à lui provoque un mélange curieux d'émotions qui va de la crainte à une certaine forme de ravissement. Ai-je, moi, la même envie ? J'ai peur que la vue de ce visage si connu me rappelle le pire… Puis-je dissocier Lionel du drame de ma vie ? Puis-je le voir et me rappeler des bons moments ? Puis-je le considérer comme l'homme que j'ai aimé, qui m'a fait rire, qui m'a émue, qui m'a accompagnée toutes ces années et non plus seulement comme le père de ma petite fille morte ?

Je tourne en rond dans la maison, croise du rose, du boitillant et un dico (dans les mains de ma mère), un chihuahua et un goéland et finis ma course sur le canapé. Ma mère, inquiète pour moi, s'enquiert de mon état

— Qu'est-ce qui ne va pas, ma chérie ?

Je lève la tête et lui mets mon écran de téléphone sous le nez avec le message de mon mari.

— C'est Lionel, il veut me voir.

— Pourquoi ?

C'est bien ma mère, elle et moi, on est pareilles.

— Justement, je n'en sais rien.

— Demande-le-lui !

— Tu ne trouves pas que c'est malpoli et un peu brutal ? On doit avoir une raison pour voir sa femme ? C'est tellement triste. Peut-être que ce serait une bonne idée de se retrouver pour discuter, pour voir ce qu'on ressent l'un en face de l'autre.

— Tu te sens prête pour ça ?

— Tu sais que je suis venue ici pour me construire de nouveaux repères loin de mes souvenirs, pour que tout soit neuf et que rien ne me rattache à Coline. Eh bien, j'ai l'impression d'avoir réussi, en partie tout du moins, à me créer une vie avec d'autres personnes à aimer. Peut-être que j'arriverais à supporter un ancien visage dans toute cette nouveauté salvatrice ?

— Ça, ma chérie, tu es la seule à connaître la réponse. Une seconde plus tard, ma mère ajoute, l'œil pétillant :

— J'ai une idée ! Demande-lui pourquoi et propose-lui de venir pour Noël ! C'est une bonne occasion, il y aura tout le monde et, ce sera peut-être plus simple pour vous deux de ne pas vous confronter frontalement. Des retrouvailles, mais en plus doux, entourées de… nous.

J'y réfléchis et déduis que ce n'est pas la plus mauvaise idée qu'ait eu ma mère. J'écris un message à Lionel, un message qui ressemble à :

Pourquoi ? Tu vas bien ? Il y a un problème ?

OK, mon inquiétude se lit légèrement dans le choix de mes mots, mais j'ai besoin qu'il soit clair avec moi, j'ai aussi besoin de savoir s'il y a quelque chose à sauver entre nous deux, s'il y a ce désir de repeindre ensemble quelques toiles ratées du passé. Le manque de lui me déstabilise depuis plusieurs jours, comme si le pire s'effaçait peu à peu, s'estompait, comme si le noir se transformait en couleurs pastel, plus douces, plus attrayantes.

J'attends sa réponse, plus fébrile que je l'aurais souhaité, un peu comme une adolescente qui guette le premier message du garçon qui l'intéresse, ma mère penchée sur l'écran juste à côté de moi.

Il n'y a pas de problème et je vais bien. Parce que j'en ai envie. Tout simplement. Et toi ?

Ses mots me font sourire. Je sens ma mère serrer mon épaule dans un élan de joie et de surprise.

—Ah, voilà ! On va avoir Lionel à Noël ! Enfin, si ça te fait plaisir et qu'il accepte de venir, bien sûr.

Ma mère s'est toujours très bien entendue avec son gendre. À la mort de mon père, il est devenu la seule figure masculine de la famille et sa présence la rassurait. Sans oublier qu'elle le choyait comme le fils, ou le deuxième enfant qu'elle n'avait jamais eu, à grand renfort d'attention, de papouilles et de discussions sur tout et sur rien. Lionel ayant perdu sa maman très jeune avait retrouvé une présence maternelle qui comblait ce vide et ce manque. Ils s'étaient trouvés tous les deux et notre rupture avait marqué la fin de cette relation qui leur permettait de soigner leurs blessures passées.

Je sais que la perspective de ces retrouvailles avec Lionel la réjouit, même si elle tente de minimiser son impact, consciente que ce n'est en aucun cas une promesse d'un futur commun entre lui et moi. De mon côté, je ressens de plus en plus le besoin de partager un peu de ce nouveau quotidien avec Lionel. J'ai envie qu'il découvre *La Malouinière*, la bibliothèque, qu'il fasse connaissance avec Léonard, Vivianne et Camille, qu'il constate que je ne suis pas morte à l'intérieur et que je suis encore capable d'avancer et de créer quelque chose qui ressemble à de la vie.

Je lui écris donc et lui propose de me rejoindre le 24 décembre pour fêter Noël à Saint-Malo, précisant évidemment que nous ne serons pas seuls, en tête à tête, mais entourés de spécimens un peu particuliers.

L'après-midi, nous avons décidé de transférer le stock de livres de l'ancienne librairie de Vivianne à *La Malouinière.* Léonard consacre son temps à agencer les différents espaces et à libérer un peu de place pour les ouvrages dans les placards tandis que ma mère, Vivianne, Camille et moi enchaînons les allers-retours avec ma Twingo.

Les cartons s'entassent dans le grenier en attendant que nous mettions réellement en place le projet de librairie. Sans la décision du tribunal du commerce, nous devons nous résoudre à cette solution, même si je vois bien la tristesse de Vivianne quand elle ferme à double tours Livres en folie pour la dernière fois. C'est tout un pan de sa vie qu'elle vient de clôturer. Au moment de rendre la clé à la jeune femme représentant la gérance, elle hésite, tenant fermement le trousseau dans ses mains. Heureusement, Marc, le responsable de l'agence immobilière qui louait le local à Vivianne, a eu la décence de ne pas venir lui-même.

Chapitre 12 : « Les Anges dans nos campagnes. »

Je n'arrive pas à contenir mon agitation. Chaque matin depuis trois jours, je suis la première à ouvrir la porte et à tourner le panneau qui indique que la bibliothèque est ouverte. Je la guette, je marche même jusqu'à la barrière du jardin et je reviens pour me poster à la fenêtre. Peine perdue, elle a disparu. Dès que j'entends le bruit de la canne sur le parquet, je me retourne pour demander à mon vieux papy :

— Léonard, vous n'avez pas vu Camille ?

— Non, pourquoi ?

Quelques secondes s'écoulent et le papy fronce les sourcils :

— Ah, je le savais, vous vous faites du mouron pour elle. Vous êtes terrible, Lucie.

— Ça fait trois jours qu'elle n'est pas venue…

— La vieille madame Legoff non plus, et ça ne vous perturbe pas plus que ça.

Je lui jette un coup d'œil assassin. Camille a passé deux nuits à la maison puis elle est partie sans rien dire et depuis, je me fais un sang d'encre en me demandant où elle est et si elle va bien. Je l'imagine dehors, dans le froid, sous la pluie, trempée. J'ai appelé la structure d'accueil où elle avait l'habitude d'aller, mais ils ne l'ont pas vue non plus. Léonard me tire de mes pensées en m'informant, l'air de rien :

— Ah, au fait... vous pourrez ajouter deux couverts pour le repas de Noël.

Malgré mon inquiétude pour la jeune fille, l'idée d'accueillir la fille de Léonard et son petit-fils me réjouit pour lui. J'espère que cette fête sera l'occasion de les réconcilier et de calmer les tensions entre eux, tensions antérieures à la vente de la maison d'après ce que je pouvais en déduire. Je n'ai pas encore creusé cette question avec lui mais l'offensive ne devrait pas tarder, je compte bien savoir à quoi m'attendre pour les fêtes de fin d'année.

— Seulement si vous vous déguisez en Père Noël. J'irai vous louer un costume avec une grosse barbe, une hotte et une cloche. Et un renne que vous pourrez appeler kouign-amann et qui vous suivra partout. Marché conclu ?

— Mais qu'est-ce que je vous ai fait à la fin ?

— Vous n'êtes pas drôle. Bon, si vous me promettez de vous tenir tranquille et de ne pas faire voler la purée de pommes de terre et la dinde par-dessus la table.

— Oh vous savez bien que ce n'est pas ma spécialité de balancer de la nourriture sur la tête des gens, je laisse ça à Vivianne.

— C'est vrai. Vous, vous vous contentez de mettre du sel dans le café et de faire des remarques désagréables ! Léonard, si vous voyez Camille dans les parages, s'il vous plaît, dites-lui de venir me voir.

— Bien sûr, Lucie. Je suis sûr qu'elle va bien, c'est une coriace sous son apparente fragilité. D'après ce que j'ai cru comprendre, nous allons fêter Noël dignement cette année, en étant au complet…

— C'est une manière subtile de me parler de la potentielle venue de mon « presque » mari ?

— Je fais des efforts pour communiquer avec vous, alors aidez-moi un peu !

Je lui souris, touchée par sa tentative d'aborder le sujet avec tact même si je ne sais toujours pas quoi penser de l'éventualité de cette rencontre.

— Je ne sais pas si c'est une bonne idée qu'il vienne… Je ne sais pas si je suis prête à me confronter à lui.

— C'est clair que si vous voyez vos retrouvailles comme une confrontation, c'est peut-être encore trop tôt. La seule question à vous poser c'est : est-ce que ça vous ferait plaisir de le revoir ? Fermez les yeux et imaginez sa tête, là, devant vous. Vous souriez ou vous pleurez ?

— Oh, certainement un peu des deux…

— Maîtriser les couleurs en peinture, ça s'apprend…

— Je me demande juste si je suis encore capable d'un tel apprentissage.

— J'en suis persuadé.

Léonard m'observe d'un air bienveillant puis vaque à ses occupations tandis que je vais me faire un café, un léger sourire aux lèvres. Je suis en train de me servir une tasse en réfléchissant à ses dernières paroles quand Vivianne déboule, folle furieuse. Elle fait de grands moulinets avec ses bras dans sa doudoune rose, ce qui la fait ressembler à un flamant rose sous cocaïne. OK, je n'ai jamais vu de flamant rose sous cocaïne, mais j'imagine que ça doit ressembler à ce type de spectacle. Elle hurle :

— Je n'y crois pas ! Cette infâme raclure a loué ma librairie ! Ils sont en train de faire des travaux et un grand magasin devrait ouvrir bientôt au centre des remparts. À ma place !

— Quoi ? Déjà ? Ils n'ont pas perdu de temps. Tu sais de quel type de magasin il s'agira ?

— Non, il y a une bâche sur les vitres mais ça a l'air grand. Les gérants ont également repris toute la surface du supermarché d'à côté. Tu sais ce que ça veut dire ?

Je secoue la tête.

— Que mon ex-mari était au courant et qu'il a tout manigancé pour que je parte le plus vite possible en ne renouvelant pas mon bail ! Il voulait se faire de l'argent en louant le local à de nouveaux commerçants !

Je vérifie que rien ne traîne à portée de main de Vivianne pour éviter d'être aspergée par du Red Bull, du cidre ou du café et me promets d'être encore plus vigilante avec elle, rapport aux lettres et autres colis qu'elle serait capable d'envoyer à Marc. La sonnerie de mon portable nous interrompt et je le tire de ma poche, découvrant un numéro de téléphone que je ne connais pas. Je m'excuse auprès de Vivianne et fais glisser mon doigt sur l'écran :

— Lucie Chevalier, bonjour ?

— Bonjour, c'est le centre hospitalier de Saint-Malo, je suis bien à *La Malouinière* chez Lucie et Léonard ?

Mon cœur manque un battement. Je jette un coup d'œil furtif autour de moi et fais le compte : Léonard est toujours en vie et balance des vacheries (je l'entends bougonner dans la bibliothèque), Vivianne est devant moi et balance toujours ses bras dans tous les sens, ma mère vient de balancer une balle à Chichi dans le couloir. Tant que tout le monde balance quelque chose, c'est qu'ils sont vivants et dans la maison ! Alors, qui est à l'hôpital et qu'est-ce qu'ils me veulent ? Le silence angoissant qui suit la question me met dans tous mes états et j'attends que la médecin ou l'infirmière qui m'appelle précise la raison de son coup de fil.

— Nous avons reçu il y a quelques heures une jeune fille qui s'appelle Camille Pasquier. En fouillant dans son portefeuille, nous avons trouvé votre numéro et elle nous a demandé de vous appeler.

Je me rappelle avoir noté mes coordonnées sur un bout de papier pour la jeune fille et lui avoir demandé de me contacter en cas de nécessité. La nécessité est là et moi, je suis au bord de l'apoplexie. Camille. À l'hôpital. J'imagine les pires scénarios. Camille renversée par un 36 tonnes. Camille agressée, violée, sans bras (pourquoi est-ce que je pense à ce genre de trucs ???). Camille noyée après avoir voulu se baigner par 2 degrés. Ah non, ça, c'est plutôt ma spécialité. Camille qui souffre. Camille, seule.

— Je… Oui, merci de m'appeler. Qu'est-ce qui se passe ? Qu'est-ce qu'elle a ? Camille va bien ?

Pitié, dites-moi que ce n'est pas grave. Devant mon air paniqué, Vivianne a vite fait de rassembler tous les résidents dans la cuisine. Léonard me colle d'un côté, tentant d'écouter à ma droite tandis que ma mère se plaque contre mon dos, grimpant presque sur le vieux ronchon pour percevoir les paroles de la médecin. Vivianne fronce les sourcils et prend un air concentré en fixant mon téléphone, comme si cela lui conférait le pouvoir d'entendre ce que disait mon interlocutrice. Ce qui n'est pas le cas, évidemment.

— Disons qu'elle va mieux mais elle a fait un *bad trip* cette nuit, probablement après avoir fumé du cannabis. Elle se remet gentiment. Vous êtes sa mère ? Vous pourriez venir la chercher ?

Je sais, c'est mal de mentir, mais j'ai eu peur qu'elle laisse Camille seule si je ne répondais pas par l'affirmative. Après une seconde de silence, je trouve la force de répondre d'une petite voix que j'espère crédible :

— Oui. Oui, c'est bien moi.

Mais qu'est-ce qui me prend ? Suis-je devenue folle ? Me prendre pour sa mère ? Je raccroche en culpabilisant à mort avant de déclencher un véritable branle-bas de combat.

— Maman et Vivianne, vous préparez le bureau du troisième pour en faire une chambre. On peut y mettre le lit d'appoint. Léonard et moi, on file à l'hôpital pour récupérer Camille. OK ?

Tout le monde hoche la tête et les troupes se dispersent dans la seconde.

Quand nous arrivons dans la chambre accompagnée par l'infirmière, Camille est déjà habillée, son sac sur le dos. La voir assisse sur ce lit d'hôpital me retourne le cœur et je ne peux m'empêcher de me ruer sur elle pour la prendre dans mes bras. Je lui caresse les cheveux et murmure à son oreille :

— Tu m'as fait tellement peur, Camille.

Je la sens se tendre d'abord, comme un réflexe de protection, puis s'abandonner contre moi, ses muscles se relâchent et le poids de sa tête pèse sur mon épaule. Je perçois un soubresaut, comme si elle retenait un sanglot, et la vois relever timidement la tête :

— Je suis désolée. Est-ce qu'on peut rentrer à la maison ?

La « maison ». Ce simple mot me fait sourire, mon corps se réchauffe de bonheur et de soulagement. Si elle considère

La Malouinière comme son nouveau foyer, il est hors de question qu'elle s'en aille à nouveau, à moins d'avoir trouvé un lieu où elle sera en sécurité.

— Bien sûr, bien sûr. Rentrons chez nous.

Léonard la prend par le bras gauche, moi par le droit et nous quittons l'hôpital, soulagés.

Camille a l'air tellement épuisée que je l'emmène directement dans la pièce que ma mère et Vivianne ont aménagée pour elle. Le lit est fait et sent bon la lessive, le petit bureau a été vidé, l'espace est prêt pour la recevoir. Elle me sourit, je lis un « merci » dans ses yeux, elle dépose son sac dans un coin et, alors que je m'apprête à quitter sa chambre pour lui laisser un peu d'intimité, elle se jette dans mes bras. Je la serre à nouveau contre moi durant plusieurs minutes, savourant cette sérénité que j'éprouve depuis que je sais qu'elle va bien.

Je ferme doucement la porte et j'ai soudain envie de pleurer. Pourquoi la vie semble-t-elle si difficile ? Comment une fille si jeune peut-elle déjà être si torturée et si désenchantée ?

Le temps des questions viendra. Pas ce soir, mais il viendra. J'ai besoin de savoir ce qui l'abîme autant. Entre déchiquetées de la vie, il y a de fortes chances qu'on puisse s'entraider, non ?

Le lendemain, vers midi, elle n'est toujours pas sortie de sa chambre. Pour voir si elle va bien et si elle ne délire pas en voyant des goélands roses voler au-dessus d'elle (rapport à son *bad trip*), je lui apporte du café, des fruits frais et des croissants. Je frappe doucement et après avoir entendu un timide « entrez », pousse la porte en prenant garde de ne rien renverser. La lumière est allumée et Camille est adossée contre le mur, lovée entre deux gros coussins, un livre entre les mains. Je dépose mon chargement sur son lit et lui souris :

— J'ai acheté du lait, de la confiture et des fruits bio. Elle me sourit à son tour :

— Merci, c'est adorable. Tu verras, une fois qu'on commence à faire attention à ce qu'on consomme, on trouve des alternatives intéressantes.

— Tout à fait, j'ai découvert plein de chouettes épiceries en centre-ville dans lesquelles je n'avais jamais mis les pieds avant.

Après un silence et tandis qu'elle déguste son premier croissant trempé dans le café et couvert de confiture, je me permets de lui demander :

— Comment tu te sens ?

Elle relève la tête, avale sa bouchée et se gratte le nez d'un air gêné :

— Mieux. Je suis désolée de t'avoir dérangée hier mais… je ne savais pas qui d'autre appeler.

— Tu as eu mille fois raison. Et, j'espère que tu seras d'accord pour rester un peu ici, avec nous. Je sais que ce n'est pas la vie dont peut rêver une jeune fille, se retrouver coincée avec un vieux ronchon et des femmes un peu fofolles, mais j'espère que tu accepteras. Tu n'es pas obligée de me répondre tout de suite, tu peux y réfléchir, évidemment. Je peux aussi te demander autre chose ?

Je la sens se raidir mais j'imagine qu'après son court séjour à l'hôpital, elle doit s'attendre à ce que je la questionne. Elle hoche presque imperceptiblement la tête, ce qui m'encourage à poursuivre :

— Est-ce que tu as déjà eu ce genre de problème ? Je veux dire des *bad trips* ou d'autres choses… en lien avec la drogue ?

Je me sens maladroite, je ne sais pas de quelle manière aborder les choses avec elle, je ressens en permanence cette peur d'aller trop loin, de la brusquer.

— Plus jeune, j'ai fait une overdose une fois, mais j'ai arrêté la drogue il y a plus d'un an.

— Alors... pourquoi ? Pourquoi as-tu craqué ?

— Pourquoi j'ai fumé des joints ? Je...

J'acquiesce. Elle déglutit et baisse les yeux, elle semble submergée par l'émotion, renifle et me regarde :

— À l'hôpital, ils m'ont dit que ma mère allait venir me chercher. Tu t'es fait passer pour ma mère ?

— À vrai dire, j'avais peur qu'ils ne me laissent pas te voir s'ils savaient que je ne faisais pas partie de ta famille...

— La drogue, ce soir-là, c'était à cause de ça...

Je lui laisse le temps de poursuivre.

— J'ai fumé pour oublier que je n'avais plus de famille. Léonard et toi, vous avez été tellement prévenants avec moi, vous avez pris soin de moi. J'ai eu peur que ça s'arrête, j'ai repensé à tout ce que j'avais vécu. À cette impression et cette croyance que notre famille sera toujours là, qu'on sera toujours aimée... alors que c'est faux. Tu sais à quel point ça fait mal quand on se rend compte que c'est un mensonge ? Cette révélation te troue le cœur pour toujours. J'ai flippé, j'étais triste. Tellement triste, Lucie...

— J'imagine qu'il y a des événements qui te rongent pour que tu sois si mal. Qu'est-ce que tu as vécu pour être si triste et si solitaire ? Pourquoi tu fais ça, Camille ?

Et merde, c'est sorti tout seul.

— Parce que le monde va mal. Parce que je vais mal. En même temps, avec un prénom pareil, j'étais destinée à la came, non ?

— Et tes parents ?

— C'est en partie à cause d'eux si j'en suis là… à cause de… à cause d'un truc que j'ai fait. Et ils m'en ont tellement voulu qu'ils m'ont fichue dehors.

Elle regarde par la fenêtre, l'expression soudain lointaine et un voile de tristesse devant les yeux. Comme je n'ai pas envie de la faire pleurer et que je la sens à fleur de peau, je décide de m'éclipser. Il me semble bon de lui préciser avant de quitter sa chambre :

— Sache que si tu as besoin, envie de parler, je serai toujours là. Pas pour te juger, juste pour t'écouter et te soutenir. Alors, n'hésite jamais et surtout… n'aie pas peur. D'accord ?

— D'accord. Merci, Lucie. Merci pour tout. Et… je veux bien rester là quelque temps.

Et moi, vais-je arrêter de me voiler la face et reconnaître que j'ai besoin de m'occuper de Camille pour rattraper mes erreurs passées ? Pour supporter ma culpabilité à propos de la mort de Coline ? Mon instinct protecteur ne sera-t-il pas trop étouffant pour elle ? Suis-je vraiment sur le bon chemin ? Rappelle-toi, Lucie, tu n'es pas sa mère. *Pas. Sa. Mère.*

Une fois en bas, j'ai l'impression d'assister aux préparatifs d'une fête de village. Léonard a installé un tableau avec une grande feuille blanche et note avec application la liste des courses de Noël, assisté par Vivianne et ma mère, assises sur des chaises comme à l'école. Une dizaine de cabas ainsi que des cartons débordant de décorations et empestant la cave jonchent le sol.

— Ma chérie, est-ce que tu vois autre chose à ajouter pour le repas du 24 ?

— Tu veux dire en plus des quarante produits qui sont déjà listés ? Vous prévoyez de nourrir tout Saint-Malo ? En comptant les poissons de l'océan et les grains de sable si chers à papy ronchon ?

— On fait les choses bien ou on ne les fait pas ! ajoute fièrement Léonard. C'est vraiment moi que vous venez de traiter de papy ronchon ?

Je ne relève même plus et lis plus attentivement ce qui est inscrit.

— De la dinde aux marrons et au foie gras ? Un velouté de poireaux et des Saint-Jacques avec une émulsion vanille... Vous comptez engager Joël Robuchon pour la préparation du repas ?

Vivianne sort des fiches toutes chiffonnées de sa combinaison rose à paillettes et prend un air concentré avant de les brandir devant nous :

— J'ai toutes les recettes ici ! Je les ai trouvées sur Marmiton.

— Merveilleux, s'exclame ma mère avec enthousiasme. Léonard cuisinera l'entrée, Vivianne et moi le plat de résistance et toi et Camille, la bûche aux trois chocolats. On a tout prévu et ce sera formidable !

Le fait que je ne sache même pas fouetter de la crème ne me terrorise pas plus que ça. Si je fais équipe avec Camille, je suis certaine de ne rien faire cramer.

Le matin du 24 décembre, je peux affirmer que je suis à l'ouest. Je ne me souviens même plus de mon prénom. On pourrait m'appeler « Arabica » que je sourirais comme une débile en répondant « oui, c'est bien moi ». En fin d'après-midi, nos invités, y compris Lionel qui a accepté ma proposition, arriveront et c'est déjà le branle-bas de combat dans la maison. Quand je descends, encore en robe de chambre, je rase les murs pour que personne ne m'aperçoive, je me sens incapable d'entrer en interaction avec un autre être humain avant d'avoir avalé trois cafés. J'ai presque atteint la cafetière, je m'apprête à me féliciter intérieurement pour mon agilité et ma discrétion quand j'entends ma mère hurler depuis le salon. Quelques minutes plus tôt, je l'ai aperçue accrocher sur le sapin les horribles décorations que j'avais fabriquées étant enfant :

— Ma chériiiie !

Comme par un réflexe de survie (réflexe qui doit provenir d'une ancienne vie dans la jungle), je m'accroupis, ni vue ni emmerdée. Ce sera mon nouveau *modus operandi*. Trop tard, elle a apparemment perçu mon mouvement et apparaît dans la cuisine :

— Tu ne veux pas venir voir le petit renne que tu avais offert à grand-père pour le Noël de 1989 ? Qu'est-ce que tu fais à quatre pattes sur le carrelage ?

— Oh rien, j'avais envie d'expérimenter un nouveau truc et de sentir ce que ça faisait de marcher sur mes genoux.

— Très bien, c'est absolument formidable.

Je me demande si je dois m'inquiéter du fait que ma mère trouve mon attitude normale. J'ai créé une maison de fous ! Plus besoin d'envoyer Vivianne à l'asile, on y est tous et… c'est ma faute. À force de vouloir sauver tout le monde, je n'ai fait qu'empirer les choses ! Je me sers une tasse de café brûlant et me résigne à gagner le salon où je trouve Léonard en pleine observation du chef-d'œuvre de mes cinq ans.

— Ça, un renne ? Vous vous fichez de ma tronche ? On dirait une tortue.

Je subtilise des mains de mon petit vieux la vieille décoration en bois et fais mine de lui couvrir les oreilles :

— Chuuut enfin, il pourrait vous entendre. Vous n'avez pas honte de l'insulter comme ça ? Il ne vous a rien fait que je sache. Mon pauvre petit « lait de poule ».

— Vous avez appelé une décoration qui est censée représenter un renne mais qui ressemble en réalité à une tortue « lait de poule » ?

— J'étais très inspirée par les comédies de Noël à l'américaine quand j'étais enfant. Vous avez quelque chose à redire ?

— Absolument pas. Non, rien, vraiment.

Son regard trahit le contraire. Je lui fais une grimace et suis sauvée par Camille qui descend l'escalier, prête à commencer la préparation de notre bûche.

À 17 heures, nous sommes tous pomponnés, habillés pour la fête, le sapin brille de toutes ses guirlandes, le champagne est au frais et pétille de toutes ses bulles, l'apéritif est disposé sur la table du salon, la dinde est au four et Léonard se ronge les ongles. Nous sommes tous les deux assis sur le canapé, les bras ballants, comme si nous ne savions plus quoi faire de nos corps, stressés par les retrouvailles qui nous attendent. Je le pousse avec mon coude.

— Arrêtez un peu, vous n'aurez plus faim pour le repas.

— Je ne sais plus quoi faire de mes dix doigts. Comment faites-vous pour rester si calme ?

— Si vous pouviez voir l'état de mon cœur, là, à l'intérieur, vous verriez à quel point je suis à vif.

Je l'ai senti arriver avant même que la sonnerie retentisse. Mon ventre se contracte, ma peau se couvre de chair de poule, ma salive se transforme en sable, mon cœur en tambour, mon sang en lave, mon souffle en tempête.

— Pourquoi personne ne m'a prévenue qu'on recevait une célébrité ce soir ? Bonsoir Laurent Delahousse, c'est un honneur de vous recevoir dans notre humble demeure !

Je croise le regarde de Léonard et je lui fais un sourire crispé :

— Il fallait que ce soit Vivianne qui lui ouvre.

— Ce n'est pas plus mal, au moins, il est dans le bain directement.

Je me lève, mon corps pèse une tonne, et inspire profondément dans l'espoir de me calmer.

— Dites, il ressemble vraiment à Laurent Delahousse votre mari ?

— Oh, peut-être une légère ressemblance. Venez constater par vous-même.

Quand j'arrive à la porte d'entrée, ma mère serre Lionel contre elle, Chichi tente d'escalader ses jambes et Coco observe la scène depuis l'escalier. Mon cœur bat de plus en plus vite. Il lève les yeux vers moi et nos regards s'accrochent. Il me sourit. Je lui souris et je sens mes joues s'enflammer. Et mon cœur un peu, aussi. Ma mère tourne la tête vers moi, les yeux pleins d'amour et libère enfin Lionel qui s'approche, la démarche hésitante. Il ne faut pas plus d'une seconde pour qu'il ouvre les bras, que je m'y réfugie et que nous profitions, pendant quelques secondes, de la chaleur de nos corps et de nos joues collées l'une contre l'autre. Il murmure à mon oreille :

— C'est bon de te voir.

Sous le coup de l'émotion, je suis incapable de répondre, les mots restent coincés dans ma gorge. Le bruit des voix sur le perron nous arrache à nos retrouvailles et nous voyons deux silhouettes avancer vers nous, Karine et Bastien, l'un tient une bouteille de vin, l'autre quelques cadeaux. Des embrassades, des sourires gênés, quelques mots bafouillés. Je sens Léonard ému quand Bastien le salue en le prenant longuement dans ses bras. Je l'ai vu parce qu'il a fermé les yeux une seconde de plus que d'habitude et que ses vieilles mains ont tremblé légèrement.

Tout le monde s'installe au salon, Vivianne attribue les places à tout le monde et s'assied à côté de Lionel en le fixant sans dire un mot comme s'il risquait de se volatiliser si elle ne le surveillait pas, Léonard sert le champagne et tout le monde commence à se détendre après avoir bu un verre. Nous évoquons des souvenirs, des fêtes de Noël ratées ou des moments d'émotion. Camille et Bastien, qui suit un cursus de Bachelor en environnement à Paris, parlent de développement durable et des problèmes de la planète avec passion. Lionel plonge de plus en plus souvent son regard dans le mien, sa cuisse frôle la mienne et je commence à sentir une chaleur que je n'avais plus ressentie depuis longtemps envahir mon ventre. C'est bon de sentir un corps qui s'éveille. Trop longtemps, j'ai eu l'impression d'être morte à l'intérieur, comme si mon être se contentait de remplir ses fonctions vitales de manière purement mécanique.

L'entrée est délicieuse, même si l'émulsion vanille ne ressemble pas à une écume légère mais plutôt à une lourde vague, le plat est savoureux, même si certains marrons ne sont pas assez cuits, mais tout le monde s'en accommode. Le vin coule à flots, mais malgré l'apparente ambiance bon enfant, j'ai l'impression d'être dans une poudrière. Il suffirait d'une étincelle pour que tout explose.

Tout se déroule bien, jusqu'au dessert.

La fatigue peut-être. Les tensions accumulées certainement. L'émotion trop forte. Vivianne, curieuse, commence à poser des questions aux convives et s'adresse à Karine et Léonard :

— Ça faisait longtemps que vous ne vous étiez pas vus tous les trois ?

Elle ignore tout du nid de vipères dans lequel elle vient de mettre les pieds. Bastien plonge le nez dans son assiette, Léonard s'étouffe avec le vin rouge et Karine pince les lèvres. C'est pourtant elle qui répond :

— Environ trois ans, c'est bien ça, papa ?

— Aussi longtemps ? Tu es sûre ?

Bastien sort de son silence et ajoute tristement :

— Oui, je m'en souviens bien parce que c'était juste après la mort de grand-mère...

Les autres conversations cessent, un silence s'installe autour de la table et tout le monde reporte son attention sur la famille de Léonard. L'ambiance s'alourdit et devient pesante, comme si un nuage gris et un voile de brouillard enveloppaient dorénavant la table de fête.

— Un peu de champagne ? tente ma mère pour désamorcer la bombe qui s'apprête à péter.

Le bouchon fait « plop ». Personne ne répond.

Quelques secondes plus tard, Lionel, qui tente d'atténuer le malaise, lui tend son verre avec un jovial :

— Volontiers !

Belle tentative mais qui ne suffit pas à détendre l'atmosphère. Léonard termine son verre d'une traite et confie d'une voix rauque où percent la tristesse et des notes de rancune :

— J'ai tout perdu quand vous êtes partis.

Impossible d'arrêter le train fou. Karine pose ses couverts, fixe son père d'un regard perçant et déverse les mots qu'elle a peut-être trop longtemps gardés pour elle :

— C'est toi qui as tout fait pour qu'on s'en aille, papa. Tu ne voulais plus qu'on vienne te voir, tu ne répondais plus au téléphone. Et quand on venait quand même, tu n'ouvrais même pas la bouche et tu passais ton temps à regarder dans le vide. On n'existait plus pour toi, tu t'étais enfermé dans ta douleur et tu ne nous voyais même plus. Et Bastien voulait aller à l'université à Paris pendant que toi, tu ne voulais plus bouger, tu ne voulais même plus vivre. Sans maman, tu étais devenu un fantôme.

Il ne répond pas.

— Tu te souviens de la dernière fois ou tu m'as souhaité mon anniversaire ? Ou celui de Bastien ? Tu te souviens des dates au moins ou tu les as oubliées en même temps que nous ? As-tu as reçu mes innombrables lettres, mes invitations à venir sur Paris et les billets que je t'avais envoyés pour les vingt ans de Bastien l'année passée ?

Il se lève sans un mot et rejoint sa chambre sous le regard noir de Karine. Le silence ressemble à un bloc de béton et plus personne n'ose faire un seul mouvement. Des bruits proviennent de la pièce, comme s'il tirait des choses sur le sol puis, après un moment qui nous semble avoir duré une éternité, il réapparaît, deux cartons dans les bras. Il les pose sur la table, les ouvre et sort, les mains tremblantes, le contenu des boîtes devant nous :

— Voilà vos lettres. Je les ai toutes gardées.

— Vos lettres ? demande Karine qui semble ne pas comprendre. Bastien sort enfin de son silence et regarde sa mère :

— Moi aussi, j'avais besoin d'écrire à papy. Il me manquait...

Karine retient un hoquet et une larme roule sur sa joue avant qu'elle retrouve la force de questionner son père à nouveau :

— Et à ton petit-fils, tu lui as répondu au moins ?

Léonard baisse la tête.

— J'en étais sûre, siffle-t-elle.

— Ton anniversaire est le 8 novembre et celui de Bastien, le 22 septembre.

Il ouvre alors le second carton et en sort des lettres, des objets et des livres, certains sont emballés, d'autres non.

—Je vous ai écrit des cartes et je vous ai préparé des cadeaux... pour chacun de vos anniversaires. Je n'ai jamais osé les envoyer mais ils sont tous là. Pour Bastien et toi. Prends-les s'il te plaît.

—Je ne sais pas quoi te dire. Es-tu conscient que ça ne rattrape pas tout ? Encore moins ton absence...

Un autre silence s'abat sur la table avant que Karine le brise à nouveau d'une voix où perce son émotion :

—Pourquoi, papa ?

Léonard ose enfin lever les yeux sur elle, ses épaules s'affaissent, il a l'air de se ratatiner, mais il murmure une explication :

—Quand je te regarde, je vois ta mère.

—Et ce n'est pas bien ? Tu pourrais avoir l'impression de la retrouver, tu pourrais au moins aimer en moi la part que tu vois d'elle.

—Je n'y arrive pas... elle me manque encore beaucoup trop. Je sais bien que ce n'est pas ta faute mais ma vie s'est arrêtée quand elle est partie...

—Maman était une femme formidable, humaine, généreuse et elle a toujours tout fait pour nous rendre heureux. Tout l'inverse de toi. Tu n'es qu'un égoïste. J'ai perdu ma mère et mon fils a perdu sa grand-mère. Même Bastien tu le rejettes, je n'arrive pas à te comprendre. Viens, chéri, on s'en va. Merci à vous tous pour cette soirée, le repas était délicieux.

Deux minutes plus tard, ils quittent la table et la maison, laissant un goût amer aux convives et un grand vide dans la salle à manger.

Vivianne et ma mère s'approchent de Léonard, l'une lui prend la main et l'autre lui sert à boire avant d'ajouter :

— Je crois qu'il est temps de chanter !

— Oh oui, chantons « Les anges et la campagne », s'enthousiasme Vivianne.

Je vais mettre un CD de chants de Noël et rejoins la troupe avec l'espoir que nos rires et notre bienveillance aideront Léonard à passer l'épreuve et les tourments qu'il traverse.

Heureusement, après une autre bouteille de champagne et quelques fous rires dus à Camille et Vivianne qui entonnent les mélodies comme des casseroles et qui réinventent les paroles de « Gloria », l'ambiance s'allège à nouveau et redevient agréable. Je me détends… enfin, ça, c'était avant que Lionel se penche vers moi pour murmurer :

— Et si on allait faire une petite balade ?

Mon cœur manque un battement et mon ventre fait un looping mais j'acquiesce et nous nous dirigeons vers la porte d'entrée pour enfiler nos manteaux et enrouler nos écharpes. L'air est si froid à l'extérieur qu'il me coupe le souffle. Nous avançons côte à côte en silence pour gagner la jetée et observons les vagues et l'horizon sombre. Lionel prend l'initiative de la première question et je sens son regard sur moi alors qu'il me demande :

— Comment tu vas ?

— Mieux…

— Ça se voit, tu as l'air plus apaisée.

— C'est vrai. Je me sens mieux. De mieux en mieux.

— Parce que tu t'es éloignée de moi ? De nous ?

— Parce que j'apprends surtout à me dire que la vie n'est pas finie malgré tout.

J'ose enfin lever les yeux sur lui et il me sourit timidement, son sourire me fait craquer. Pour la première fois depuis longtemps, j'ai envie de l'embrasser. Mais il est encore trop tôt, je n'ose pas l'approcher, son corps m'est devenu étranger depuis si longtemps qu'il me fait peur, alors je continue à marcher :

— Et toi, comment tu vas ?

— Ça va. Tu me manques, « nous » me manque. Et j'ai eu mal quand je suis tombé sur le carton, ça a fait remonter pas mal de souvenirs…

Mon cœur se serre. La blessure s'ouvre à nouveau, lentement, comme si un scalpel pénétrait ma chair pour l'entailler centimètre par centimètre, et je me mords la lèvre pour ne pas sangloter en repensant aux affaires de Coline.

— Je n'aurais pas dû garder ces objets.

— Je ne te juge pas. Je comprends. Ce que je ne comprends pas, c'est comment on en est arrivé là tous les deux. On s'aimait tellement, Lucie…

Ce qu'il me dit me fait si mal que j'ai l'impression d'être coupée en deux même si je suis consciente qu'une grande partie de cette responsabilité m'incombe. Comment le lui dire ? Comment lui avouer enfin que c'est en partie mon silence qui nous a tués ?

— Ce sont mes limites qui nous ont éloignés. Je n'arrivais plus à vivre, à parler, je voulais tout oublier… Je voulais m'oublier. Et laisser derrière moi tout ce qui me rappelait Coline. Et tu en faisais partie…

— Et moi, j'avais tellement besoin de toi. Mais tu t'es fermée. Complètement. On ne pouvait même plus évoquer Coline, j'ai perdu ma fille et ma femme en même temps. J'avais tellement besoin de t'en parler pour pouvoir surmonter cette épreuve avec toi. Je voulais qu'on essaie d'avoir un autre enfant mais tu n'as jamais voulu en discuter…

— Je ne voulais pas la remplacer. Je… j'avais tellement peur de retomber enceinte, d'apprendre que c'était une fille. J'étais incapable de gérer ça. Être enceinte à nouveau, ça voulait dire l'oublier. L'effacer pour toujours. C'était trop tôt.

— Ça aurait pu nous aider, ça aurait pu combler ce vide. Ce vide nous a fait crever Lucie. Ce vide et ton silence.

— Je suis désolée.

— J'aurais aimé qu'on puisse se soutenir et en parler. Tu étais la seule personne capable de comprendre ce que je traversais, ce que je ressentais. Personne d'autre, juste toi. Tu n'as jamais réalisé ça ? Que j'étais le seul à savoir exactement ce que tu vivais ? Les tourments, la peur, la culpabilité, l'angoisse, l'impuissance, ce ver qui te ronge en permanence le bide, ce gris et ce noir qui remplacent tout ?

Nous nous regardons et, pour la première fois, je vois à quel point il a souffert lui aussi. Je suis capable de sortir de ma propre douleur. Je suis capable de le comprendre. Je m'approche, lui prends la main, il m'attire contre lui et nous pleurons dans les bras l'un de l'autre, face à la mer.

Plus tout à fait seuls dans ce qui nous déchire.

Nous marchons en silence pour regagner la maison et retrouver un peu de chaleur. Dès que nous poussons la porte de *La Malouinière*, nous percevons des rires venant du salon. Nous nous jetons un coup d'œil interrogateur et retrouvons notre joyeuse troupe autour de la table basse, des tasses à thé et à café vides traînant çà et là. Léonard a le doigt en l'air pour capter l'attention des autres, Vivianne, Camille et ma mère le regardent comme s'il allait annoncer qu'il devenait le maître du monde, et lance à la cantonade :

— Camioooon !

Tout le monde éclate de rire. Vivianne relance :

— Moi aussi, j'en ai un ! Pouuuux !

Ma mère ajoute :

— Choux !

Léonard complète en pouffant :

— Genoux !

Et ils repartent de plus belle. Je jette un coup d'œil à Lionel qui se retient de s'esclaffer en mettant la main devant sa bouche. Je chuchote :

— Si l'un d'eux ajoute « cailloux » et que ça les fait marrer, j'appelle l'asile.

Ma mère hurle :

— Caillouuuux !

— Mais, enfin, qu'est-ce qui vous arrive ? je lui demande.

— C'est le cake de Camille. Elle a mis un ingrédient secret dedans et ça nous fait beaucoup rire !

Les yeux ronds, Lionel goûte un morceau du cake et se penche vers moi pour éclairer ma lanterne :

— Je n'y crois pas, c'est du *space cake.*

Camille essaie de me rassurer :

— Ne vous inquiétez pas, ils n'en ont mangé qu'un tout petit bout. Moi, je n'y ai pas touché Et ce n'était pas voulu ! Je l'avais préparé pour Léonard… pour l'aider à supporter la douleur de sa deuxième hanche. Mais Annick l'a servi avec les cafés. Et, euh, voilà.

— C'est magique, je n'ai plus mal du tout, confirme Léonard.

— Moi non plus ! ajoute Vivianne.

— Moi, je ne sens plus mes oreilles, confirme ma mère.

Lionel retient un gloussement et moi aussi. Je tente de garder mon sérieux mais face à l'hilarité générale, c'est peine perdue.

Vers 2 heures du matin, tout le monde va se coucher et j'accompagne Lionel à la porte pour lui dire au revoir. Je ne sais pas quoi faire de mes mains ni de mon regard que j'évite de poser sur lui trop longtemps de peur de me laisser gagner par l'émotion. Lionel prend congé en me serrant une nouvelle fois dans ses bras, je respire à plein poumons son odeur si familière alors qu'il me glisse :

— J'ai réservé un hôtel au centre des remparts et je repars tôt demain matin. J'avais peur de m'imposer et je savais que si je restais plus longtemps, j'aurais certainement envie de te voir. Encore.

Au creux de son oreille, je lui réponds, les yeux fermés pour graver ce moment au plus profond de ma mémoire :

— Merci d'être venu. J'avais besoin que tu constates que j'arrivais toujours à vivre…

— Tu sais, Lucie, je n'en ai jamais douté. Toi, peut-être. Mais, moi, jamais.

Nous nous sourions et je le suis des yeux jusqu'à ce qu'il disparaisse dans la nuit.

Chapitre 13 : si on s'occupait de la librairie ?

Après les fêtes de Noël, début janvier, nous relançons les activités de la bibliothèque et poursuivons les aménagements de la librairie que nous comptons ouvrir dans un proche avenir. Même si Vivianne attend toujours la décision du tribunal de commerce, nous nous investissons tous dans la mise en place, car le fait d'avoir un projet commun tisse des liens encore plus forts entre nous.

Camille, qui nous aide également dans toutes les activités, a pris possession de la cuisine et passe des heures à préparer des cakes et des pâtisseries de plus en plus élaborées. Une fois par semaine, elle teste de nouvelles recettes et les offre aux visiteurs de la bibliothèque, ce qui a pour conséquence de faire venir de plus en plus de monde. Des livres et des douceurs, un mélange plutôt paradisiaque, non ?

Aujourd'hui, nous sommes en pleine dégustation d'éclairs au chocolat, moka ou crème de citron et je suis en train de me lécher les doigts pour ne pas perdre une miette du glaçage quand madame Legoff se présente dans le salon en tenant un énorme cochon en porcelaine :

— Lucie, je peux laisser ça dans un coin ?

Un sourcil levé, je me demande bien ce qu'elle a derrière la tête et ce qu'elle souhaite que j'en fasse :

— Bien sûr... Vous pensez que le chihuahua et le goéland commencent à se sentir seuls et qu'ils pourraient entamer un dialogue avec un faux cochon ?

Elle me regarde comme si j'étais folle et il lui semble utile de préciser, articulant chaque mot comme si elle s'adressait à un enfant de deux ans :

— Non, ça, c'est une tirelire ! Une ti-re-li-re ! Rassurez-moi, vous savez à quoi ça sert ? Il y a une fente sur le dessus et on peut mettre des sous-sous dedans.

— Des sous-sous ?

— De l'argent, quoi. Est-ce que vous comprenez quand je vous parle ?

— Je... Euh... Oui. J'avais cru comprendre mais... pourquoi ?

— Avec d'autres usagers, on s'est dit qu'on pourrait vous soutenir un peu et cotiser régulièrement pour vous aider dans les frais de la bibliothèque. D'autant plus qu'avec la petite Camille, on a des pâtisseries gratuites alors... on trouve normal de participer et de vous offrir un petit quelque chose. Voilà !

— C'est... vraiment adorable. Merci, Madame Legoff.

— Merci à vous, Lucie.

La vieille dame prend congé, je la vois serrer contre elle un sac qu'elle n'avait pourtant pas en arrivant et m'empresse d'aller faire part de la nouvelle aux autres. Ils sont en train d'aider Vivianne à monter des tables pour qu'elle puisse y disposer des ouvrages de son ancien stock. Léonard tient une visseuse, Camille un marteau et ma mère un pied de table (qu'elle empoigne d'ailleurs à l'envers). La libraire étudie attentivement le plan du meuble et le tourne dans tous les sens, je ne l'ai jamais vue aussi impliquée. Chaque soir, elle travaille tard, passant des heures à trier des livres, à dépoussiérer des couvertures et à dessiner des plans pour aménager au mieux ses rayons. Ça me fait plaisir de la voir enfin s'investir dans une autre tâche que le ménage. De mon côté, je réfléchis à la meilleure manière de communiquer sur l'ouverture de ce coin librairie. Les habitués ont bien constaté que certaines choses bougeaient mais, comme nous ignorons encore quand nous pourrons lancer cette activité, nous préférons garder l'information confidentielle pour le moment et rester évasif quand ils nous posent des questions.

En me réveillant ce matin, je m'étire dans mon lit et allume mon téléphone pour consulter mes réseaux sociaux, lovée dans mes draps tiédis par la chaleur de mon corps. Un message arrive quelques secondes plus tard :

Je pense à toi.

Je souris, surprise de l'effet positif que produisent sur moi ces quatre petits mots. Je réponds à Lionel un simple « moi aussi », pas encore prête à en livrer davantage mais refusant de me murer plus longtemps dans mon silence destructeur.

Après une toilette rapide, je descends puis profite de l'ambiance calme et de la chaleur du salon avant l'arrivée de nos passionnés de littérature et m'assieds à côté de Léonard pour déguster mon café. Lunettes posées sur le nez, il lit le journal, l'air concentré et bougonne de plus en plus fort. Je sursaute et renverse la moitié de mon café sur mon plaid quand il explose :

— Ah mais non !

— Ah mais non, quoi ? On n'a pas idée de faire autant de boucan dès le matin, enfin !

— Lisez ça. Vous me direz si ma réaction n'est pas justifiée !

Il me tend le journal, désigne une page sur laquelle s'affiche la photo d'un homme posant devant un magasin, sourire de *golden boy* à l'appui, et je plisse les yeux pour lire l'article incriminé. C'est bizarre, cette tête me dit vaguement quelque chose.

Une nouvelle grande surface au centre de Saint-Malo

Les grands magasins Bonnard ont mis en place leur nouvelle stratégie : ouvrir une nouvelle enseigne chaque année. La prochaine sera installée en plein centre des remparts de Saint-Malo, dans les anciens locaux du supermarché. La nouveauté de cet hypermarché ? La création d'un espace culturel et d'une librairie au sein même de la grande surface, remplaçant d'ailleurs *Livres en folie*. « Nous pensons que le monde du livre est en pleine mutation et que les librairies ont eu leur temps, c'est un modèle qui ne fonctionne plus, explique monsieur Bonnard, l'homme d'affaires qui a monté ces succursales à succès. Preuve en est avec l'ancienne enseigne qui a fait faillite ici même il y a quelques mois, la responsable n'a, de toute évidence, pas su s'adapter aux attentes des habitants. Elle n'a pas été en mesure d'assurer la gestion de l'établissement à cause des changements du marché. C'est triste mais c'est une réalité. Maintenant, le consommateur peut acheter son pain, sa salade et son roman préféré au même endroit. Il n'a plus le temps de faire trois magasins, il veut acquérir ses produits le plus vite possible. Nous sommes là pour le servir et lui apporter tout ce dont il a besoin ou envie le plus efficacement et rapidement possible, ajoute, enthousiaste, le directeur. De plus, nous sommes fiers de vous annoncer que nous sommes dorénavant la librairie qui proposera le plus grand choix de romans au centre des remparts de Saint-Malo. Nous comptons bien nous tailler la meilleure réputation du marché. »

Ce n'est pas possible, je n'arrive pas à en croire mes yeux. Ce mec se permet de critiquer l'ancienne librairie de Vivianne et se vante comme un malpropre avec son attitude puante ? D'autant plus que la venue d'une nouvelle librairie si proche de la nôtre n'est pas la meilleure nouvelle de la journée. Je balance le journal sur la table avec rage et m'exclame à mon tour :

— Ah mais non !

— Vous voyez !

— Je vois quoi ?

— Vous aussi vous avez dit « ah mais non » !

— Ah oui.

— Cette histoire ne va pas arranger le lancement de notre coin librairie...

Une ombre rose se matérialise soudain à nos côtés :

— Je peux venir ? Vous semblez avoir une conversation particulièrement intéressante. C'est grâce à cet article ?

Nous nous jetons un regard avec Léonard, pensant certainement à la même chose : ce n'est pas une bonne idée que Vivianne lise ce papier. Trop tard, elle tient déjà le journal et observe la photo du bonhomme avec curiosité :

— Je connais cette tête ! On l'a déjà vue ici même.

— Oh mon Dieu, tu as raison...

Je me penche par-dessus son épaule pour regarder à nouveau la photo et, avant d'avoir pu réagir, elle hurle :

— Trou du cul !

Merde, elle a lu l'article. Je lui arrache le journal des mains mais le mal est fait. Les restes du papier déchiré restent entre ses doigts. Soudain frappée par l'évidence et par l'expression hautaine que l'homme affiche, je réalise où je l'ai déjà vu :

— Oh mais je sais, c'est Ralph !

— Ralph ? demande Léonard.

— Oui, regardez mieux. C'est l'homme qui était venu participer à mon premier atelier d'écriture.

Vivianne a l'air d'avoir buggé. Je repense à ce qu'Amandine m'avait confié sur son passé et sur son père qui avait été si dur avec elle quand elle était enfant. Le fait que Ralph l'ait jugée publiquement incapable de tenir son commerce doit raviver ses anciennes blessures et appuyer exactement là où ça fait mal, accroissant encore ses doutes sur ses capacités.

Les yeux vides, elle ne bouge pas, l'article toujours entre les mains. Est-ce le choc qui l'a anesthésiée ? À y regarder de plus près, je vois ses narines qui palpitent. Puis, c'est sa mâchoire qui se contracte. Puis ses doigts, et ce qui devait arriver arriva. Je l'entends grincer des dents puis produire un petit bruit qui ressemble à un « prourrr ». Et c'est l'explosion. D'un coup, elle se lève, les yeux exorbités, et sautille dans tous les sens, balançant des pages du journal qu'elle vient de me reprendre partout dans le salon.

— Sale racluuuuure ! Racluuuure. Rrrrr…

Tout en assistant à la scène et en voyant Vivianne courir dans le salon avant de se lancer dans l'escalier en proférant des insultes de plus en plus vulgaires, je dis à Léonard :

— Je crois que je devrais appeler Simon Perruche en urgence avant que ça dégénère.

Heureusement assez réactif, le psychiatre débarque une demi-heure plus tard. Il était temps, j'entends toujours Vivianne hurler des injures dans toute la maison. Simon se débarrasse de son manteau, reprend sa mallette qu'il venait de déposer par terre le temps de se dévêtir, repousse ses lunettes sur son nez et me questionne sur les raisons de la crise. Une fois que je lui ai expliqué la situation, il hoche la tête d'un air préoccupé avant de demander :

— Vous savez où elle est ?

Je tends l'oreille.

— Pisseuuur !

— D'après l'écho, je dirais dans la cave en ce moment. Quelques secondes plus tard, nous entendons un autre cri :

— Merdeuuuux !

— Ah, je crois qu'elle a bougé et qu'elle est dans l'escalier qui mène au premier étage.

Il me sourit malgré son air paniqué :

— Je… je crois que je vais y aller.

— Bien. Bonne chance. Je reste en bas si vous avez besoin de moi.

— Merci.

Une heure plus tard, le calme est revenu dans la maison et Simon Perruche redescend, les cheveux ébouriffés, les lunettes de travers et la mine affreuse de celui qui a vu un fantôme. Toujours inquiète pour Vivianne, je quitte le canapé et le rejoins au pied de l'escalier, la tête pleine de questions :

— Alors ? Pas de crème cette fois-ci ?

— Elle s'est servie du sèche-cheveux pour… me faire reculer. Elle l'a mis à la puissance maximale.

— Ah, je comprends mieux votre coiffure. Comment va-t-elle ?

— Elle est en train de dormir. Je lui ai donné des calmants et je lui ai prescrit des anxiolytiques et des somnifères. Vous pourriez vérifier qu'elle prend bien ses cachets ? Juste quelques jours, histoire que la crise se calme.

— Bien sûr.

Il me donne une copie de la prescription avec la posologie et ajoute qu'il repassera pour constater si l'état de Vivianne s'améliore dans le courant de la semaine. Malgré son air éprouvé par la visite, je jurerais l'avoir vu sourire en quittant la maison.

Deux jours plus tard, il est à peine 8 heures quand je sors de ma chambre pour boire mon premier café. Alors que je descends les dernières marches, je suis étonnée d'entendre du bruit provenant du salon. Il est encore tôt pour se mettre au travail. Curieuse et légèrement inquiète, je vais jeter un coup d'œil et trouve Vivianne, assise sur le parquet, un carton de livres entre les jambes. Elle vide son contenu et balance bruyamment les ouvrages sur le sol en susurrant quelque chose que je n'entends pas. Elle me semble bien agitée pour quelqu'un qui prend des calmants et je ne peux m'empêcher de trouver son attitude louche. Je m'approche et tends l'oreille, il ne me faut pas longtemps pour percevoir l'insulte qu'elle répète sans cesse : « racluuure ». À chaque livre qu'elle balance par terre, elle assène un « raclure » d'un ton acerbe. Du coup, j'ai des doutes quant au respect des consignes de Simon Perruche et m'assure qu'elle suit son traitement :

— Bonjour, Vivianne, ça va ? Dis-moi, tu as pris tes cachets ce matin ?

Elle lève la tête en entendant ma voix, évite mon regard, se lève précipitamment et quitte la pièce, certainement pour fuir mes questions, son foulard rose volant derrière elle dans sa précipitation. Je la suis dans les couloirs, ne comptant pas la laisser s'en tirer à si bon compte. Quand j'arrive dans la cuisine où elle s'est réfugiée derrière Camille qui fait dorer des pancakes, je remarque Léonard en train de ronfler, le front posé dans son assiette du petit déjeuner. Il a de la compote de pomme jusque dans les cheveux. Je hausse les sourcils, mon regard passe de Camille à Léonard et s'arrête sur Vivianne :

— Qu'est-ce qu'il se passe ici ?

Camille lève les deux mains d'un air innocent et semble tout aussi surprise que moi par l'incursion de Vivianne. Je désigne du doigt le petit vieux, une intuition au creux du ventre. La libraire, elle, fait tout pour ne pas jeter un coup d'œil au vieux ronchon.

— Vivianne, qu'est-ce que tu as fait ? Léonard ne dort jamais à cette heure-ci, d'habitude, il a même déjà avalé un Red Bull et plusieurs cafés.

— Il se pourrait que…

Elle ne finit pas sa phrase. De plus en plus méfiante, je veux savoir :

— Que… quoi ?

— Que, dans un élan purement altruiste, j'aie partagé mes médicaments avec lui ce matin. Il me semblait fatigué, il avait certainement besoin de se reposer.

Je n'arrive pas à y croire et manque de m'étouffer avec ma propre salive sous le coup de la stupeur :

— Mais enfin, tu ne peux pas faire ça ! Ça pourrait être dangereux, tu as pensé à son cœur ? Et toi, tu les as prises tes pilules ?

— Son cœur ? Vu le bruit qu'il fait, il n'a pas l'air mort ! Comme je me sentais en forme ce matin, je n'ai rien pris, non.

— C'est pour ça que tu répètes « raclure » en boucle depuis que tu t'es levée ?

— Je… quoi ? Non, je n'ai pas fait ça.

Je gronde :

— Vivianne.

— Oh ça va, je te promets que je ne dirais plus de grossièreté. Mais je n'aime pas ces médicaments, ils me transforment en zombie et je n'ai plus l'énergie de travailler sur le projet de librairie quand je les avale. Hier, j'ai passé la journée affalée sur le tapis.

Camille a l'œil brillant :

— En zombie ? Ça a l'air cool, je peux essayer ?

Je gronde à nouveau :

— Camille ! C'est ma mort que vous voulez, en fait ?

— Tiens, prends des pancakes, me réconforte la jeune fille en me tendant une assiette fumante. Je te jure que je ne prendrai rien et que je ne toucherai pas aux médicaments de Vivianne.

— Tu te trompes, Lucie, on ne veut pas que tu meures. Jamais ! Enfin, pas avant très très longtemps, précise Vivianne en quittant néanmoins la cuisine dès qu'elle le peut.

Camille me tend une bouteille de sirop d'érable bio avec un grand sourire et je vais m'installer à côté de Léonard, épuisée par ces amis bien intentionnés mais éprouvants. J'essaie d'éviter la purée de pommes qui déborde jusque sur la table et essuie la bouche de mon petit vieux pour éviter qu'il ne s'étouffe avec la nourriture en l'avalant dans un ronflement.

Ma mère franchit la porte vêtue d'un long peignoir, se sert une tasse de café et s'installe à côté de moi. J'en profite pour me plaindre en désignant Léonard de la tête :

— Vivianne lui a donné ses calmants. Qu'est-ce que je vais bien pouvoir faire d'eux ?

— Il me semblait bien avoir entendu du raffut. La question est plutôt : qu'est-ce que tu ferais sans eux, non ?

Je ne peux m'empêcher de sourire devant la perspicacité de ma mère.

— Merci, maman. Tu n'as pas toujours raison, mais là, je ne peux que m'incliner devant ta grande sagesse. Ils me tuent… mais je les aime.

— Ça se voit et je crois qu'ils te le rendent bien.

— On fait une jolie troupe de bras cassés.

— De moins en moins cassés, j'ai l'impression…

Elle me sourit à son tour, avale une gorgée de café puis pose sa main sur la mienne avant de serrer mes doigts entre les siens.

Durant l'après-midi, j'essaie encore une fois d'avancer sur mon manuscrit, en tailleur, sur le canapé du salon, mais je dois me rendre à l'évidence : je suis complètement bloquée, tout simplement incapable d'écrire une ligne. C'est rageant ! Autour de moi, quelques habitués choisissent des livres, Léonard lit un roman avec la petite Mathilde et Vivianne semble faire des messes basses avec madame Legoff. Je les ai vues s'isoler dans l'atelier et ne peux m'empêcher de me demander ce qu'elles fabriquent, d'autant plus que Vivianne tenait un gros sac à la main. Qu'est-ce qu'il se passe ici ? Depuis l'ouverture de la bibliothèque vers 10 heures, j'ai vu un autre habitué partir avec un sac qu'il n'avait pas à son arrivée. Je dois être fatiguée. J'ai des visions. Suspicieuse, je fais confiance à mon instinct qui m'a prouvé plusieurs fois que je pouvais compter sur lui. Je me lève et pose mon ordinateur sur la table pour aller surveiller

Vivianne et frôle le mur pour gagner le hall d'entrée. J'arrive pile au moment où elle est en train de raccompagner madame Legoff. Je jette un coup d'œil vers les deux femmes et note que la libraire tient la clé de la boîte aux lettres, certainement dans le but d'aller chercher le courrier. J'ai juste le temps d'entendre le ton enjoué de la vieille femme :

— Merci encore, ça faisait longtemps que j'avais envie de…

Puis, elles sortent et ferment la porte derrière elles. « Envie de »… quoi ? Flûte, je n'ai pas entendu la suite. Peu de temps après, Vivianne revient et déboule tout agitée en hurlant à la cantonade :

— J'ai la lettre, j'ai la lettre. La décision du tribunal est arrivée ! J'ai la trouille !

Le salon a été déserté quelques minutes plus tôt par les derniers habitués en cette fin d'après-midi, et nous attendons, fébriles, qu'elle ouvre le courrier, tous impatients de connaître son contenu. Elle s'assied sur un canapé, le dos droit, inspire profondément et déchire l'enveloppe d'un geste sec avant de déplier le courrier et de le parcourir sous nos regards attentifs. Des quelques lignes de cette lettre dépendent tout notre projet. L'enjeu est énorme. Ils se sont tous tellement impliqués dans sa réalisation que je me lance dans une prière silencieuse pour qu'ils ne soient pas déçus. Pitié, pitié, pitié.

Léonard, qui est resté debout, appuyé sur sa canne, grommelle, plus concerné qu'il n'y paraît :

— Alors ?

Vivianne semble relire la lettre une seconde fois et nous essayons de deviner le résultat en observant son expression, mais elle reste de marbre. Elle finit par hurler en nous faisant tous sursauter :

— Hiiiiiiii !

Ma mère nous jette un regard désespéré :

— Ça veut dire quoi « hiiiii » ? Est-ce que quelqu'un a un décodeur de Vivianne ?

À mon tour de relancer :

— Vivianne, qu'est-ce que ça dit ?

Elle se met à faire des petits bonds, son foulard rose volète autour d'elle puis un sourire de plus en plus large éclaire son visage.

— Soit elle est folle, soit elle est contente, analyse Léonard.

Ma mère fronce les sourcils :

— Elle est un peu folle de toute façon, vous devriez affiner vos observations, mon vieux…

Avant que mes deux seniors se prennent le bec, Vivianne arrête de sautiller et se rassied, prête apparemment à nous confier la décision du tribunal. Dans un geste théâtral, elle brandit la lettre puis se racle la gorge :

— Alors, d'après ce qui est écrit, le tribunal de commerce ne proclame pas d'interdiction de gérer…

— Youpi, hurle Camille.

— Génial, ajoute ma mère.

Vivianne n'a pas terminé et nous confie, ne perdant rien de sa joie et de son aplomb :

— … mais il exige un comblement de passif avant que je puisse ouvrir une nouvelle structure.

J'ai l'impression d'assister à un match de tennis et ma tête fait d'incessants mouvements de droite à gauche entre mes amis :

— Un quoi ?

Léonard explique en soupirant, l'air un peu découragé :

— Cela signifie qu'elle doit rembourser une partie de ses dettes. Et, j'imagine que cela implique une demande de prêt à un organisme compétent. Je connais bien les banques, elles vont évidemment se renseigner sur les antécédents des chefs d'entreprise pour limiter les risques.

Je reporte mon attention sur la libraire :

— Ah et… tu penses qu'une banque accepterait de t'aider malgré ta faillite, Vivianne ?

— Mmmm. Pas impossible. Mais il faudra que je fasse une demande de prêt avec de très bons arguments. Je vais monter un dossier et travailler sur un nouveau business plan !

— Super, on va l'ouvrir cette librairie, s'enthousiasme Camille. Léonard grogne en retournant dans sa chambre :

— Je n'en serais pas si sûr à votre place…

Je lui balance avant qu'il disparaisse derrière sa porte :

— Ne faites pas votre rabat-joie ! On va tous t'aider comme on le peut, Vivianne.

— Une fois que j'aurais terminé le dossier, j'aimerais bien que tu le relises avec Léonard et… peut-être même que tu pourrais venir voir le banquier avec moi ?

— Bien sûr. On va tout faire pour que ça marche, fais-moi confiance.

Nous sommes en plein mois de février et le temps est glacial, des bourrasques soufflent sur le front de mer et les grandes marées offrent un spectacle apocalyptique que j'adorerais contempler si nous n'avions pas un rendez-vous aussi important. Vivianne travaille sur son business plan et son dossier pour la banque depuis un mois. Aujourd'hui, nous venons présenter le résultat à l'experte Aurélie Madec et dire que nous sommes stressées voire paniquées n'est que la moitié de la vérité. Léonard, habile négociateur malgré ses airs bourrus, a proposé de nous accompagner parce que, je cite : « L'une de vous deux est dans les nuages et l'autre est beaucoup trop gentille. »

Nous attendons dans la salle d'attente que la banquière vienne nous chercher, Léonard relit le dossier pour la dixième fois, Vivianne chantonne devant les brochures en remplaçant les paroles de « I will survive » par des termes bancaires (je capte « crédit, hypothèque et intérêts ») et moi, je tente de me concentrer pour faire ralentir les battements de mon cœur. Mais toutes mes tentatives échouent et quand Aurélie Madec apparaît, je suis au bord de l'infarctus. Elle nous accueille et nous propose de la suivre dans son bureau où elle s'installe en nous désignant trois chaises devant elle.

— D'après ce que j'ai compris, vous souhaitez solliciter un prêt pour ouvrir une nouvelle entreprise ?

Nous nous regardons tous les trois, ne sachant pas qui devrait prendre la parole en premier. Je balance un petit coup de coude à Vivianne pour qu'elle se jette à l'eau (façon de parler, évidemment, je n'ai pas envie qu'elle se retrouve dans les remous des grandes marées) :

— Oui, c'est bien ça. Les livres me manquent beaucoup et nous avons pensé que je pourrais lancer une petite librairie attenante à la bibliothèque de *La Malouinière*. Je suis une passionnée et je connais très bien les tendances du marché, j'ai envie de recommencer à partager mon intérêt pour la lecture avec les clients.

Tout en écoutant Vivianne d'une oreille, Aurélie Madec pointe un élément du dossier :

— Par contre, ce n'est un secret pour personne que vous avez malheureusement fait faillite avec votre ancienne structure...

Aïe, les problèmes commencent et un silence s'installe avant que Léonard décide de monter au créneau pour défendre le projet :

— C'est vrai que l'ancienne librairie est partie en liquidation mais il faut aussi être conscient que le marché évolue et que la surface était peut-être trop grande par rapport aux demandes de la clientèle…

— Bien, alors dans ce cas, est-ce que les difficultés ne seraient pas similaires pour votre futur commerce ? interroge la banquière.

Vivianne semble réfléchir, on dirait qu'elle hésite à confier quelque chose. Elle prend finalement la parole et avoue sur un ton si sincère qu'elle me donne envie de pleurer :

— Si l'on se penche sur les arguments pragmatiques, la surface sera beaucoup plus petite et le loyer sera bien plus modéré. Mais, si je veux être complètement honnête et transparente, j'ai une grande part de responsabilité dans l'échec de ma société. Je n'allais pas bien, Madame Madec. J'avais perdu le goût du travail. Le goût même de la vie et des livres. Mais aujourd'hui, la motivation est revenue, je me sens bien et je souhaite de tout mon cœur redonner envie aux gens de lire. C'est tout de même l'un des plus beaux métiers du monde, non ? Alors, laissez-nous une chance de le faire à nouveau. Le tribunal de commerce me demande de rembourser une partie de mes créanciers, sans quoi, je ne pourrais malheureusement pas ouvrir de librairie. Je connais tous les habitants des remparts, j'ai fidélisé une bonne partie de ma clientèle pendant mes années de pratique. Aujourd'hui, nous pouvons compter en plus sur les habitués de la bibliothèque. Nous avons tous les éléments pour bien faire alors, je vous en prie, laissez-nous une chance !

Léonard a presque la langue qui pendouille et moi, j'écarquille les yeux devant ma Vivianne, si motivée et si vivante tout à coup. La banquière nous sourit et referme le dossier et le business plan :

— Ma mère, Brigitte Legoff, est l'une de vos fameuses habituées, je ne vous cache pas qu'elle m'a beaucoup parlé de vous et de la bibliothèque de *La Malouinière*.

Je m'exclame, surprise :

— Vous êtes la fille de madame Legoff ?

— C'est ça. Comme je me suis mariée, j'ai pris le nom de mon époux. Vous savez, ma mère ne tarit pas d'éloge sur le lieu que vous avez créé. C'est pour cette raison, entre autres, que j'ai bataillé auprès de mon chef pour vous accueillir moi-même aujourd'hui. Vous n'ignorez pas que votre cas est délicat et que la banque ne prend, en général, pas ce genre de risque. Malgré ces barrières supplémentaires, j'avais tout de même envie de vous rencontrer mais...

J'ai l'impression que tout est foutu. Je jette un coup d'œil à mes deux compères, suspendus aux lèvres de la banquière qui marque une pause tout en nous fixant d'un air sérieux.

Chapitre 14 : les ennuis commencent…

Nous sommes tous les trois suspendus à ses lèvres alors qu'elle poursuit son explication :

— … mais vu le peu de frais qu'engendrera la nouvelle librairie, il vous faut un prêt qui couvrira majoritairement vos dettes par rapport à vos anciens créanciers. J'ai envie de vous aider dans ce projet, je vais donc vous accorder l'aide que vous sollicitez. En revanche, vous devrez suivre votre plan de remboursement à la lettre. J'ai votre parole ?

Nous nous jetons un regard sans vraiment croire à ce que nous venons d'entendre. Vivianne qui ne perd pas le Nord profite pour ajouter :

— Et pour l'ouverture d'un compte professionnel ?

— On va regarder ça ensemble, je vais chercher les papiers.

Dès qu'Aurélie Madec quitte le bureau, nous poussons un « youpi » unanime qui résonne dans la pièce et nous jetons dans les bras les uns des autres. Quand la banquière revient avec un porte-documents, elle nous confie avec un grand sourire :

— Les murs sont plutôt fins ici, je crois que tout l'étage vous a entendus.

Nous lui sourions encore, Vivianne remplit les informations nécessaires pour l'ouverture du compte et nous quittons la banque, non sans avoir remercié Aurélie Madec une bonne cinquantaine de fois. Nos sourires ne nous quittent plus. Comme des bienheureux, nous affichons des visages lumineux et disons « bonjour » à toutes les personnes que nous croisons sur le chemin de la maison.

Le soir, nous fêtons dignement la bonne nouvelle avec ma mère, Camille, Chichi et Coco. Les murs de *La Malouinière* vont se souvenir de nos rires et de nos cris de joie pendant très longtemps.

Maintenant que nous savons que la librairie pourra ouvrir, il est temps de planifier les étapes clés. Avec notre équipe de choc, nous mettons en place un agenda et un rétroplanning digne d'une agence d'événementiel puis décidons, à l'unanimité, de lancer le commerce le 1er mars. Comme les meubles ont déjà été montés, cela laisse le temps à Vivianne d'effectuer ses commandes et de mettre en place les rayons avec l'aide des autres. De mon côté, je m'occupe de la communication, imprime des flyers et gère la distribution en mettant tout le monde à contribution. La consigne ? Chaque habitué de la bibliothèque doit repartir avec un petit carton d'information.

Le projet ne tarde pas à s'ébruiter et de plus en plus de monde nous pose des questions. Comment ? Quand ? Vite. Vite ! Ils attendent, ils veulent nous aider, ils souhaitent participer à la vie d'un commerce local. Le soutien des habitués est tout simplement incroyable. Vivianne sourit tout le temps. Léonard semble avoir retrouvé l'énergie de ses vingt ans, Camille est toujours là pour donner des conseils à la libraire sur le rayon jeunesse et *young adult* et pour nous concocter des petits plats.

Le jardin représente la parfaite métaphore de notre petite communauté : il se développe petit à petit. Léonard y travaille quotidiennement avec Camille, lui transmettant sa passion pour un autre type de culture. La jeune fille et le papy passent beaucoup de temps ensemble à discuter de permaculture et d'agriculture biologique, les mains dans la terre. Camille compte utiliser au maximum les fruits et légumes du potager pour cuisiner dans le futur. En attendant les récoltes, elle s'inspire de livres de recettes pour concocter des plats de plus en plus élaborés. Elle se penche également sur un autre grand projet pour la maison : la rendre, elle et ses habitants, la plus écologique possible. Les investissements exigés sont gérés grâce, notamment, aux sous de la tirelire installée par madame Legoff.

Après une matinée consacrée à la planification de la journée d'ouverture de la librairie, je rejoins le salon et repère Camille, juchée sur l'escabeau, Léonard à ses pieds. Le petit vieux lui tend une ampoule en lui disant :

— Voilà, c'est la dernière pour les pièces communes. Ce week-end, on pourra se mettre aux chambres.

Curieuse, je les rejoins et m'exclame en montrant les lampes :

— Je ne savais pas que les ampoules ne fonctionnaient plus !

Camille dévisse l'ampoule du luminaire, les yeux plissés et m'explique sans s'arrêter :

— Certaines marchaient mais j'ai acheté des ampoules à basse consommation. Je vais également poser des brise-jet sur les robinets pour économiser l'eau. On réduit le volume tout en gardant la même pression, c'est un super principe ! En plus, ça nous permettra d'économiser 50 % de notre consommation. Et si tu es d'accord, on aimerait planter un arbre ou deux dans le jardin pour réduire notre empreinte carbone.

— Vous saviez que les arbres génèrent de l'oxygène et consomment du dioxyde de carbone ? explique Léonard, passionné par son sujet.

J'acquiesce, leur confirme que j'adorerais avoir quelques arbres dans le jardin puis m'éclipse à la cuisine pour me préparer un café. Quand je reviens au salon pour le boire et poursuivre la lecture de Guerre et Paix, je trouve Camille et Léonard en pleine partie de Uno :

— C'est pas juste, on ne peut pas mettre deux cartes +4 à la suite ! s'insurge Léonard.

— Bien sûr que si ! C'est pas ma faute si vous êtes mauvais perdant ! Vous voulez votre revanche ?

Léonard grogne mais je connais la bête et je sais dorénavant identifier quand il fait semblant d'être de mauvaise humeur. Les deux compères ont l'air de s'amuser comme des petits fous. Camille bat les cartes et commence à les distribuer, profitant de leur moment de complicité pour lui dire :

— Le fait qu'on ait changé les ampoules ne doit pas vous empêcher d'éteindre la lumière quand vous sortez d'une pièce, hein ! J'éteins toujours derrière vous.

— Je le ferai le jour où tu arrêteras de cacher mes canettes de Red Bull. Oh, pas la peine de faire cette tête-là, je sais très bien que c'est toi.

— C'est mauvais pour votre santé. Vous devriez plutôt boire…

— Quoi, le thé que tu confectionnes avec les herbes du jardin ?

— Parfaitement !

— Il n'a pas de goût et tu ne mets pas de sucre ! On dirait une boisson diurétique. Bref, comme on aborde le sujet de ce que tu fabriques en cuisine... tu as pensé à en faire quelque chose... je veux dire, pour la suite ?

Je fais semblant de lire, mais me concentre dorénavant sur leur conversation. Camille est jeune. Camille a la vie devant elle. Et Camille ne semble pas du tout consciente de son énorme potentiel en cuisine et plus particulièrement en pâtisserie. Léonard semble un peu mal à l'aise, mais je suis très touchée par ce qu'il essaie de faire avec elle.

— De quoi vous parlez ? Quelle suite ?

— De tes incroyables capacités à préparer toutes sortes de plats, enfin ! Tu es capable de concocter des merveilles avec une fraise et un brin d'herbe. Tu pourrais en faire ta vie. Tu n'y as jamais pensé ? Tu ne vas pas passer ton existence à jardiner avec un vieux monsieur...

— Pourquoi pas ? Vous en avez marre de moi ?

— Absolument pas ! Grâce à toi, j'ai...

Après quelques secondes de silence, Léonard ajoute :

— ... j'ai un peu l'impression de rattraper ce que j'ai manqué avec Bastien.

— Et moi, grâce à vous tous, j'ai un peu l'impression d'avoir de nouveau une famille. C'est cool.

— On a de la chance. Mais pour en revenir à toi, je pense que tu pourrais peut-être suivre des cours de pâtisserie ou quelque chose comme ça, tu vois ?

— Vous pensez vraiment que je pourrais suivre une formation dans ce domaine ? J'adore préparer des gâteaux, mais je ne sais pas si je suis capable d'obtenir un vrai diplôme.

— Qu'en diraient tes parents ? Ils ne pourraient pas te donner un coup de main ?

Aïe, ça risque de se gâter. J'avais évidemment rapporté ma conversation à Léonard à propos des parents de la jeune fille, mais je ne pensais pas qu'il allait tenter cette approche touchante, certes, mais maladroite. La réaction de Camille ne se fait pas attendre et elle répond d'un ton sec :

— Mes parents n'existent plus. Ils ne veulent plus me parler, c'est la vie, c'est comme ça… je n'ai pas besoin d'eux.

— On a toujours besoin de ceux qu'on aime. Crois-moi, je sais de quoi je parle.

— Dites, vous êtes quand même mal placé pour me donner des conseils. Sans vouloir vous froisser.

— Je sais, mais la situation avec Karine me rend malheureux et je sens que ce conflit me ronge, juste là (il montre son cœur). C'est mauvais pour moi, c'est mauvais pour elle. Il faut que je règle mon problème, j'en suis conscient. Les histoires de famille, ça peut te faire exploser en plein vol, Camille. Pour avancer, il faut parfois savoir faire la paix.

— Vous parlez comme dans les livres. Mais la vraie vie, ce n'est pas un livre.

— Ça y ressemble peut-être bien plus que tu ne l'imagines. Camille, j'ai envie de te proposer un… comment dites-vous entre jeunes déjà ? Un deal, je crois.

Elle fronce les sourcils :

— Vous me faites peur. J'aime pas les deals, on dirait un échange entre drogués.

— Disons plutôt un arrangement si tu préfères.

Le changement de terme ne semble pas la rassurer davantage, ses traits se sont figés, elle me fait penser à une biche prise dans les phares d'une voiture. Léonard ne se décourage pas :

— Si tu acceptes de revoir tes parents, je t'aide pour te trouver une formation en cuisine et je paie les frais de scolarité et le matériel dont tu auras besoin.

— Vous êtes dingue ! Jamais !

— Attends avant de répondre, prends le temps de penser à ma proposition. S'il te plaît. Tu n'imagines peut-être pas encore à quel point ton avenir est précieux. Tu as de l'or entre les mains Camille, tu as du talent, tu es faite pour ça. Ne sabote pas un futur qui pourrait t'apporter de la joie. Je ne t'ai jamais vu aussi heureuse que lorsque tu prépares des pâtisseries.

Camille a l'air perdue :

— Je… je ne sais vraiment pas. Je peux y réfléchir ?

— Bien sûr.

La petite n'a pas pour autant cessé de déposer habilement ses cartes +2 l'une après l'autre sur le tas de plus en plus épais. Tout à coup, elle s'exclame :

— Uno !

— C'est de la triche ! On était en train de parler.

— Parler ou jouer, il faut choisir ! Surtout quand on est vieux ! Apparemment, vous n'arrivez plus à faire deux en même temps.

Léonard joue, Camille observe attentivement ce qu'il vient de poser sur la table puis elle sourit, victorieuse, et balance sa dernière carte. Le papy ronchonne de plus belle :

— Attends un peu que je me lève et que je, je… te tartine le visage avec ton thé du jardin !

Elle éclate de rire, se lève d'un bond gracile et se dirige en courant vers l'escalier en piaillant :

— Pas la peine d'essayer, vous ne me rattraperez jamais !

— Ah les jeunes, marmonne Léonard en se levant et en se dirigeant vers sa chambre, certainement pour goûter à un peu de repos bien mérité.

L'occasion est trop belle, il faut que je lui parle de ce qu'il vient de proposer à Camille. Avant qu'il atteigne la sortie, je lui lance le plus discrètement possible, au cas où elle serait encore dans l'escalier :

— Hé, psssst ?

Il se retourne vers moi, l'air outré :

— C'est vraiment à moi que vous venez de faire « psssst » ? Je ne suis pas un insecte !

— Vous m'avez déjà vu appeler une sauterelle en faisant « psssst » ?

— Si vous appelez des sauterelles, je me fais du souci pour vous.

— Arrêter de dire n'importe quoi. À quoi vous pensez exactement pour Camille ?

— On est tous d'accord pour dire qu'elle possède d'incroyables aptitudes. Eh bien, elle pourrait en faire son métier, mais pour cela, elle devrait commencer une vraie formation. Le problème, c'est que je n'y connais absolument rien.

— C'est une magnifique idée. Sans parler de votre deal, une initiative de génie ! Venez un instant, on va chercher ensemble.

Je saisis mon ordinateur, l'allume et commence à taper « formations pâtisserie » sur Google. Rapidement, le moteur de recherche me propose une multitude de résultats que je parcours attentivement, Léonard assis à côté de moi. Il plisse les yeux, légèrement penché sur l'écran et tente de lire en même temps que moi.

Après une demi-heure de lecture et de comparaison, je conclus :

— Pour résumer, elle pourrait se lancer dans un CAP boulangerie avec une spécialisation en pâtisserie ou dans un Bac pro. Cette solution lui permettrait de choisir une alternance et donc de gagner en pratique tout en intégrant une entreprise. Qu'est-ce que vous en dites ?

— Magnifique ! Il reste juste le plus dur maintenant…

Il me regarde et je sais exactement ce qu'il va dire. Une seconde plus tard, nous prononçons en même temps :

— … la convaincre.

J'ajoute en reposant l'ordinateur à côté de moi et en me levant :

— Venez, on va déjà lui montrer ça. Qui sait, à deux, on arrivera peut-être à la persuader qu'elle peut faire de sa passion son métier ?

Nous montons, rejoignons l'étage et la chambre de Camille, lui passons l'ordinateur avec toutes les pages Internet ouvertes pour qu'elle puisse les consulter puis lui laissons le temps de les lire, seule, sans deux paires d'yeux qui la dévisagent. Et qui attendent sa réponse pas vraiment patiemment.

À peine suis-je redescendue au salon qu'on frappe à la porte d'entrée. J'ai souvent l'impression de me retrouver dans un sketch (pas toujours bon) quand j'ouvre cette porte. J'ai peur.

Cette fois-ci ne manque pas à la règle.

Je suis tellement estomaquée quand je me retrouve face à face avec le visiteur qu'aucun son ne sort de ma bouche. En revanche, un mot tourne en boucle dans mon cerveau.

« Racluuure ».

Je reprends suffisamment mes esprits pour ne pas lui sauter dessus (je suis super fière de moi et de mon self-control) et pour lui assener sèchement :

— Je m'attendais à ne plus jamais vous revoir à *La Malouinière*, Ralph. Ou devrais-je vous appeler « Monsieur Bonnard » dorénavant ? Qu'est-ce qui vous amène ? Vous souhaitez emprunter un livre ? Ah non, suis-je bête, vous en avez certainement assez dans votre future librairie ?

— Bonsoir, Lucie, je ne m'attendais pas à un meilleur accueil. Pourtant, je viens en ami.

— En ami ? Vous ne manquez pas d'humour. Vous avez insulté MON amie dans le journal et vous osez vous pointer ici ?

— Je suis venu en ami pour vous donner un conseil. Des bruits courent en ville depuis quelques jours sur l'ouverture potentielle d'un coin librairie, ici même. Mais je crois que vous devriez vous abstenir... C'est une mauvaise idée. Votre « amie », comme vous dites, risquerait fort d'avoir des ennuis, ce serait dommage. Vraiment dommage.

— Ce sont des menaces ? Vous avez à ce point peur qu'un petit commerce de quartier fasse de l'ombre à votre supermarché ?

— Je n'ai jamais aimé la concurrence. Cependant, j'ai des informations sur votre copine que, de toute évidence, vous ne connaissez pas si bien que ça...

Je le coupe, de plus en plus furieuse :

— De quelles informations parlez-vous ?

— Vous êtes bien impatiente, Lucie. Sachez juste que ça pourrait lui causer...

— De graves ennuis, j'ai bien compris. Vous êtes un pauvre petit bonhomme aigri, Monsieur Bonnard.

— Sur ces belles paroles, je vais vous laisser. Passez une belle soirée et… surtout, réfléchissez à ce que je viens de vous dire.

Je suis tellement en colère que mes mains tremblent quand je claque la porte. En me retournant, je remarque Léonard, appuyé à sa canne devant l'entrée du salon. Il a assisté à la scène et fronce les sourcils tout en s'approchant :

— Mais de quoi parle-t-il, enfin ?

— Je n'en ai pas la moindre idée mais il n'a pas l'air de rigoler.

— Vous n'allez pas vous laisser intimider par ce nain de jardin ?

— Il est plutôt grand pour un nain, non ? Je vais surtout aller parler à Vivianne pour essayer de comprendre de quoi il retourne. Vous l'avez vue ?

— Elle lustre le parquet du deuxième étage.

— Elle ne l'a pas déjà fait cette semaine ?

— Si, c'est la troisième fois depuis lundi.

Je fais une grimace, pousse un soupir et me lance dans les escaliers. Je retrouve ma libraire en robe rose avec des collants assortis, à quatre pattes, devant une éponge et un pot de cire. Elle lève la tête vers moi quand elle me voit arriver et me sourit :

— Tu viens m'aider ?

Je m'approche puis m'assois par terre pour être à sa hauteur, en prenant garde de ne pas toucher les parties luisantes de cire.

— En fait, je viens surtout te parler d'un truc…

Je cherche mes mots pour ne pas l'effrayer et provoquer une potentielle crise en mentionnant Ralph.

— Est-ce que, pour une raison X ou Y, on pourrait rencontrer des difficultés pour ouvrir la librairie ?

— Je ne crois pas qu'un X ou un Y soit vraiment menaçant…

Je souris :

— Tu as raison mais est-ce que le businessman qui gère la grande surface aurait une raison de te chercher des noises ?

— Tu parles de cette raclure de Ralph ? Tu as peur de prononcer son prénom ?

Elle semble réfléchir, compte sur ses doigts en marmonnant des mots que je ne comprends pas comme si elle listait ses bêtises, ce qui ne me rassure pas vraiment, puis reporte son attention sur moi :

— Comme il doit être ami avec mon ex qui lui loue la surface commerciale, il sait peut-être que je n'ai pas toujours été irréprochable avec lui. Tu sais, rapport à…

— Aux moules et à la salade ? Tu penses que ce serait lié à ce que tu as fait à Marc et qu'il pourrait nous embêter parce que tu vois un psychiatre et que tu as un léger passé de harceleuse ?

— « Harceleuse », c'est un peu fort. Pourquoi est-ce qu'on pense que les gens qui ont connu des problèmes mentaux sont plus dangereux que les hommes d'affaires ? Ils sont souvent pires que nous : inhumains, profiteurs, ambitieux et prêts à écraser tout le monde, pervers narcissique et dénués d'empathie.

— Bon, alors tu penses qu'on n'a aucune raison de s'inquiéter ?

— Non, non, non. Je ne vois vraiment pas. On va l'ouvrir, notre librairie, n'est-ce pas, Lucie ?

— Bien sûr, ce ne sont pas des menaces infondées qui vont nous effrayer.

Elle a l'air satisfaite de ma réponse et se concentre à nouveau sur le parquet. Je l'observe quelques minutes, puis me relève et redescends au salon, mais malgré ses explications, je ne me sens pas tranquille. Je ne sais pas pourquoi, mais je ne suis pas entièrement convaincue…

Chapitre 15 : tout est prêt !

Réunis au salon, nous contemplons avec fierté les rayons et les étagères flambant neufs. Nous sommes prêts pour l'ouverture de la librairie qui aura lieu dans deux semaines tout pile. Nous avons installé un comptoir avec un ordinateur pour que Vivianne puisse passer des commandes et consulter ses stocks et une caisse enregistreuse. Elle n'a pas encore reçu l'argent de la banque, mais ce léger retard ne semble pas la perturber outre mesure. De toute manière, il lui reste trente jours pour honorer les nouvelles factures des livres et du système de gestion.

Le tribunal de commerce ainsi que les anciens créanciers ont été prévenus qu'ils allaient bientôt être dédommagés grâce au prêt accordé par Aurélie Madec et le nouveau commerce a été enregistré sous le joyeux nom de *La librairie de La Malouinière*.

Tout roule comme sur des roulettes et le bonheur se lit sur chaque visage de notre petite troupe. Léonard, le regard pétillant, observe les livres d'un air émerveillé :

— C'est incroyable, on l'a fait.

— Vous dites ça comme si vous aviez eu des doutes, pépie Vivianne qui époussette le pull du vieux bonhomme avec son plumeau préféré.

Il fait mine de chasser les plumes qui lui frôlent les épaules comme s'il s'agissait d'une mouche et la regarde de travers :

— Disons qu'entre vos calmants et votre envie de faire le ménage vingt-quatre heures sur vingt-quatre, j'ai pu, à un certain moment, nourrir quelques doutes, je l'avoue.

— Eh bien, j'espère que vos doutes sont bien affamés maintenant et que vous avez cessé de leur fournir des choses à manger.

Léonard hausse un sourcil à l'adresse de Vivianne, toujours aussi surpris que moi par les remarques de la libraire. Camille tape des mains et lance d'un ton énergique qui fait sursauter notre petit vieux :

— Bon, c'est bien beau de regarder notre travail mais on ne doit pas se reposer sur nos lauriers. On a encore du boulot ! C'est l'heure d'aller faire des courses en ville pour terminer la déco. On y va, les filles ?

Ma mère et Vivianne acquiescent, nous nous étions mis d'accord pour qu'elles aillent faire les magasins pendant que je terminais la page Facebook et le compte Instagram de la librairie.

Quand elles reviennent, deux heures plus tard, elles portent chacune deux gros sacs qui débordent :

— Vous avez dévalisé les boutiques, on dirait !

— Comme dit papy ronchon « on fait les choses bien ou on ne les fait pas », s'exclame joyeusement Camille.

Léonard hurle depuis le salon :

— Vous savez ce qu'il vous dit, le papy ronchon ?

Camille, tout sourires, fonce vers lui pour lui montrer leurs achats à grand renfort d'explication.

—On en a profité pour acheter tout ce dont on aura besoin pour l'inauguration de la librairie, complète ma mère en commençant à ranger les divers articles, comprenant des chapeaux de fête, des serpentins, des gobelets et assiettes en carton et des serviettes colorées.

– Qu'est-ce que c'est que ça? Je demande en tirant un paquet de pâtes en forme de longs tubes:

—Des pââââtes! Des longs tubes en pâtes! répond Vivianne en frappant des mains, enthousiastes. Ils sont jolis, n'est-ce pas?

—Très jolis. Mais... vous voulez qu'on serve des tubes de pâtes aux invités?

—Absolument. Mais dans des verres! Ce sera génial pour les cocktails!

—Des tubes de pâtes dans les cocktails? Je n'y comprends rien.

—C'est une idée de Camille! ajoute Vivianne, les yeux pétillants, comme s'il n'y avait rien de plus logique.

Perplexe, je regarde ma mère en quête d'une explication que je puisse comprendre.

—Des pailles, ma chérie. Ce sont des tubes de pâtes pour remplacer les pailles en plastique.

—Ah, oui, évidemment. À bas le plastique! Génial, j'adore l'idée!

En début d'après-midi, ma mère et moi décidons de faire une petite pause et de quitter l'agitation de *La Malouinière* pendant quelques heures. Cela fait bien trop longtemps que nous n'avons pas partagé un moment en tête-à-tête pour papoter.

Nous profitons de ce que Camille est en train de briefer Léonard et Vivianne sur l'importance de fermer les volets la nuit afin d'économiser la chaleur pour nous éclipser. La jeune fille vient juste de terminer la pose des brise-jet sur tous les robinets de la maison et de mettre des bouteilles pleines dans les réservoirs des toilettes pour diminuer la quantité d'eau à chaque chasse.

Emmitouflées dans nos vêtements d'hiver, nous nous baladons sur la jetée, observant le spectacle des vagues qui s'écrasent contre les murs de protection, éclaboussant la chaussée de milliers de gouttelettes. Malgré le froid mordant, l'air piquant me revigore et apporte de la vie à chacune de mes cellules. Je prends un malin plaisir à inspirer l'air et à sentir sa chaleur quand je l'expire lentement par le nez ou la bouche. Ma mère me tire de ma rêverie en murmurant comme une conspiratrice, clin d'œil à l'appui :

— Ne te retourne pas, je crois qu'on est suivies.

Sans réfléchir, je pivote et jette un coup d'œil derrière moi. Dès que je le fixe, Coco s'immobilise et fait mine de tourner la tête et de regarder le mur. On dirait qu'il joue à Un, deux, trois, soleil.

— Cet oiseau est pire qu'un chien, s'amuse Annick en l'observant tendrement.

J'acquiesce et m'adresse directement au goéland en riant :

— Allez viens, mon Coco !

Apparemment ravi de ne pas se faire disputer à cause de son rôle de pot de colle, le goéland pousse un cri aigu et accélère pour nous rejoindre en se dandinant. Nous continuons à marcher ainsi, trio improbable, jusqu'au centre des remparts. Nous longeons la plage du Sillon, gagnons les remparts et le

Saint-Malo intra-muros, puis marchons dans les ruelles pavées en observant les vitrines et les restaurants. Nos pas nous mènent à quelques mètres de la boulangerie d'Amandine et un violent pincement au cœur me tétanise. Je me fige, la gorge nouée. Ma mère, pas folle pour un sou, remarque mon trouble. Coco pousse un cri. Et je dévie de ma trajectoire pour emprunter une autre ruelle. Je ne suis pas prête. Pas encore. Le serais-je un jour ?

Quelques minutes plus tard, nous sommes attablées autour d'un café et de diverses pâtisseries toutes plus appétissantes les unes que les autres et nous regardons Coco qui fait les cent pas devant la porte du salon de thé. Ma mère reporte son attention sur sa mousse au chocolat et se plaint en enfournant une nouvelle bouchée :

— Voilà, je suis sûre que j'ai encore pris du poids, je n'arrive presque plus à fermer mes pantalons. Mon poids vacille entre 49 et 50 kilos d'habitude mais, depuis que je suis à Saint-Malo, je mange trois fois plus que d'habitude !

J'éclate de rire, incapable de me retenir. Dépitée, elle me jette un regard noir :

— Ça te fait rire que je me transforme en boule ?

— Pas du tout, je suis seulement en train de réfléchir à la possibilité d'écrire un dictionnaire juste pour toi. J'aime beaucoup l'idée d'avoir un poids qui « vacille » plutôt que « qui oscille » !

— Tu trouves encore le moyen de te moquer de moi, c'est vilain !

— Et encore, Léonard n'est pas là. Imagine ce qu'il aurait pu te dire !

— C'est fou, j'ai vraiment l'impression qu'on forme une famille tous ensemble…

— Moi aussi… parfois, ça me fait presque peur.

— Pourquoi ?

— Parce que, si on reste lucide, ils ne sont pas « notre famille ». Notre vie n'est pas vraiment ici. Tu penses à Paris, parfois ?

— Bien sûr, souvent. Je sais que notre aventure à Saint-Malo n'est qu'une parenthèse. Une parenthèse où des âmes cassées se recollent et se réparent pour avancer.

Je laisse passer quelques secondes pour réfléchir à ses dernières paroles. Elle continue :

— Je sais qu'on reviendra ici souvent, beaucoup plus souvent qu'avant, je trouve que tu as créé quelque chose de formidable à *La Malouinière*. Mais je sais aussi pourquoi tu l'as fait. Et je pense que cette fuite puis cette reconstruction que tu as entamée ici, sont nécessaires, essentielles. Cependant, si tu veux vraiment guérir et avancer, à un moment donné, il faudra que tu te confrontes au passé que tu as laissé dans la capitale.

— Tu penses qu'un jour, je serai prête ?

— Bien sûr. Un jour. Bientôt. Tu as déjà parcouru un chemin admirable.

— Je ne sais pas…

— Tu as revu Lionel. Sans que ce soit un drame. Tu as pu lui parler, tu lui as souri, tu as baissé ta garde, tu as retrouvé ta voix.

— Avec lui, un peu. Mais je pense beaucoup à Amandine, tu sais. Et avec elle et ce qu'elle vit, je me sens encore incapable d'avancer. J'ai préféré la rayer de ma vie, maman. Une amie ne se comporte pas comme ça… J'ai tellement honte. Je ne vais pas pouvoir éviter les femmes enceintes et les enfants toute ma vie.

— Tu as vécu le pire qui puisse arriver à une maman. Autorise-toi le temps nécessaire pour aller mieux.

— C'est possible, tu crois ? D'aller mieux ? C'est tellement long ce processus de deuil. Cette réparation. J'ai l'impression que ce ne sera jamais fini.

— Ma chérie, je pense que ce ne sera jamais fini. Tu n'oublieras jamais. C'est juste qu'avec le temps, ça te fera un peu moins mal… Avant, tu avais la sensation que tu ne pourrais plus jamais vivre. Que tu étais coincée, enfermée, étouffée dans ta douleur. Tout n'est pas réglé aujourd'hui, mais tu avances. Et je suis très, très fière de toi.

Elle serre ma main et me sourit avec cette bienveillance de mère au fond des prunelles. Les larmes aux yeux, je lui souris moi aussi, reconnaissante d'avoir une femme comme elle à mes côtés. Et en quittant le café, je pense à Amandine et aussi, de plus en plus, à Lionel.

J-1 semaine

Aujourd'hui, les filles de la maison se sont donné la mission d'aller chercher les provisions pour la réception prévue lors de l'ouverture officielle de la librairie. Camille, responsable du *catering*, a promis de rendre le buffet inoubliable. Et, avec son talent, je n'ai aucune peine à lui faire confiance.

Je suis en train de prendre des photos des rayons et des romans pour nos réseaux sociaux quand le téléphone sonne.

La voix que j'entends à l'autre bout du fil me fait sourire. Enfin, pendant quelques secondes.

Quelques secondes pendant lesquelles tous nos rêves existent encore. Quelques secondes pendant lesquelles notre monde tourne encore rond. Quelques secondes pendant lesquelles tout est encore permis.

La voix d'Aurélie Madec me demande d'un ton que je trouve presque trop calme :

— Est-ce que Vivianne est là ? Il faut que je lui parle, c'est important.

— Elle est en ville pour… Qu'est-ce qu'il se passe ?

Je ne peux pas m'empêcher de lui poser la question, je sens l'inquiétude qui perce dans sa voix, la gravité aussi.

— Je n'ai pas une bonne nouvelle à vous annoncer. Pouvez-vous demander à Vivianne de me téléphoner dès qu'elle rentre ?

— Aurélie, vous ne pouvez pas me laisser comme ça ! S'il vous plaît, dites-moi de quoi il s'agit. Je vous en prie. Il s'agit du prêt, c'est ça ? Il y a un problème ? C'est un projet si important pour nous…

— Je sais, Lucie. J'en suis bien consciente… Bon, très bien. Il semblerait qu'il y ait une irrégularité dans le dossier de Vivianne.

— Une irrégularité ? Quelle irrégularité ? Comment est-ce possible ?

— Je ne sais rien de plus. Mon patron refuse de m'en dire plus mais il m'a interdit d'aller plus loin avec votre dossier. Je suis vraiment désolée, la demande de prêt est annulée.

— Je n'y comprends rien. Il s'agit forcément d'une erreur. Il doit y avoir un malentendu… pourquoi ce brusque changement d'avis ?

— Je l'ignore… Lucie, croyez-moi, je suis vraiment désolée.

Quand je raccroche, je ne sens plus mon corps. J'ai l'impression de flotter dans le vide, dans le noir, dans une matière visqueuse et dense. Pendant un court instant, je suis désespérée, je n'ai plus de ressource, plus d'espoir et j'en ai marre que la vie nous malmène sans arrêt.

Je suis fatiguée.

Puis, le brouillard se dissipe et je sens mon cœur battre. De plus en plus fort. De plus en plus vite. Et je repense à Ralph, à ses menaces, et une colère sourde s'empare de moi. Qu'est-ce qu'il a bien pu manigancer le bougre ? Mes dents se serrent en même temps que mes poings et je me fais une promesse : je ne laisserai pas ce connard se mettre en travers de notre projet. La librairie permet à Vivianne de ne pas sombrer complètement, je la connais, je sais qu'elle est encore fragile, à fleur de peau. Mais elle remonte de ses tréfonds, elle est en train de gagner du terrain sur ses démons et il est hors de question qu'un businessman sans cœur la freine dans son ascension et surtout dans sa reconstruction.

Je vais tirer cette affaire au clair.

Folle de rage, je mets mon gros manteau et une écharpe, saisis mon sac à main et me précipite au centre des remparts, prête à en découdre avec Ralph. J'espère le trouver sur le chantier de la surface commerciale et lui dire ses quatre vérités.

C'est la première fois que je ne regarde pas la mer sur la promenade, trop concentrée sur mes pieds qui ne vont pas aussi vite que ma tête le souhaiterait. Je marmonne des insultes tout en avançant, partant du principe que si je le fais maintenant, je parviendrai à me contenir face à Ralph. Car, pour être honnête, je ne vois pas en quoi un monologue composé de « raclure, connard, enflure, sale petit groin, boursouflure et bourse molle » serait constructif.

Je franchis la porte Saint-Vincent puis remonte la rue du même nom, sans même jeter un regard aux boutiques et prends à peine le temps de répondre aux « bonjour » joyeux de certains commerçants. Une fois devant le chantier, je me plante devant les barrières et demande le plus poliment possible au premier ouvrier qui passe :

— Bonjour, est-ce que ce petit enfoiré de Ralph est dans les parages histoire que je lui casse le nez avec un livre ? Vous pouvez lui demander de sortir, j'ai deux mots à lui dire. Merci beaucoup !

Bon, en vrai, je me suis retenue et j'ai évité d'être vulgaire et de proférer des menaces. Le bonhomme me sourit, entre dans le bâtiment, et je l'attends en fulminant et en expirant le plus lentement possible par mon nez. Chacun sa tactique pour se calmer. Enfin, si vous en avez une autre, n'hésitez pas à me la donner, la mienne ne fonctionne absolument pas. Il finit par revenir cinq minutes plus tard :

— Navré mais m'sieur Bonnard n'est pas là de l'après-midi. Il est en rendez-vous. Je peux prendre un message ?

— Volontiers, dites-lui que Lucie Chevalier aimerait le voir à *La Malouinière* s'il vous plaît. Et que c'est important, je planifie un meurtre ! Le sien. Je vous remercie.

Évidemment, je n'ai pas tout dit. J'ai évité l'histoire de meurtre. Toujours énervée, je décide de marcher avant de rentrer sinon je risque de faire un massacre et d'inquiéter tout le monde avant d'avoir eu le fin mot de l'histoire.

Je n'arrive pas à croire que la librairie ne pourra pas ouvrir. Est-ce vraiment réel ? Sans le prêt de la banque, nous sommes foutus. Comment avouer ça à Vivianne, à ma mère, à Camille et à Léonard après toute l'énergie qu'ils ont investie dans ce projet ? Sans parler des problèmes évoqués par Ralph. Dans quel bourbier Vivianne est-elle encore allée se fourrer ? Toutes ces questions me rendent dingue.

En fin d'après-midi, après plusieurs heures d'errance, je rentre à la maison et file directement dans ma chambre pour éviter de croiser les autres. En grimpant les marches, je les entends rire et discuter de l'ouverture de notre commerce. Je ne veux pas qu'ils voient ma tête défaite et qu'ils me posent des questions. Comment leur expliquer quelque chose que je ne comprends même pas ?

Avant de leur parler, j'ai besoin de me préparer, de trouver les arguments les plus doux possibles, de choisir chaque mot qui sortira de ma bouche avec la plus grande douceur et la plus chaude tendresse. Malgré ma rage, ma rancœur et ce sentiment d'injustice qui me colle au cœur comme du goudron.

J'entends à peine la sonnerie. C'est Léonard qui a ouvert la porte et qui m'appelle depuis le rez-de-chaussée pour me demander de descendre.

« Il y a de la visite. » Je n'ai pas envie d'y aller. Je devine qui est le visiteur et je me demande même s'il sera encore vivant quand j'arriverai en bas, pour peu qu'il ait déjà croisé Vivianne.

En descendant, je découvre Ralph dans un costume sombre affichant un air victorieux qui me donne déjà envie de vomir. Léonard semble monter la garde et l'empêche d'avancer vers le salon.

— Merci, Léonard, vous pouvez nous laisser.

Il n'a pas l'air de vouloir, semblant comprendre qu'il se trame quelque chose d'important. Je le supplie du regard et il finit par rejoindre la cuisine d'où sort un joyeux tintamarre. D'après l'odeur, Camille cuisine des pancakes pour le goûter. J'en profite pour emmener Ralph au salon et, en usant de toutes mes forces pour garder mon calme, lui propose de prendre un siège. Je me racle la gorge et inspire profondément avant de lancer les hostilités :

— Je crois que vous avez deviné la raison de votre présence ici. J'aimerais comprendre ce qui se passe…

Alors que je suis en train de parler, Ralph sort un sac de son attaché-case et le pose sur la table basse, un demi-sourire peint sur son visage de requin. Intriguée, je m'arrête de parler quand je reconnais le sac. Mon regard passe du sachet à lui et je fronce les sourcils sans comprendre. Au creux de mon ventre, un très mauvais pressentiment se développe et se love comme un serpent. J'ai déjà vu plusieurs de ses sacs. Entre les mains de nos habitués. Je murmure :

— Je ne comprends pas…

Ralph se penche, ouvre le sac et en sort le contenu qu'il étale sur la surface froide et lisse. Des livres. Il me regarde alors que mon cerveau mouline à toute allure. Après plusieurs secondes de lourd silence, il prend la parole, ses mots ressemblent à des couteaux qu'il plante douloureusement dans mon corps. Froid et distant, il assène :

— Ce sont des livres.

— Ça, je l'avais constaté, merci. Rien d'étonnant puisque nous tenons une bibliothèque.

— Vous ne semblez pas comprendre. Ces livres ne viennent pas de votre bibliothèque. Pourtant, ils viennent bien de chez vous.

— Pourriez-vous arrêter de jouer aux énigmes et me dire de quoi il s'agit ? Sinon, je vous propose une partie de devinettes ? Qu'est-ce qui est jaune et qui attend ?

— Jonathan. Moi aussi, je regarde les blagues qui font fureur sur Internet. Bien, alors je vais vous expliquer. Il se trouve que

Vivianne a vendu des livres de son ancien stock aux habitués de la bibliothèque. Je ne vous cache pas qu'il s'agit d'un délit grave et qu'elle risque d'avoir des ennuis avec la justice. Dommage, la procédure puis le jugement vont la mettre hors course pendant un bon moment. Et votre librairie ne pourra malheureusement pas ouvrir dans ces conditions. Vous m'en voyez désolé.

Certainement attirée par le bruit de la conversation, Vivianne fait son apparition, une assiette de pancakes dans les mains, pile au moment où je hausse la voix pour répondre :

— Vous n'avez pas le droit !

Ralph a remarqué que la libraire était apparue dans l'angle du salon et s'adresse à elle et à moi en ajoutant :

— C'est amusant que vous parliez de droit, justement. Selon le Code du commerce, Vivianne n'a pas le droit de disposer de son ancien stock, il aurait dû être remis à l'office des faillites pour rembourser les créanciers et saisi par les commissaires-priseurs pendant la liquidation judiciaire. Elle le savait et elle a tout de même gardé et caché des livres. Pire, elle les a vendus.

Il jette un regard noir à Vivianne et assène :

— Trois euros le livre de poche, en plus ! C'est n'importe quoi. Vous connaissez la loi n° 81-766 du 10 août 1981 ?

Vivianne sort de son mutisme pour se défendre :

— Oui, je connais la loi Lang et le prix unique du livre, Monsieur Bonnard. D'ailleurs comment un sale type comme vous peut s'appeler Bonnard ? On devrait mettre un « C » à la place de…

— Vivianne ! je l'interromps en lui faisant les gros yeux mais elle évite mon regard. Vivianne, c'est vrai ce qu'il dit ? Tu le savais et tu as gardé des livres quand même ? Et tu les as vendus ?

— J'ai développé un commerce alternatif ! J'ai trouvé une occupation !

— Mais c'est illégal d'après ce qu'il vient de nous annoncer ! Tu vas avoir des problèmes !

— Je voulais aussi t'aider, participer à la… communauté et te donner des sous. D'ailleurs, c'était ton idée.

Je réfléchis à ce qu'elle vient de me dire et porte la main à ma bouche, horrifiée :

— Oh mon Dieu, j'avais oublié. Tu as raison. Je suis désolée, je ne savais pas que ce n'était pas autorisé…

Elle semble si perdue que je me sens démunie et triste alors que Ralph continue sans se préoccuper de nos états d'âme et nous porte le coup de grâce en martelant :

— Quoi qu'il en soit, j'ai averti le tribunal de commerce. Croyez-moi, vous allez avoir de sacrés ennuis. Sans compter que c'est une affaire de jours pour que les instances compétentes vous envoient une nouvelle décision et une interdiction de gestion. Je vous l'avais dit, cet endroit n'ouvrira jamais. Vous avez une idée de ce que vous risquez pour ce type de fraude ?

À ce stade de la conversation, Vivianne a la bouche ouverte, les yeux écarquillés et elle fixe Ralph d'un regard qui ne me dit rien qui vaille.

Puis, tout va très vite.

J'entends un cri perçant et je vois mon amie s'élancer à travers la pièce, les deux bras en avant. Son assiette vole au-dessus du canapé, répandant du sirop un peu partout sur le tapis, avant de venir s'écraser sur le sol dans un fracas de faïence brisée.

— Hiiiiiiiiiii !

Vivianne se rue sur Ralph avec, à la main, un pancake dégoulinant de sirop d'érable en guise d'arme. Elle l'atteint de plein fouet en moins de deux secondes et lui écrase son goûter sur le nez. Sous le choc, Ralph titube et se retrouve sur le sol, Vivianne au-dessus de lui.

— Vous êtes complètement folle, gémit Ralph qui tente de tenir les deux bras de la libraire et son pancake à distance de son visage.

Ameutés par le raffut, les autres habitants ne tardent pas à apparaître et, ni une ni deux, ils tentent de maîtriser les deux combattants. Ma mère et Camille s'occupent de Vivianne, tandis que Léonard attrape Ralph. Ils parviennent enfin à les séparer après quelques secondes de lutte.

Complètement abasourdie, je n'ai pas bougé d'un poil. Dites-moi que j'ai rêvé ? Cette scène absurde et cauchemardesque n'a pas vraiment eu lieu dans mon salon ? Si ?

Les remontrances de Ralph ne tardent pas à me faire atterrir et c'est dubitative que j'assiste à la suite des événements.

— Je vais porter plainte pour agression ! hurle Ralph alors que Léonard le relève puis le pousse vers la sortie avec sa canne.

Toujours sur le sol, des morceaux de pancakes plein les cheveux Vivianne crie de plus belle en se tortillant :

— Je suis sous traitement, je suis irresponsable !

Après de longues minutes qui me semblent durer une éternité, Vivianne se calme. Elle ne bouge plus d'un millimètre. Et cette paix apparente est encore plus effrayante que ses mouvements désordonnés. Comme si la vie, la motivation, l'espoir avaient soudain déserté son corps.

Les yeux écarquillés, elle observe le plafond d'un regard fixe et vide puis murmure dans un souffle presque inaudible :

— Cette fois, c'est fini. Fini. Fini. Fini.

— Vivianne, ça va ?

— Fini. Fini.

Je me couche sur le tapis, près d'elle, Camille fait de même de l'autre côté, et je lui demande, inquiète :

— Vivianne, qu'est-ce que tu veux qu'on fasse ?

— Fini. Fini. Fini. Fini.

— Vivianne, parle-nous.

Je vois une larme perler au coin de son œil, rouler le long de sa tempe et terminer sa route dans son oreille. Elle renifle, ses lèvres tremblotent puis elle lance d'une petite voix :

— Je veux Simon. Appelez Simon, s'il vous plaît. Je n'en peux plus, je veux être internée.

Chapitre 16 : la décision de Camille

Je n'arrive pas à fermer l'œil de la nuit. Je revis la scène en boucle : Vivianne, soutenue par Simon qui quitte *La Malouinière* en pleurant et en répétant des dizaines de fois « je suis désolée », les mains serrées sur son châle rose.

J'ai le cœur brisé.

Nous avons tous le cœur brisé. Et nous nous sentons impuissants.

J'ai l'impression que tout est ma faute et ça me tord le ventre. Pourquoi les ai-je embarqués dans ce projet fou ? Comment ai-je pu passer à côté du trafic de Vivianne ? J'aurais dû me renseigner sur cette histoire de stock, j'aurais dû voir à quel point elle était encore fragile et à quel point elle voulait trop bien faire, quitte à se mettre en danger, en partie pour nous faire plaisir. Toute cette histoire a certainement ravivé ses faiblesses et ses démons, renfonçant peut-être sa conviction qu'elle est incapable de réussir quoi que ce soit, qu'il s'agisse de son mariage ou de la bonne marche d'un commerce.

Et maintenant ?

Je me demande ce que Vivianne va devenir, loin de nous, dans une maison de repos où ils vont certainement la bourrer d'antidépresseurs, d'anxiolytiques et de somnifères. Simon m'a assuré qu'il connaissait un très bon établissement juste en dehors de Saint-Malo dans lequel les psychiatres étaient entourés de thérapeutes. Les patients participent à des séances individuelles et en petits groupes de manière quotidienne. Le programme comprend également beaucoup d'ateliers artistiques, des cours de cuisine, du sport et des sorties culturelles.

Vivianne y restera en tout cas au moins un mois. Concernant ses problèmes juridiques, Simon m'a également confirmé qu'il rédigerait un rapport afin de la déclarer irresponsable pour cause de trouble mental.

Je n'arrive pas à croire que nous en sommes arrivés là.

C'est avec la tronche de Madame Mim, cernée comme si je n'avais pas dormi depuis une semaine, et les cheveux hirsutes qui disent bonjour au plafond, que je descends dans la cuisine pour prendre le petit déjeuner. Enfin « pour boire un café » serait plus exact puisque mon estomac est tellement serré que je ne vois pas comment il accepterait de recevoir une quelconque nourriture sans la rejeter instantanément.

En arrivant, je retrouve Léonard et ma mère attablés autour de boissons chaudes, Camille est aux fourneaux. Personne ne prononce un mot. Ce silence nous ramène tous au drame qui s'est déroulé hier soir.

« Je suis désolée. Je suis désolée. Je suis désolée. »

Je pousse un soupir en m'asseyant lourdement comme si mes fesses pesaient le poids d'un hippopotame et mon âme celui d'un âne mort et me sers un café en observant les mines tristes de mes amis. Léonard avale une gorgée et fixe la chaise sur laquelle Vivianne avait l'habitude de s'installer :

— Je ne pensais pas mais... ça fait tout vide sans elle.

— J'ai l'impression que je vais la voir débarquer à tout moment avec son plumeau, ajoute tristement ma mère.

— J'ai même envie de nettoyer la cuisine trois fois de suite pour lui rendre hommage, souffle Camille en posant une assiette remplie de crêpes sur la table et en s'asseyant avec nous.

Mais personne n'a le cœur à manger des crêpes et l'assiette fumante reste là, posée tristement devant nous.

— C'est moi qui lui ai demandé si elle pouvait vendre son ancien stock de livres, je m'étrangle. Je ne savais pas que...

Léonard pose sa main sur la mienne et le contact chaud de sa paume ridée me fait renifler de plus belle :

— Vous ne le saviez pas, Lucie, elle, oui. Ce n'est pas votre faute. Et Vivianne voulait bien faire.

Je lève des yeux brillants de larmes :

— Quel magnifique résultat...

— Il nous reste toujours la bibliothèque. C'est pas si mal, constate ma mère.

Elle souhaite certainement me remonter le moral mais, pour le moment, je ne suis pas prête à être optimiste. J'ai le goût amer de l'échec en bouche. Et j'ai envie de le vomir, cet échec.

Après ce repas qui n'en était pas un, tout le monde se disperse, le plus loin possible les uns des autres, éloignés de cette tristesse qu'on peut lire dans nos yeux et qui nous ramène à la réalité.

Aujourd'hui, nous n'ouvrons pas la bibliothèque. Ni pendant la semaine qui suit l'internement de Vivianne en ce mois de mars. Simon nous a affirmé qu'elle s'était bien installée dans sa nouvelle chambre et qu'elle se reposait. Il nous a également précisé qu'elle n'avait pas le droit de recevoir de visite pendant les deux premières semaines alors que nous étions déjà tous prêts à bondir dans ma Twingo pour lui apporter des pancakes et son plumeau préféré.

L'imaginer seule, loin de nous, qui plus est dans un endroit inconnu, me rend dingue. *Rappelle-toi que c'est elle qui a demandé à être internée, Lucie. Elle devait penser que c'était la meilleure solution pour aller mieux. Respecte son choix.*

Ma conscience est toujours aussi pertinente, même si j'ai du mal à me faire à la décision de Vivianne.

Elle me manque. Elle manque à la maison.

Et cette histoire m'a laissée complètement désenchantée. J'ai beau mettre toute mon énergie dans des projets, j'ai beau essayer de faire avancer les choses, de soigner les âmes et les blessures de tout le monde, je crois que je ne suis pas douée pour cette mission. Alors qu'est-ce que je suis censée faire ?

Comme je ressens le besoin de m'isoler, je passe beaucoup de temps dans ma chambre et je marche pendant des heures au bord de la mer pour m'aérer l'esprit. La maison me rappelle des souvenirs trop douloureux.

Les étagères : Vivianne en train de les épousseter avec son plumeau préféré.

Les rayons : Vivianne en train d'arranger ses livres avec le sourire.

Sa chambre : Vivianne en train de choisir comment elle s'habillera et de porter son dévolu sur son éternel châle rose.

J'ai fermé la porte de son antre pour avoir l'impression et l'illusion qu'elle est toujours là. Voir son lit fait et la poussière s'accumuler sur ses affaires et les meubles me transperce le cœur. Elle aurait détesté ça, la poussière.

Les toilettes et la salle de bains : Vivianne en train de « ranger » mes petits carnets près des serviettes en éponge.

Le tapis du salon : Vivianne en train de pleurer et de murmurer « c'est fini ».

Les jours me semblent longs, sans fin, je n'ai plus rien à quoi me rattacher.

Alors que je rentre d'une longue balade sur la plage du Sillon, Léonard m'attend dans le hall, droit comme un « i », le regard déterminé et assène d'un ton qui ne souffre aucune contestation possible :

— Il faut qu'on parle.

— Ne me dites pas que vous voulez rompre avec moi ? Au stade où j'en suis, je pense que je ne m'en remettrais pas.

— Vous avez mangé des Carambars ce matin ?

Je lève un sourcil et m'apprête à répliquer, mais Léonard me coupe la parole :

— Assez rigolé, venez au salon. J'ai préparé du thé.

Je retire mon manteau détrempé par la pluie et mes chaussures, détache mes cheveux dégoulinants pour qu'ils sèchent plus vite et rejoins Léonard qui s'assied sur le fauteuil avant de servir deux tasses de thé brûlant. Il en pose une devant moi avant de me regarder d'un air sérieux. J'ai peur qu'il m'annonce qu'il est atteint d'une maladie mortelle mais il se contente de dire :

— Tout le monde s'évite dans cette maison depuis que Vivianne est partie. Vous nous évitez parce que vous avez l'impression d'avoir échoué dans je ne sais quelle mission divine, votre mère a l'air de faire la tronche en permanence parce qu'elle aimerait que vous alliez bien et que ce n'est pas le cas et Camille rase les murs dès qu'elle vous voit arriver ou dès qu'elle m'aperçoit parce qu'elle veut, de toute évidence, éviter de parler de son futur. On ne peut pas continuer comme ça!

Je manque de m'étrangler avec mon thé devant la perspicacité de mon papy ronchon. Tout ce que je trouve à répondre est un laconique:

— Vous avez raison.

— « Vous avez raison et » ?

— Comment ça « et » ?

— J'attends vos propositions pour qu'on règle le problème!

— Je n'ai pas de solution. Depuis que vous avez tous emménagé, j'ai tenté de trouver des solutions pour tout le monde et j'ai...

— Ne dites pas « échoué ».

— Échoué.

Il me jette un coup d'œil sévère.

— Vous avez toujours fait tout ce que vous pouviez pour nous aider et je crois que nous en sommes tous conscients. Nous pourrions peut-être nous réunir ce soir autour d'un bon souper pour discuter?

— Quand vous dites « bon souper », c'est rhétorique, n'est-ce pas? Parce que si nous cuisinons ensemble, je pense que nous prenons des risques. Et Camille ne cuisine plus depuis...

Depuis le drame, à part le premier matin où elle avait préparé des crêpes (crêpes qu'elle avait finalement données à Coco et à Chichi puisque nous n'avions pas eu le cœur à les déguster), nous n'avons plus partagé un seul repas tous ensemble contrairement à nos habitudes. Léonard comprend et propose:

— Nous pouvons cuisiner des… pâtes ?
— Vous savez faire cuire des pâtes ?
— Bon… Euh… Commandons des pizzas !
— Vendu !

Le soir venu, Léonard a pour mission de ramener Camille à la cuisine tandis que je gère ma mère, occupée à lire un dictionnaire d'étymologie dans sa chambre. Un peu plus tôt dans la journée, j'avais vu Camille disposer différents contenants et bassines dans le jardin, probablement pour collecter l'eau de pluie et l'utiliser pour arroser les plantes et le potager. Elle avait ensuite fait le tour de toutes les pièces pour passer le plumeau. J'en ai déduit qu'elle avait besoin de s'occuper les mains et l'esprit.

La table est dressée avec quatre couverts, j'ai allumé des bougies pour que l'ambiance soit chaleureuse et Léonard a débouché une bouteille de vin rouge. Notre but ? Que nous apprenions à avoir de nouveau du plaisir à nous retrouver même si nos codes ont changé. Nos routines peuvent évoluer également. Et si ça se trouve, dans le meilleur des cas, Vivianne nous retrouvera à la fin de son séjour dans trois semaines.

Les pizzas embaument l'air de la cuisine de délicieuses odeurs de pâte grillée, de mozzarella fondue et de jambon. En maître de cérémonie, Léonard lève son verre et trinque avec tout le monde en annonçant d'un ton théâtral :

— Nous voilà réunis aujourd'hui pour célébrer nos retrouvailles. Camille, Annick, Lucie, merci d'avoir accepté cette invitation qui euh… me tenait à cœur. Je suis heureux de vous retrouver toutes autour de cette table qui a vu naître tant de souvenirs joyeux… J'ai déjà dit joyeux, non ?

Camille se retient de rire devant les efforts de Léonard et je lui jette un regard amusé en tentant de faire « chuuut » le plus discrètement possible pour ne pas freiner notre petit vieux dans son élan lyrique. Mais ma mère n'a pas la même délicatesse et n'hésite pas à lui dire :

— Non, vous avez dit « heureux » ! D'ailleurs, saviez-vous que le mot « bonheur » comme « heureux », trouve son origine dans la racine « heur » qui veut dire la bonne fortune ou la chance ? Bref, vous avez dit « heureux et « joyeux ». Ça rime mais ce n'est pas pareil.

Je me demande si je vais voir une tranche de pizza voler par-dessus la table, mais Léonard sourit et trinque avec ma mère. C'est louche. Je me demande s'il a conservé quelques cachets de Vivianne pour garder son calme. Comme nous faisons tous des efforts, je me permets de préciser à mon tour :

— Le deal de ce soir, c'est d'éviter tous les sujets qui fâchent afin que nous passions une bonne soirée ensemble. Je crois que nous en avons tous besoin. Je sais que j'ai tout fait pour éviter de vous croiser ces derniers jours et je m'en excuse. Camille, tu nous parleras de ta décision par rapport à la proposition de Léonard concernant ton futur quand tu seras prête, ce n'est pas un guet-apens. Maman, arrête de t'inquiéter pour moi, je ne vais pas plonger dans la Manche, l'eau est bien trop froide maintenant. C'est de l'humour, ne me regarde pas comme ça ! Bon appétit et santé !

Après quelques verres de vin et quelques fous rires, l'atmosphère se détend et le stress disparaît. Nous parlons de nos dernières lectures et ouvrons une deuxième bouteille, puis nous passons le reste de la soirée à jouer au Uno. Camille gagne les trois quarts des parties, Léonard la soupçonne d'avoir triché (elle lui répond qu'il devrait arrêter de boire, l'alcool le fait apparemment délirer). Ma mère a oublié toutes les règles et balance ses cartes comme à la bataille.

En allant nous coucher, le ventre plein et le moral remonté, nous avons tous les yeux pétillants de ceux qui réalisent que la vie continue. Et qu'elle peut être un peu plus belle à plusieurs. D'autant plus qu'en gagnant mes draps, j'entends mon smartphone vibrer, trois petits soubresauts qui m'indiquent que j'ai reçu un texto, et je m'empresse de le saisir pour lire le message. Mon cœur bat la chamade quand je remarque le nom de l'expéditeur.

Tu me manques.

Ce matin, je retourne le petit panneau de la bibliothèque qui indique que le lieu est à nouveau ouvert au public. Il était temps. Cet endroit que nous avons créé avec amour doit continuer à vivre malgré notre tristesse, malgré notre peur d'affronter les habitués et leur déception.

Je croise plusieurs visages connus, certains n'osent pas parler, d'autres évitent mon regard, la plupart me réconfortent avec des mots gentils et compatissants. Le début d'après-midi pluvieux voit arriver madame Legoff qui ne tarde pas à saisir le cochon tirelire pour faire le tour des personnes présentes et les inciter à nous soutenir. Je la regarde amusée, le sourire aux lèvres, parler avec enthousiasme et passion. Quand elle me remarque, elle s'approche de moi, me serre la main puis profite de ce moment pour me confier :

— Lucie, j'ai appris ce qui s'était passé avec Vivianne. Mon Dieu, je suis tellement désolée de lui avoir acheté des livres.

Je ne savais pas que… que c'était illégal. Je voulais seulement vous aider.

—Je sais, Madame Legoff. Merci.

—Et je suis navrée également pour le prêt bancaire, ma fille m'a tout raconté. Si je croise ce monsieur Bonnard dans la rue, je risque bien de lui envoyer mon sac à main dans les côtes… croyez-moi, nous n'allons pas manquer de boycotter son établissement. Et concernant la librairie, avez-vous définitivement renoncé à l'ouvrir ?

Je regarde longuement les rayons et les étagères que nous avions installés et une vague de tristesse me submerge :

—Avec les ennuis de Vivianne, je ne vois pas comment nous pourrions gérer un espace commercial. Je vais renvoyer les ouvrages qu'elle avait commandés même si ça me déchire le cœur.

—Courage. Et si vous avez besoin d'aide pour quoi que ce soit, n'hésitez pas.

Je la remercie et la regarde s'éloigner vers les romans de la bibliothèque. Évidemment, je me suis retenue de lui dire que je verrais bien Ralph brûler en enfer ou attaché à l'un des brise-lames de la plage, recouvert d'algues vertes.

Les jours suivants, je trouve enfin le courage de commencer à ranger les ouvrages de la librairie dans des cartons pour les renvoyer aux distributeurs. Le raffut attire Léonard qui pointe le bout de sa canne et me rejoint au salon, la mine chiffonnée. Arrivé à ma hauteur, il grogne :

—Alors comme ça, vous laissez tomber la librairie ?

—Comment ça « je laisse tomber la librairie » ? Notre libraire est dans un asile, je vous rappelle.

— Vivianne n'aimerait certainement pas que vous appeliez sa maison de repos ainsi.

— Oui et bien Vivianne n'est pas là !

— Et ce Ralph, vous allez le laisser gagner ?

— Mais qu'est-ce que vous voulez que je fasse à la fin ?

— Je vous ai connue plus combative. Vous n'allez pas vous laisser faire par ce nain de jardin !

— J'en ai marre de me battre tout le temps, je suis fatiguée, Léonard. Vous comptez lui faire bouffer tous vos médicaments pour nous en débarrasser ?

— Je ne suis pas dingue…

— Ça, ça reste à prouver.

— Je vais bien trouver une solution à tout ce désordre.

— Bien, très bien. Vous m'en voyez ravie ! Tant que ce n'est pas avec de la drogue ou avec du trafic de livres, vous avez carte blanche. Tout ce que je vous demande, c'est de ne pas finir en prison. Pitié !

Léonard semble préoccupé, il se gratte le menton, pousse un soupir, et lorgne les ouvrages comme s'il attendait que la solution lui soit susurrée par les textes devant lui. Je fronce les sourcils :

— Ne regardez pas ces livres comme ça ! Je vous interdis d'y toucher ! Vous avez bien compris ?

Suspicieuse mais trop épuisée pour creuser la question d'une solution potentielle à la librairie, je le laisse s'éloigner sans chercher à le retenir et le regarde claudiquer sur le parquet puis disparaître dans sa chambre. Ras-le-bol des idées et des grands projets, j'abandonne.

Au petit déjeuner, Camille a l'air soucieuse alors qu'elle s'affaire à battre des œufs dans un saladier pour faire une omelette. Elle s'arrête quelques secondes pour assaisonner sa préparation. Je la connais suffisamment pour sentir qu'il y a anguille sous roche.

—Camille ?

Elle sursaute en entendant son prénom et se retourne vers moi alors que je lui fais remarquer :

—C'est le sucrier que tu tiens.

—Hein, je… quoi ? Ah oui, flûte ! Je n'ai pas toute ma tête ce matin.

—Viens t'asseoir qu'on discute un peu. Qu'est-ce qui te préoccupe ? Elle évite mon regard alors je continue :

—Est-ce qu'il s'agit de cette histoire de formation ? Personne ne te forcera jamais à faire quelque chose que tu ne souhaites pas.

—C'est ça, le problème. Je crois que j'ai vraiment envie d'obtenir un diplôme en pâtisserie. À vrai dire, je ne me vois rien faire d'autre. Alors, si j'ai la chance de me former puis d'ouvrir ma propre boulangerie un jour, je me trouverai vraiment stupide de passer à côté de cette opportunité. C'est mon rêve ! La seule partie de sa proposition qui m'effraie, c'est… de revoir mes parents. Le pire, c'est que je crois que, pour ça aussi, il a raison.

—Bien sûr que j'ai raison !

Léonard, qui devait se cacher dans l'angle, fait son apparition et je le sermonne en refrénant un sourire :

—On ne vous a jamais appris à ne pas écouter aux portes ?

—Non ! J'adore écouter aux portes, on y entend toujours les conversations les plus intéressantes.

Il nous rejoint, fier de son coup, et se rapproche des plaques de cuisson pour saler les œufs et les mettre à cuir dans une poêle avant de nous rejoindre.

— Il ne faut jamais laisser des œufs sans surveillance, ça cuit super vite ! réagit Camille qui se lève d'un bond et nous nous jetons un regard complice avec Léonard. Cinq minutes plus tard, Camille coupe l'omelette en quatre parts égales et nous sert le tout avec des tranches de pain grillé et du beurre salé. Ma mère vient de nous rejoindre après sa balade avec Chichi et Coco et nous dégustons nos petits déjeuners en savourant le contenu de nos assiettes.

— Même ses œufs sont les meilleurs, déclare Léonard, l'air repu. Bon, qu'est-ce qu'on fait alors ?

— Quoi, de la suite de la journée ? demande ma mère. Ranger les décorations de Noël qui traînent dans un coin depuis plus de deux mois à la cave, terminer les cartons de la librairie…

— Ne vous emballez pas, Annick, je parlais de Camille.

Tous les regards se tournent vers elle. La jeune fille pose ses couverts, les yeux rivés au sol, elle semble rassembler tout son courage pour nous parler. Elle finit par prendre une profonde inspiration et par relever la tête pour nous observer :

— J'ai bien réfléchi. Vraiment. J'ai passé des jours à réfléchir et j'en ai conclu que ce que vous me proposez est… horrible ! Mais je comprends pourquoi vous le faites et j'ai pris ma décision.

Nous sommes tous suspendus à ses lèvres, Léonard s'est même penché vers Camille, probablement pour approcher ses oreilles de la bouche de la jeune fille et entendre sa réponse.

— Je suis d'accord avec le deal de Léonard.

— Hourra ! s'écrie Léonard en levant les bras et en faisant tomber sa canne.

— Génial, crie ma mère en levant les bras et en renversant le sucrier.

— Youpi ! je lance en même temps en levant les bras, sans rien faire tomber du tout.

— Vous avez tous l'air bizarre avec vos bras en l'air, remarque Camille, un grand sourire aux lèvres.

— On va partir en *road trip !* se réjouit notre vieux papy, les yeux plus pétillants que jamais.

Chapitre 17 : Saint-Malo–Bordeaux en Twingo

Après avoir discuté avec Camille et effectué quelques recherches sur Internet, j'ai trouvé l'adresse et le numéro de ses parents. Assises au salon avec deux verres de cidre — il nous faut au moins ça pour nous détendre –, elle me supplie de les appeler pour elle, car elle se sent incapable de les entendre au téléphone. Inquiète, je me demande comment elle compte gérer une rencontre en face-à-face si la voix de ses parents lui fait déjà cet effet-là.

Le verre fait un rapide aller-retour à ses lèvres, elle avale une grande gorgée de liquide deux fois de suite avec l'air de celle qui analyse la moindre pensée, le moindre sentiment et finit par s'expliquer :

— Tu comprends, je trouve ça violent comme manière de faire. J'aurais préféré leur écrire, mais je crois que je serais bien trop impatiente d'attendre leur réponse ensuite. Et si tu les appelles, j'aurais le temps de me préparer psychologiquement à les revoir. Enfin…

Elle semble prise de panique et porte la main à sa bouche :

— Lucie, tu imagines s'ils refusent de me rencontrer ? Qu'est-ce que je ferais ? Oh mon Dieu, je ne vais jamais régler mon problème avec eux. Pourtant, ils me manquent… parfois. Quand je ne pense plus à…

Elle n'en dit pas plus.

— Camille, tes parents sont certainement aussi tristes de cette situation que toi. Un parent reste un parent. Peu importe l'importance de la dispute ou la rancœur que vous nourrissez… cela fait plusieurs années que tu ne leur as pas donné de nouvelles.

— Trois ans. J'avais seize ans quand ils m'ont fichu à la porte…

— Une fois leur colère passée et la crise oubliée, tes parents t'ont peut-être recherchée, ils se sont sûrement inquiétés pour toi. Ils pensaient peut-être que tu reviendrais malgré tout…

— Crois-moi, ils n'avaient aucune envie que je revienne. Appelle-les s'il te plaît, j'ai besoin de savoir…

Sa voix se brise sur la dernière syllabe. Je prends le téléphone et hésite, je regarde Camille et ses grands yeux où je lis l'espoir et la crainte. Je compose le numéro, le cœur battant la chamade mais m'arrête et demande bêtement :

— Qu'est-ce que je suis censée leur dire ?

— J'en sais rien…

— Je peux leur dire la vérité ?

— Laquelle ? Qu'un petit vieux me fait du chantage et me demande de les revoir en échange d'une formation en pâtisserie ? Ils vont être contents ! Je troque une réconciliation contre une tarte aux pommes.

— Bien sûr que non ! Qu'on s'est rencontrées et que je t'ai accueillie chez moi pour que tu aies un toit.

— T'es obligée de leur dire la fin ? Je n'ai pas envie qu'ils sachent que… que je n'avais pas de maison, tu comprends ? J'ai l'impression d'être nulle, d'avoir échoué quelque part. D'avoir perdu trois ans de ma vie…

Je lui prends la main et la serre entre mes doigts pour la réconforter :

— Tu n'as rien perdu du tout. Parfois, il faut du temps pour se reconstruire. Alors, je vais leur dire que nous sommes amies et que tu as envie de reprendre contact avec eux mais que tu n'oses pas le faire toi-même parce que tu crains leur réaction. Ensuite, je leur proposerai une rencontre. Est-ce que cela te convient ?

Elle acquiesce, l'air à moitié convaincu. J'appuie sur le bouton d'appel, la main de Camille toujours dans la mienne, son regard inquiet rivé sur moi alors que la tonalité retentit. En réalité, je n'en mène pas large non plus.

Je me mords la lèvre, tente de garder mon calme et d'avoir l'air sûr de moi pour rassurer Camille mais, au fond, j'ai l'impression d'être dans un état proche de la liquéfaction.

Quand une voix de femme résonne dans le combiné, je me lance en prenant une grande et profonde inspiration :

— Madame Pasquier ? Je m'appelle Lucie Chevalier. Je suis une amie de votre fille, Camille…

Ce matin, c'est l'effervescence. Tout le monde court dans tous les sens. Pourquoi ? Parce que nous partons en *road trip* pour reprendre l'expression consacrée par Léonard ! Près de Bordeaux, plus précisément, afin de rendre visite aux parents de Camille.

Sa mère, Virginie, s'est montrée soulagée d'avoir enfin des nouvelles de sa fille et m'a posé mille questions auxquelles je n'avais pas de réponse. Elle semblait craindre cette rencontre tout autant que Camille mais son envie de revoir son enfant a été la plus forte et elle m'a demandé quand nous pensions pouvoir descendre dans le Sud-Ouest. Le voyage a été rapidement organisé. Après avoir raccroché, je me suis jetée sur l'ordinateur et j'ai réservé un hôtel pour la fin de la semaine. Nous allions descendre, rencontrer Virginie et Charles, dormir à l'hôtel une nuit afin de nous reposer et reprendre la route le lendemain matin.

Avec Camille, nous avons également décidé de faire un petit détour par Paris lors du retour pour aider Léonard à régler ses problèmes avec sa fille. Il y a juste un petit détail qui me turlupine : papy ronchon n'est au courant de rien. Il serait capable de refuser de voyager avec nous s'il apprenait notre stratagème.

Le rendez-vous est pris pour ce soir, à 17 heures tapantes, chez les parents de Camille. Léonard et moi ferons partie du voyage pour accompagner et soutenir la jeune fille dans cette épreuve tandis que ma mère s'occupera de la bibliothèque de *La Malouinière* pendant notre absence.

Durant le trajet, assise sur le siège arrière pour que Léonard puisse allonger ses jambes à l'avant, Camille ne dit pas un mot, la tête appuyée contre la fenêtre, le regard perdu dans le vide. Je n'imagine même pas toutes les pensées qui doivent lui traverser l'esprit et le stress qu'elle doit ressentir.

J'ignore ce qui s'est passé avec ses parents, pour l'instant, elle n'en a parlé à personne, pas même à Léonard. La teneur de leur dispute demeure donc secrète. Pourtant, Camille nous a demandé d'être présents tout au long de leurs retrouvailles, nous en apprendrons donc peut-être davantage à ce moment-là.

Après une demi-heure de route, sur un trajet qui en compte environ six, j'entends un bruit bizarre à l'arrière, comme des petits cris aigus. Je m'adresse à Camille qui relève la tête, semblant intriguée :

— Il s'agit de ta nouvelle manière de t'exprimer ? Remarque, c'est intéressant, il nous faudrait juste une sorte de dictionnaire pour pouvoir te comprendre.

Camille me regarde bizarrement, jette un coup d'œil dans le coffre et s'affaire, penchée par-dessus la banquette.

— Mih mih mih mih !

De plus en plus intriguée par les sons qui proviennent du fond de la voiture, je percute enfin et écarquille les yeux tout en jetant un coup d'œil dans le rétroviseur pour voir ce que Camille fabrique. Non, je n'y crois pas ! Elle se remet en position et pousse un soupir de soulagement :

— Voilà ! Il était caché derrière la banquette, je pense qu'il devait dormir jusqu'à maintenant.

Coco bat des ailes, secoue sa tête puis se blottit contre Camille, l'air ravi. Je fronce les sourcils :

— Coco, mais qu'est-ce que tu fais là ?

Léonard qui s'était assoupi, ouvre un œil pour me lancer :

— Vous espérez vraiment obtenir une réponse de sa part ?

— Bien sûr ! Regardez-le dans les yeux, vous ne voyez pas tout ce qu'il a à nous dire ?

Je prends une petite voix :

— « Je ne voulais pas rester seul avec Chichi, il m'embête quand vous n'êtes pas là et, moi aussi, j'avais envie d'accompagner Camille pour l'aider ! »

Camille s'esclaffe et Léonard lève les yeux au ciel, pas convaincu pour un sou.

— « Léonard, arrêtez de regarder Lucie comme ça, elle a raison, vous savez. Elle a toujours raison ! »

— C'est bon, vous avez terminé votre cirque ?

Vexée, je lui jette un regard en coin et remarque qu'il a refermé les yeux. J'en profite pour lui faire une grimace et lui tirer la langue avant de répondre :

— Ce n'est tout de même pas ma faute si vous ne parlez pas « goéland »…

— Je vous ai vue…

— Mais comment faites-vous ? Vous avez des paupières transparentes ?

— Non, je vous connais. Je fermais les yeux à moitié.

Je souris à Camille dans le rétro et continue de conduire le plus tranquillement possible, même si j'ai l'impression de percevoir le stress de la jeune fille, un stress qui augmente au fur et à mesure que nous nous approchons de Bordeaux.

Juste avant 17 heures, le GPS annonce que nous sommes arrivés à destination et j'arrête le moteur de la voiture au bout d'une allée devant une petite maison blanche aux volets bleus. Camille s'agite et se penche pour observer l'habitation :

— On pourrait faire comme si ce n'était pas là ? Genre repartir et faire le tour de la ville ? Puis du département ?

— Pourquoi pas repartir à Saint-Malo tant qu'on y est ? grogne Léonard.

— Ah oui, ça, c'est vraiment une super idée !

Je fusille du regard mon petit vieux pour qu'il s'adoucisse et il se reprend en étirant sa jambe :

— Nous sommes là, Camille, nous serons là à chaque minute de cette rencontre avec tes parents. Et on repartira dès que tu le souhaites.

Je me retourne sur mon siège pour la regarder et la réconforter :

— Tu n'auras qu'à dire « Coco » si ça ne va pas, comme un code pour nous signaler que tu n'en peux plus. D'accord ? Et on trouvera une excuse pour filer.

Elle se mord la lèvre et acquiesce, le regard toujours fixé sur la porte de la maison. Je murmure :

— On y va dès que tu es prête. On a tout le temps, on reste tranquillement dans la voiture jusqu'à ce que tu nous fasses signe.

Dix minutes plus tard, nous n'avons toujours pas bougé de nos sièges.

La voix de Camille me fait sursauter quand la jeune fille rompt le silence :

— Vous savez pourquoi ils m'ont foutue dehors ?

Un mélange de colère et de tristesse perce dans son intonation. Elle n'attend pas notre réponse pour poursuivre ses confidences :

— Je suis tombée enceinte. Et je n'ai pas voulu garder le bébé… Mais j'avais seize ans ! On ne devient pas mère à seize ans. On ne sait même pas comment s'occuper de soi-même à cet âge-là, alors comment pourrait-on gérer la vie d'un autre être humain, hein ?

J'ai l'impression de recevoir un coup de poignard en plein ventre. Léonard, sûrement alarmé, m'observe pourtant en conservant son calme. Il sait. Il sait ce que l'aveu de Camille provoque en moi. Il connaît mes blessures, mes fêlures, mon passé. Tout ce que Camille ignore sur mon histoire.

Je tente de rester impassible, mais ma respiration s'accélère, mon pouls s'accélère, ma détresse s'amplifie. Maintenant que le train est lancé, Camille poursuit ses révélations et chacun de ses mots est comme un nouveau coup porté à mon cœur, violent et douloureux :

— Mes parents sont très croyants. Ils allaient tout le temps à l'église alors ils voulaient que j'assume, que je m'occupe du bébé. Avorter, c'est un crime. C'est le mal. Et, on ne fait pas de mal à un enfant de Dieu. Mais…

Elle est au bord des larmes, sa voix se brise tandis qu'elle sort un mouchoir de sa poche et renifle.

— Je ne les ai pas écoutés, j'ai avorté accompagnée d'une amie majeure. Ils ne l'ont pas supporté et quand je suis rentrée de la clinique, ils avaient fait ma valise et ils m'ont dit de ne jamais revenir… J'étais une gamine. Comment… comment peut-on faire ça à son enfant ?

Elle nous regarde, avec des yeux emplis de larmes qu'elle essuie d'un geste rageur.

Je suis incapable de réagir. Incapable de répondre. La gorge serrée, le cœur en miettes. Encore. À parler du même sujet. À penser à un bébé. Encore.

Je ne lui en veux pas pour son geste. Elle était trop jeune pour devenir maman. Je lui en veux de me replonger dans ma douleur, dans mes tourments. Heureusement, Léonard sent ma détresse et répond d'un ton rassurant et d'une voix chaude :

— Les parents font des erreurs. Mais les tiens sont prêts à te revoir, de l'eau a coulé sous les ponts, vous avez évolué et vous avez grandi. Vous semblez prêts à avancer et à oublier le passé. La plus grande force, c'est d'être capable de pardonner.

Camille renifle et sourit :

— Vous recommencez à parler comme dans un livre. Vous devriez peut-être en écrire un d'ailleurs.

— Oh non, il y a déjà une auteure dans cette voiture, c'est bien suffisant. On y va ?

— On y va.

Nous sortons du véhicule, je m'extirpe de mon siège comme un automate et suis mes deux compères en essayant de bloquer l'afflux de pensées qui submergent mon cerveau. Ce n'est pas le moment de laisser tomber Camille, elle a besoin de nous, elle a besoin de moi. Pourtant, mon sang s'est transformé en glace, mes poumons se sont cristallisés, ma salive est gluante comme du goudron, mes membres sont rigides comme de l'acier. Léonard sonne. Camille resserre son étreinte autour de Coco qui n'a pas quitté la sécurité de ses bras.

Je reste dans l'ombre, derrière eux. Dans le noir.

Puis, tout se déroule comme dans un film dont je suis la spectatrice. Une femme d'une cinquantaine d'années aux cheveux clairs attachés en chignon ouvre la porte, elle semble empruntée, un mélange de crainte et de joie peint sur le visage. Léonard, en première ligne comme un rempart, nous présente en lui tendant poliment la main. Il explique en quelques mots qui nous sommes, précise que c'est moi qui l'ai appelée il y a quelques jours au téléphone et s'écarte très légèrement pour dégager le passage afin qu'elle puisse nous voir.

Quand elle aperçoit Camille, toujours cachée derrière lui, elle porte une main tremblante à sa bouche, s'approche comme si elle avait du mal à croire que sa fille se trouve vraiment devant elle et l'observe pendant de longues secondes. Captivée par Camille, elle ne remarque même pas Coco, toujours blotti contre la jeune fille. Puis, sans pouvoir se retenir plus longtemps, elle parcourt les quelques pas qui les séparent et la prend dans ses bras. Elle la serre contre son cœur, encore et encore. Camille pose sa tête sur son épaule, les larmes aux yeux et les deux femmes restent dans cette position plusieurs minutes. Les retrouvailles tant attendues ont enfin lieu. Les tensions, les guerres et les ressentiments peuvent enfin s'apaiser.

J'aimerais être contente, j'aimerais sourire, mais les confidences de Camille m'ont plongée dans un mutisme et un mal-être sans fin. Je découvre ma limite à la générosité et au don de soi. C'est viscéral, je n'arrive plus à réagir. Les cris et les battements d'ailes de Coco me sortent de mes pensées. Le petit goéland en a certainement marre d'être coincé entre Camille et sa mère et le fait savoir en bougeant dans tous les sens. Virginie recule, renifle et essuie les larmes qui perlent toujours aux coins de ses yeux en s'excusant. Devant son air surpris, Camille précise en montrant la tête de l'oiseau :

— C'est Coco. Notre goéland. Il habite avec nous à Saint-Malo.

Sans poser davantage de questions, j'imagine que ce n'est pas le plus bizarre compte tenu de la situation ni le plus urgent, Virginie nous invite à entrer.

Sur les murs, quelques peintures représentant des scènes de la Bible et des croix nous confirment que les parents de Camille sont toujours de fervents catholiques.

Virginie nous conduit au salon et nous propose de nous asseoir alors qu'elle sert à tout le monde une tasse de thé chaud. Sur la table basse en bois foncé, elle a disposé quelques biscuits et des chocolats dans des assiettes décorées de motifs floraux. Je m'installe à côté de Léonard, le plus loin possible de Camille qui fronce les sourcils en se demandant certainement pourquoi j'ai choisi ce siège alors qu'elle prend place sur le canapé entre sa mère et notre petit vieux.

Personne ne sait comment entamer la conversation. Camille regarde autour d'elle, observe les meubles et la décoration, puis reporte son attention sur sa mère et demande d'une petite voix :

— Et… où est papa ?

Virginie s'agite, baisse les yeux, repose sa tasse comme pour reprendre contenance et éviter de renverser du thé partout. Elle déglutit avant d'expliquer :

— Dans la chambre, à l'étage. À vrai dire, il hésite encore à descendre. Il… tu le connais, il est assez borné. Il a du mal à gérer la situation et ses émotions.

Camille se rembrunit et un voile de déception passe sur son visage.

— Et moi ? Il croit que c'est facile pour moi de revenir ici après ce que vous avez fait ? Il croit que ça a été simple de reprendre contact avec vous malgré ma rancœur ? Ça m'a fait tellement mal d'avoir été rejetée comme ça, je me suis sentie abandonnée dans un des pires moments de ma vie. Par les gens que j'aimais le plus au monde et par les gens en qui j'avais la plus grande confiance. Je me suis retrouvée toute seule après le…

— On pourrait oublier cette histoire. Aller de l'avant…

— Oublier ? Non, ce n'est pas… Comment tu peux dire une chose pareille ?

Le ton monte. Camille est en colère, sa mère se recroqueville sur son fauteuil, la tasse de thé qu'elle venait de reprendre tremblote dangereusement et moi, je les regarde comme si mon esprit avait quitté mon corps. Je me sens si vide à l'intérieur que je ne prononce pas un mot, à nouveau enfermée dans cette douleur familière. Léonard avec son calme et son assurance habituels prend la parole pour s'interposer entre les deux femmes :

— Ce que veut dire Camille, c'est qu'elle n'oubliera jamais, mais ça ne signifie pas qu'elle ne vous aime pas. Elle a eu la force de venir jusque-là pour vous parler et pour faire un pas vers le pardon. J'imagine que c'est la démarche dans laquelle vous vous trouvez également. Je suis bien placé pour comprendre les enjeux des disputes familiales, je suis moi-même en froid avec ma fille. Elle m'en veut parce que je l'ai trop longtemps oubliée, elle s'est sentie abandonnée alors qu'elle avait besoin de moi. Un enfant a besoin de ses parents toute sa vie, on ne sait pas forcément pourquoi mais on reste le socle originel, les racines, l'arbre dans la tempête et le rocher immuable malgré nos nombreuses erreurs et malgré cette impression que nous sommes loin d'être des références. Parfois, on n'a pas les épaules pour répondre à toutes leurs attentes parce qu'on n'a pas les mêmes opinions, pas les mêmes convictions ou tout simplement pas la force…

Sous le coup de l'émotion, la voix de Léonard se brise sur sa dernière tirade et un silence gênant s'installe. La discussion et les retrouvailles commencent plutôt mal et je tente de réfléchir à un sujet qui détendrait l'atmosphère et apaiserait les tensions, mais mon esprit mouline dans le vide. J'aimerais tellement essayer, j'aimerais tellement pouvoir soutenir Camille dans ce moment si important pour elle. Avant que je trouve quelque chose à dire, de toute évidence mon cerveau est tout aussi gelé que mon cœur, Léonard prend une grande inspiration et reprend la parole en citant d'un ton étrangement solennel :

— « Supportez-vous les uns les autres, et, si l'un a sujet de se plaindre de l'autre, pardonnez-vous réciproquement. De même que Christ vous a pardonné, pardonnez-vous aussi. »

— Vous connaissez les lettres de Paul. L'Épître aux Colossiens…

— Quelques paroles, oui. Je me suis beaucoup intéressé aux religions dans ma vie, pas forcément par conviction mais par besoin de les comprendre et de comprendre leur impact sur les êtres humains.

Étonnée par la culture de Léonard, je le regarde comme s'il venait de poser une crêpe sur sa tête en guise de chapeau. Fier de son coup, il se penche vers moi pour murmurer :

— Fermez la bouche, Lucie.

Je m'exécute avant que la mère de Camille ne me prenne définitivement pour une attardée qui, en plus d'être mutique, bave sur son canapé.

Virginie semble moins crispée et davantage en confiance, les traits de son visage se détendent et elle tente une approche en s'adressant à sa fille :

— Bien… euh… est-ce que tu fais des études ? Enfin, ce n'est peut-être pas le plus important. Qu'est-ce que tu fais dans la vie, raconte-moi ? Qu'est-ce que tu aimes ?

— Je… j'adore faire de la pâtisserie.

— Comme ta grand-mère. Elle faisait toujours des fraisiers et des éclairs au moka incroyables.

— Oui, comme grand-mère, et je vais bientôt commencer une formation pour devenir pâtissière.

— C'est bien. C'est très bien. Et où penses-tu effectuer cet apprentissage ? Dans la région ?

— Je… non. En fait, je vais certainement le faire en Bretagne mais je ne sais pas encore où exactement.

Virginie semble se rembrunir à l'annonce de Camille, comme si elle était déçue de découvrir que sa fille comptait rester dans une région si éloignée de la sienne. Un silence s'installe. Pour m'occuper, je porte mon attention sur le seul être vivant qui fait du bruit en claudiquant sur le parquet.

Non, ce n'est pas Léonard avec sa canne, mais Coco qui se balade librement dans le salon, intrigué par ce nouvel environnement, et qui volète d'une chaise à l'autre sous l'œil parfois méfiant de Virginie. Il fait le tour des meubles, grimpe sur un petit repose-pieds, pousse un cri comme pour nous montrer ce qu'il vient de réussir, et bat des ailes pour attirer notre attention.

— Bravo, applaudit Camille en regardant le petit goéland qui a l'air fier comme un coq.

Devant l'air ahuri de sa mère, elle précise :

— C'est du renforcement positif pour sa confiance en lui. C'est important qu'on lui montre que nous valorisons ce qu'il fait.

Virginie regarde Léonard les yeux écarquillés et il confirme les dires de Camille d'un simple hochement de tête. Elle doit nous prendre pour une bande de fous. Pourtant, elle fait ce qu'elle peut pour s'intéresser à notre petite communauté :

— Et… vous habitez avec d'autres personnes ? Ou d'autres animaux ?

— Il y a Annick, la mère de Lucie, et Chichi, son chihuahua. Et Vivianne. Enfin, pour le moment, elle a été internée mais on espère qu'elle sortira vite de sa maison de repos.

— C'est bien. Très bien… Dites, vous vivez ensemble dans une sorte d'établissement social ? Ou une résidence avec des… soignants ou des éducateurs ?

Léonard semble comprendre ce que sous-entend la mère de Camille et s'insurge :

— Des soignants et des éducateurs ? Nous ne sommes ni séniles ni fous ! Lucie possède une maison sur la promenade de Saint-Malo et il se trouve que j'étais son voisin avant de m'installer chez elle. Camille, elle…

De peur que Léonard ne révèle son passé, Camille lui fait les gros yeux et lui coupe la parole tout en avançant sur son siège pour attirer l'attention sur elle. Son mouvement effraie Coco qui était revenu près d'elle après son exploration minutieuse de la pièce. Le petit goéland pousse un cri courroucé et quitte le bras du fauteuil où il trônait fièrement :

— J'ai rencontré Lucie à la bibliothèque qu'elle a créée avec Léonard. J'adore lire et je passais beaucoup de temps dans les rayons. Comme elle savait que je cherchais un logement, elle m'a proposé de prendre une chambre chez elle. Et j'ai dit « oui ».

La mère de Camille a l'air soupçonneuse quand elle se tourne vers moi et me demande :

— Et, sans vouloir paraître trop indiscrète, de quoi vivez-vous ? Est-ce que vous confectionnez des vêtements en chanvre que vous vendez comme les communautés hippies ? Et surtout… pourquoi faites-vous ça ?

Je prends sur moi pour répondre et lance d'une voix plutôt mécanique :

— Pour l'instant, on s'en sort avec mes économies, mon salaire, la retraite de ma mère et celle de Léonard. De mon côté, j'ai commencé à animer des ateliers d'écriture et puis Vivianne devrait bientôt trouver un nouveau travail, enfin on l'espère. Quant à Camille, elle sera rémunérée dès qu'elle décrochera un apprentissage en pâtisserie.

Sa deuxième question me met mal à l'aise, car elle me ramène à mes motivations profondes et à mes problèmes personnels.

Je m'agite sur mon siège avec l'envie de me sauver avant de parvenir à me calmer et à prononcer faiblement :

— En temps normal, j'habite à Paris et je suis venue passer des vacances prolongées à Saint-Malo dans la maison qui appartenait à mes grands-parents...

Je prends plusieurs secondes pour réfléchir à la suite et le silence s'installe, ce qui met tout le monde mal à l'aise. Heureusement, Léonard vole à mon secours et reprend la parole pour expliquer :

— En fait, Lucie ne souhaitait pas que cette grande demeure soit de nouveau vide une fois qu'elle serait repartie, alors elle a décidé d'en faire une sorte de havre de paix. Elle sait que nous prendrons soin de *La Malouinière* de sa famille quand elle sera rentrée chez elle.

Je souris misérablement à Virginie pour corroborer les explications de Léonard. J'essaie de camoufler mes émotions, même si ses paroles provoquent une certaine panique en moi. Quitter Saint-Malo ? Rentrer à Paris ? Pourquoi ? Je ne sais même pas si j'en ai envie. Je ne sais plus du tout ce que je veux. En fait, depuis mon arrivée, je suis dans le flou. Ce qui m'attriste aujourd'hui, c'est de constater à quel point je n'ai pas évolué depuis sept mois. Je fais du sur place. Je patine dans la semoule. Je m'embourbe. Je me mens. Je n'irai jamais mieux. Tout cela n'est qu'une illusion. Mon départ n'était qu'une fuite. Je suis toujours aussi fragile qu'un château de cartes sous le vent. ET je n'ai pas écrit une ligne.

Détruite. Morte.

Qu'est-ce que je vais bien pouvoir faire de moi ?

Camille, à son tour, fait l'effort de s'intéresser à sa mère et lui demande en croquant dans un chocolat :

— Et toi, est-ce que tu travailles toujours comme couturière ?

— Oui mais un peu moins qu'avant… Je… Depuis trois ans, je fais aussi du bénévolat dans des centres d'accueil. J'en ai fait plusieurs dans la région.

Tout le monde comprend ce qu'implique cette information. Virginie, émue, attrape un mouchoir pour se tamponner les yeux et reprend la voix tremblante :

— J'espérais tellement te retrouver. J'ai aussi beaucoup discuté avec ton père pour le faire changer d'avis, pour lui faire comprendre que nous avions peut-être été trop loin. Tu sais, je posais des questions à tout le monde, je demandais à tous les nouveaux résidents s'ils t'avaient vue, je leur montrais une photo de toi, celle que j'avais sur ma table de nuit qui a été prise à ta confirmation. Je m'en suis terriblement voulu pour ce que nous avions fait, j'ai essayé de te chercher mais tu avais vraiment disparu. À un moment, j'ai même cru que tu étais…

— Oh, maman…

Elles se prennent par la main et ne se lâchent plus. J'imagine que Camille doit être soulagée par les aveux de sa mère, soulagée de savoir qu'elle l'aimait plus que tout malgré leur dispute et leur différend.

Une heure plus tard, nous nous apprêtons à prendre congé pour rentrer à l'hôtel et nous reposer.

Le père de Camille n'est toujours pas descendu.

Nous nous levons pour rejoindre le hall d'entrée, Coco sur nos talons, puis sortons sur le palier où Camille serre de nouveau sa mère dans ses bras. Moi, j'avance comme un robot pour rejoindre la voiture après avoir balbutié un rapide « au revoir » à Virginie.

Camille a la main posée sur la poignée de la portière et s'apprête à entrer dans la voiture quand un homme apparaît sur le perron. Grand, vêtu d'un pantalon en velours gris et d'un gilet, il nous regarde d'un air perdu, les yeux un peu trop écarquillés et les sourcils froncés par l'inquiétude. On peut presque lire une sorte d'espoir mêlé de tristesse sur son visage.

Malgré son ressentiment et sa colère, le père de Camille est finalement descendu de sa tour d'ivoire.

Comme si elle avait senti sa présence, cette dernière tourne la tête, elle le voit et cligne plusieurs fois des yeux comme pour figer l'image dans son esprit et réaliser qu'il ne s'agit pas d'un fantôme. Elle tressaille, ouvre malgré tout la portière et amorce un mouvement pour entrer dans la voiture, mais se fige avant de s'y installer.

Tout à coup, un sourire timide et incrédule éclaire son visage et tout son corps se tend, elle pivote, prend son élan et court vers lui pour lui sauter au cou. Elle le serre dans ses bras, l'étouffe peut-être mais son expression s'illumine et il sourit. Un sourire énorme, beau, sincère. Précieux. Les deux sont secoués par d'intenses sanglots et semblent ne plus vouloir se lâcher. Ils ont trois ans de câlins à rattraper. Trois ans d'étreinte et de tendresse à compenser. Trois ans de rancœur à oublier.

Ils n'échangent aucun mot. Puis Camille revient dans la voiture, claque la portière, un sourire sur son visage barbouillé de larmes. Léonard lui tend la main depuis son siège et elle la saisit en éclatant d'un rire cristallin et libérateur, comme si elle prenait la mesure de ce qui vient de se passer.

Le soir venu, Camille et Léonard me proposent de sortir pour manger au restaurant et fêter les retrouvailles du jour qui, si on y réfléchit, se sont plutôt bien passées. Je les accompagne à contrecœur, le besoin de rester seule chevillé au corps. J'ai envie de digérer mes émotions, d'éviter de faire peser sur eux mes tourments. D'ailleurs, je me mure dans le silence toute la soirée.

De retour à l'hôtel, au moment de retrouver ma chambre, Léonard me regarde tristement, je lis dans ses yeux à quel point mes barrières et mes limites sont difficiles à vivre pour les gens qui m'aiment et qui tiennent à moi. Et que dire de Camille ? Évidemment, elle ne comprend pas ma réaction, mon silence, mon manque d'enthousiasme et mon regard qui ne croise plus le sien, je le vois sur son visage chiffonné. J'aurais dû partager sa joie au lieu de l'abandonner.

Une fois seule, je prends une longue douche brûlante et file sous les draps. Coco, que nous avons caché sous un pull pour passer la réception, se roule en boule à côté de moi, son bec et sa tête glissés dans ses plumes et j'avale deux somnifères pour sombrer dans un sommeil sans rêve.

Le lendemain matin, je suis la dernière à me lever et me maquille dans la salle de bains pendant que Léonard et Camille profitent du buffet du petit déjeuner proposé par l'hôtel. De toute façon, je n'ai pas faim. Et je suis à la bourre.

Une fois dans la voiture, je commence à stresser. Léonard ignore toujours ce que nous lui réservons. Comment va-t-il réagir quand il apprendra que nous l'emmenons voir sa fille à Paris ?

Chapitre 18 : « Paris est tout petit pour ceux qui s'aiment d'un aussi grand amour. »

Jacques Prévert

Au fur et à mesure que nous nous approchons de la capitale, aux alentours de 14 heures, je réalise que je vais revoir ma ville, les rues que je connais si bien, cette ambiance si vivante que j'ai fait exprès d'oublier, ces lumières que j'aimais tant autrefois et qui, aujourd'hui, se sont éteintes dans mon cœur.

Concentrée sur l'histoire de Léonard et sur mon envie de le réconcilier avec Karine et Bastien, j'en ai oublié mon angoisse de retrouver ce lieu qui était mien. Et si je croisais Lionel au détour d'un boulevard ?

Léonard, qui avait enclenché le GPS sur son téléphone pour faire le copilote, me sort à nouveau de mes pensées et me fait sursauter quand il aboie :

— Vous vous trompez de route, Lucie, il fallait bifurquer à droite. Même avec un GPS vous êtes capable de vous tromper.

Par réflexe, je serre le volant pour éviter de faire une embardée :

— Contrairement à ce que vous pouvez penser ou croire, je ne suis pas débile !

Il me jette un regard perplexe et observe les panneaux de direction en plissant les yeux :

— Qu'est-ce que ça veut dire ? Que vous ne suiviez pas le GPS, c'est déjà bizarre, mais que vous ignoriez les panneaux… Vous n'arrivez plus à lire « Saint-Malo » ? C'est le « s » ou le « m » qui vous pose problème ?

Je fais mine de l'ignorer, c'est plus sage. Camille, les yeux pétillants, s'exclame, un grand sourire aux lèvres, sûrement encore surexcitée par la rencontre avec ses parents :

— Nous aussi, on est capables d'organiser des rendez-vous pour vous !

— Qu'est-ce qui lui arrive à la jeunette, elle se prend pour la fée clochette ?

J'interviens et ajoute :

— En fait, j'ai décidé de faire un petit détour par Paris parce que je meurs d'envie de voir la tour Eiffel ! Pas vous ?

— Et je suis sûre que Coco aussi, ajoute Camille en tendant le petit goéland à Léonard.

Le regard de Léonard passe de Camille à moi et il bougonne en levant sa canne d'un air menaçant :

— Vous êtes en train de me dire que nous allons à Paris ? Un détour pour… voir la tour Eiffel ? Vous me prenez vraiment pour un demeuré ? Je veux descendre ! Laissez-moi descendre de cette voiture.

—Nous sommes sur l'autoroute, vous risquez de vous faire très mal si vous sautez maintenant. Et ce serait dommage d'avoir une deuxième hanche en plastique, non ?

Il se renfrogne et bougonne dans son col des mots incompréhensibles. À mon avis, ça ne doit pas être bien beau. Il baisse la tête et semble farfouiller dans ses poches, j'entends des petits bruits d'emballage puis je sens quelque chose de sec atterrir sur mes joues. D'un rapide coup d'œil, je remarque des miettes sur mon col. L'air de rien, Léonard regarde par la fenêtre de l'autre côté, mais les piaillements de Coco m'alertent et je hurle :

—Je n'y crois pas, vous êtes en train de me balancer des morceaux de biscottes ?

—Pas du tout ! Vous vous trompez… Un peu comme quand vous lisez des panneaux de signalisation.

—Vous êtes immature, Léonard. On ne réagit pas comme un gamin à votre âge. Et où avez-vous eu ces biscottes ?

Fou de joie, Coco sautille sur mon appuie-tête et picore dans mon écharpe en poussant des petits cris.

—Si vous souhaitez rester en vie, je vous conseille de retirer ce goéland, je ne vois presque plus la route !

—Léonard a piqué les biscottes au petit déjeuner, dénonce Camille en attrapant délicatement Coco. Et encore, tu n'as pas vu tout ce qu'il a mis dans ses poches. Du gâteau, des madeleines et… ah oui, des œufs durs et du fromage !

Je gronde :

—Léonard !

—Ben quoi, on paie le petit déjeuner, autant en profiter un peu, non ? Vous voulez un morceau de gruyère ?

Il sort un bâton de fromage et me le fourre sous le nez. Je refuse en secouant la tête et époussette mes vêtements avant de me gratter furieusement le ventre, je sens que de minuscules fragments de biscottes se sont infiltrés sous mes affaires.

Une fois dans Paris, je suis scrupuleusement les indications du GPS pour éviter de me perdre ou de me retrouver sur des rues piétonnes, tourne plusieurs fois, finis par atteindre le 6e arrondissement et par trouver la bonne rue, pas loin de la place de l'Odéon.

Camille regarde les façades avec attention et demande en caressant distraitement la tête de Coco :

— C'est à quel numéro ?

Léonard grogne, de plus en plus renfrogné :

— Numéro 15…

Nous sommes à peine arrêtés que papy ronchon sort de la voiture, lève les yeux sur les numéros de la rue et marche le plus vite possible, accélérant la cadence sur le goudron, sa canne frappant le sol au rythme de ses pas. Je ne l'ai jamais connu aussi rapide. Son empressement à voir Karine me réchauffe le cœur, il semble enfin avoir compris l'importance de cette rencontre. Nous quittons nos sièges et je le suis. Il me faut une seconde pour réaliser qu'il se dirige… dans le sens opposé. Je rêve, il est en train de se carapater !

— Hé ho, Scofield !

Je me mets à courir et le rattrape en quelques enjambées, profitant d'être à sa hauteur pour le prendre par le bras et l'entraîner en sens inverse. Je le réprimande :

— Qu'est-ce que vous n'arrivez pas à lire ? Le 1 ou le 5 ?

Essoufflé comme s'il avait parcouru un cent mètres, il inspire profondément et se concentre pour articuler (enfin râler) :

— Vous me désespérez ! Abert Spaggiari ou Jacques Mesrine, pourquoi pas, mais vos personnages inventés pour la télévision, très peu pour moi. Ah les références des jeunes !

Camille arrive à notre hauteur pour me prêter main-forte et assène cette terrible vérité :

— Je ne connais pas Scofield, moi ! C'est quoi ? Léonard s'esclaffe :

— Ah, voilà la baffe. Au temps pour moi, vous n'êtes plus si jeune, Lucie ! Prison Break est une série dépassée.

— Moi et mes rides, on vous envoie balader.

— Parfait, je ne demande que ça ! grommelle-t-il en tentant une nouvelle évasion.

Soudain sérieuse, Camille resserre son étreinte autour du bras du petit vieux, lève le nez pour mimer un air hautain, puis articule en imitant le ton de notre papy :

— Vous savez, nous serons là, Léonard, nous serons là à chaque minute de cette rencontre avec votre fille. Et on repartira dès que vous le souhaiterez. En plus, vous n'aurez qu'à dire « Coco » quand vous en aurez marre et on s'en ira. D'accord ?

Il lève les yeux au ciel, l'air plus affligé que jamais :

— Vous me fatiguez !

Nous rebroussons chemin, faisons sortir Coco de la voiture, gagnons le numéro 15 et entrons en silence dans l'ascenseur qui nous mène dans les étages. Devant le palier, nous nous apprêtons à sonner chez Karine et Bastien quand Léonard nous retient chacune par une manche. Qu'est-ce qui lui prend encore ? Futé comme il est, je m'attends à ce qu'il fasse semblant d'avoir une attaque ou qu'il hurle « au feu » pour provoquer une émeute. Je fronce les sourcils, suspicieuse :

— Vous avez quelque chose à dire ?

— Coco. Coco. Coco !

Camille s'insurge, les mains sur les hanches :

— C'est de la triche Léonard, c'est trop tôt. Vous ne faites aucun effort !

Il n'a pas le temps de répliquer que la porte s'ouvre sur Bastien. Le jeune homme saute au cou de Léonard, l'air si heureux de voir son grand-père qu'il semble avoir été emporté par un élan irrépressible. Une fois leur embrassade terminée, il nous accueille en nous faisant la bise. Et le fait que j'aie vu ses joues légèrement rougir quand il s'est approché de Camille ne fait que confirmer le sentiment que j'avais eu à Noël : ces deux-là semblent s'apprécier de plus en plus.

Bastien nous invite à entrer et à rejoindre le salon où Karine s'active à nous préparer un déjeuner tardif. La décoration est plutôt classique, des tableaux représentant des natures mortes ou des marines ornent le couloir, l'odeur du parfum musqué de Karine se mêle aux effluves de truffe et de saumon fumé, tout le décor nous plonge dans une ambiance feutrée et légèrement chargée.

Sur l'autre mur, des photos témoignent de l'histoire familiale. Je reconnais des images de Karine enfant et adolescente, de Léonard avec quarante ans de moins et je remarque la belle et rayonnante Rosie, un visage connu puisque j'ai déjà eu la chance de le voir dans les souvenirs de mon papy quand je triais ses affaires. Malgré la poésie de ces morceaux de leur passé, j'ai peur qu'ils plongent Léonard dans une certaine nostalgie, ravivant ses blessures et accroissant encore les tensions entre lui et sa fille. Pour pallier une éventuelle réaction démesurée, je rase le mur en prenant garde de cacher les cadres le mieux possible, m'aidant parfois de mes bras pour les dissimuler. Cette étrange posture me donne l'air d'imiter un étrange monstre. Mon petit manège ne passe pas inaperçu et Léonard ne tarde pas à me jeter un regard perplexe puis à grogner une remarque en fronçant les sourcils :

— Vous devriez arrêter la drogue, je crois que ça ne vous convient pas.

— Avancez au lieu de dire des bêtises, vous croyez que je n'ai pas vu que vous ralentissiez de plus en plus ?

Pour seule réponse, j'ai droit à un borborygme qui ressemble vaguement à un « smourf ». Au moins, ma stratégie semble avoir fonctionné puisque Léonard ne voit pas le mur et avance les yeux baissés sur sa canne.

Quand nous arrivons enfin au salon, nous découvrons Karine qui s'active à placer des couverts et des serviettes sur la grande table en noyer avec des gestes saccadés, l'air stressé. Coco est le premier à mettre une patte sur le tapis oriental de la grande pièce lumineuse sous l'œil ahuri de la fille de Léonard qui ne s'attendait, de toute évidence, pas du tout à voir débarquer un volatile breton dans son salon. Je peux la comprendre.

— Bonjour… je… je n'ai jamais vraiment aimé les pigeons. Ne pourrait-il pas rester dehors ?

Camille se penche pour lui caresser la tête, ce qui lui fait fermer les yeux d'aise et pousser un petit croassement :

— C'est un goéland et il est très propre. Je vous promets qu'il ne fera pas de dégât.

— Bien, très bien alors… il n'a qu'à se mettre dans un coin.

Léonard ne respire pas la joie de vivre et il reste dans l'embrasure de la porte, bras plaqués le long du corps, épaules voûtées, toute son attitude hurle son mécontentement. Je pose ma main sur son dos et tente de le faire avancer le plus discrètement possible vers sa fille pour qu'il la salue, mais ma manœuvre revient à pousser un âne têtu. Malgré tout, il esquisse un pas en direction de la table. Comme il ne va pas assez vite à mon goût, je le pousse aussi avec mon genou. Il grogne. Je souris de toutes mes dents à Karine. Pas aveugle ni stupide pour deux sous (sauf quand il s'agit de reconnaître un pigeon), Karine jauge son père, le détaillant de haut en bas. Faisant écho à son comportement hostile, elle balance d'un ton où perce le sarcasme :

— Se réunir deux fois en moins de trois mois alors que cela faisait trois ans qu'on ne s'était pas vus, ça doit faire beaucoup pour toi... Tu crois que tu vas tenir le coup ?

Surpris, Léonard ne trouve rien à répondre, peut-être un peu trop touché par cette première pique lancée par sa fille. Mon ronchon est toujours debout et je tire une chaise pour le pousser dessus. Légèrement déstabilisé, il s'assied lourdement alors que j'en profite pour répondre à Karine :

— Oh vous savez, il est coriace.

Bastien et Camille échangent un regard, certainement mal à l'aise au milieu de cette guéguerre et le jeune homme la tire par le bras pour l'emmener à la cuisine :

— On va chercher les bouteilles de vin.

— Il est intelligent ce garçon, il a déjà compris comment détendre les vieux ! Ha ha !

Ah. Ma blague fait un flop et un silence accompagne mon bide. Karine vient de lancer les hostilités mais Léonard n'a pas l'air de vouloir renchérir, ce qui me rassure pour la suite. Je n'ai jamais apprécié le rôle d'arbitre, surtout dans un combat de boxe avec deux personnes au tempérament bien trempé. Évidemment, avec Karine, la pomme n'est pas tombée bien loin de l'arbre question caractère.

— Vous avez un joli appartement…

À peine ai-je prononcé ces mots que je les regrette. Plus plat que ça, tu meurs. Et vu le regard de Léonard, il semble penser la même chose.

— Bravo, Lucie, vraiment. Cela dit, moi qui n'étais jamais venu, j'aime beaucoup les peintures dans l'entrée.

— Merci. Et… vous avez fait bon voyage ?

— Lucie a sûrement obtenu son permis de conduire dans une pochette-surprise, mais la route était plutôt calme. Heureusement, il ne neige pas.

Karine fait mine d'écouter, mais je la sens aussi mal à l'aise que nous. Pour trouver une échappatoire, elle examine la table, pousse un soupir et balbutie :

— Ils en mettent du temps à revenir de la cuisine, pas vrai ? Je vais chercher du vin et je reviens.

Ayant trouvé une excuse parfaite pour nous abandonner, elle quitte le salon et nous laisse seuls, j'en profite pour donner un léger coup de coude à Léonard :

— Vous m'épatez, non seulement vous gardez votre calme mais en plus, vous êtes gentil. C'est beau !

— Pour le moment.

— Remarquez, votre constat sur la neige était tout aussi commun que ma phrase sur l'appartement. Et je ne parle même pas de votre remarque sur mes aptitudes de conductrice.

— Je ne peux pas faire des efforts avec deux personnes en même temps. Ma patience et ma gentillesse ont des limites.

Bastien, Camille et Karine réapparaissent avec une bouteille de champagne que le jeune homme débouche dans un joyeux « plop » avant de le servir dans des flûtes.

Nous trinquons, buvons le plus lentement possible pour retarder le moment où nous devrons trouver un sujet de conversation et gardons tous le nez dans notre verre plus longtemps que nécessaire. Quand le silence devient à la limite du supportable, Karine semble prendre sur elle et demande à la cantonade :

— Tout va bien à Saint-Malo ?

En une fraction de seconde, une multitude d'informations et de souvenirs me frappent. La librairie qui n'ouvrira jamais, l'internement de Vivianne, Camille, ses parents, ses aveux. Le silence qui suit cette question d'apparence anodine est éloquent. Puis nous finissons tous par répondre en même temps :

— Moui, répond mollement Camille.

— Tout dépend de la définition « d'aller bien », répond Léonard, philosophe.

— Je ne sais pas, je réponds en toute honnêteté.

Heureusement que ma réplique est noyée au milieu des réponses de Léonard et de Camille. Frappée par un léger regain de motivation, après tout, Léonard m'a été d'un précieux soutien chez les parents de Camille et il mérite que je fasse un effort, j'interroge Bastien en me tournant vers le jeune homme :

— Et tes études se passent bien ? Ton cursus te plaît toujours ?

— Oui, c'est passionnant. Et ça me rassure de me dire que, à mon niveau, je pourrai améliorer les choses dans le futur. Il y a tellement de défis auxquels notre monde doit faire face aujourd'hui, que ce soit à propos de la pollution de l'eau, du réchauffement climatique, de la gestion des déchets, de l'économie d'énergie, de la recherche de nouveaux carburants moins polluants, de la renaturation… L'eau, c'est la vie. Je pense peut-être me spécialiser en hydrologie. Et votre jardin, ça pousse bien depuis les plantations de novembre ?

Camille grignote un morceau de toast et jette un regard appuyé à Léonard pour l'inciter à répondre, mais il a les yeux baissés sur le sol et semble absorbé par les poils du tapis (même si je sais qu'à cette distance, il ne doit pas les voir). Apparemment, il ne semble pas prêt à entamer la discussion avec sa famille pour le moment et préfère garder le silence. Peut-être a-t-il besoin d'un moment pour digérer le choc de la visite ? Dans le doute et pour lui redonner de l'énergie, je lui sers un autre verre de champagne et lui fais un geste discret pour l'inciter à boire. Enfin, discret n'est peut-être pas le bon terme puisque je lève le pouce vers ma bouche dans un mouvement de haut en bas pour lui faire comprendre ce que j'attends de lui. Tout le monde tourne les yeux vers moi au même moment. Camille qui sent très rapidement le malaise et comprend le but de ma tactique, reprend le fil de la conversation avec Bastien :

— On s'occupe du jardin tous les jours avec Léonard. Dès qu'on rentrera, on plantera des semis de poireaux, de carottes et de navets.

Les deux jeunes tentent de faire bonne figure, mais leur enthousiasme a des limites et leur tentative s'essouffle comme un pneu crevé. On pourrait presque entendre un « pfff » en bruit de fond. Tout le monde saisit son verre en même temps pour boire une gorgée d'alcool. À quel moment quelqu'un sera-t-il suffisamment pompette pour débloquer la situation ?

Parler de la pluie et du beau temps, des études de Bastien et du trajet ne sont que des leurres pour éviter les sujets qui fâchent, ceux qui comptent, ceux qui exposent les blessures et qui génèrent les conflits. Une entrée fade avant le plat pimenté. Un instant suspendu avant l'explosion.

Après une gorgée supplémentaire, destinée à me donner du courage, je relance les dés avec un pitoyable :

— On n'a pas eu l'occasion d'en parler à Noël, mais le père de Bastien ne vit pas avec vous ?

J'espère ainsi focaliser nos échanges autour de la famille et arriver aux sujets qui nous intéressent. Karine pince les lèvres, elle joint les mains sur la table comme pour se concentrer et croise enfin mon regard :

— Mon ex-mari a demandé le divorce.

Merde. Tentative ratée. Mais qu'est-ce qui m'a pris de lui poser cette question ? Bastien saisit tout de même la perche et balance un pavé dans la mare tout en mâchonnant un amuse-bouche d'un air innocent :

— Il est parti quand…

Je vois Karine lui faire les gros yeux, mais il est trop tard et il continue sur sa lancée :

— … quand il a réalisé qu'il était…

Karine lève la voix pour couvrir les paroles de Bastien :

— Plus du tout amoureux de moi !

Bastien continue simplement sa phrase comme si tout était naturel :

— …gay.

Sous le coup de la surprise, Léonard recrache son vin sur la table, aspergeant sa chemise et la nappe en dentelle de Calais. Bastien, surpris, tourne la tête vers sa mère pour lui demander :

— Quoi, papy ne le savait pas ?

— Bien sûr que non !

— Mais ça fait deux ans, maman !

— Il faudra tout de même que l'on évoque vos problèmes de communication un jour, analyse Camille en regardant tour à tour Karine, Bastien et Léonard. J'ai quelque chose à vous proposer. Et si on faisait un petit jeu ? Chacun à tour de rôle, on avoue un secret ! Les autres n'ont pas le droit de réagir, ils doivent juste écouter dans la bienveillance et le respect. Rien de mieux pour remettre les pendules à l'heure. Qu'est-ce que vous en dites ?

Elle est culottée notre petite et j'ai du mal à imaginer la famille élégante et légèrement coincée se lancer dans un tel défi. À mon plus grand étonnement, une voix s'élève :

— Pour participer, il me faudra un truc un peu plus fort que du champagne, grommelle Léonard.

Je pensais que Karine allait se montrer réticente à l'idée de Camille, mais elle se lève, sort des verres à shot du buffet et une bouteille d'alcool de poires qu'elle pose sur la table :

— Si ça peut nous aider à crever l'abcès et à repartir sur de bonnes bases, pourquoi pas ?

La situation est surréaliste et je ne sais pas si je suis prête à vivre la suite de cet après-midi. Camille ajoute :

— Pour nous donner du courage, je vous propose que chacun boive un *shot* avant de dire son secret. C'est parti ? Je commence.

Elle sert tout le monde, distribue les *shots* puis lève son verre à notre santé et avale son contenu cul sec sans ciller.

— Quand je m'ennuie et que je peux utiliser l'ordinateur de Lucie, je réponds aux spams que je reçois d'Abidjan et je fais croire aux mecs que je vais ouvrir un compte en Suisse.

Comme encouragé par Camille, Bastien reproduit le geste et boit d'une traite l'alcool tout en grimaçant :

— Le copain de papa s'appelle Bruno et ils ont adopté un labrador. Je ne sais toujours pas pourquoi ils l'ont appelé « brouette » mais je trouve ça très drôle.

Puisqu'il faut bien jouer le jeu, je prends mon courage à deux mains et je leur confie après avoir vidé mon *shot* d'une traite :

— J'ai longtemps été terrifiée par la vie d'adulte. Quand quelqu'un sonne à la porte, je me dis « ne fais aucun bruit, Lucie, ils finiront bien par partir ».

Karine suit le mouvement en ingurgitant sa dose, toussote comme si elle allait cracher ses poumons en se tenant la gorge et balance dans un filet de voix :

— J'ai la phobie des toilettes publiques.

Elle commence doucement, mais je suis ravie qu'elle joue le jeu. Peut-être que nous allons oser nous livrer davantage par la suite. La teneur des secrets sera-t-elle proportionnelle à notre taux d'alcoolémie ? Léonard nous fixe d'un air dubitatif, soupire, baisse les yeux sur son verre, le saisit entre deux doigts et le fait rouler, hésitant. Nous attendons tous qu'il suive le mouvement, ce qu'il finit par faire après avoir inspiré et expiré profondément. Il souffle en reposant son verre dans un bruit sec :

— J'adore les fruits, les légumes et le jardinage mais… j'ai peur des vers de terre.

Je me retiens de pouffer devant cet aveu mais je me souviens à temps que nous ne devons pas juger les secrets des autres, je pince les lèvres et écarte les narines pour me contenir mais Léonard n'est pas dupe et me jette un regard sévère. Si je lève les yeux sur lui, je suis foutue et je vais partir en fou rire, alors je serre les dents deux fois plus fort.

Nous entamons le deuxième tour. Camille resserre tout le monde, avale le contenu de son verre et avoue aussi vite que possible :

— Depuis que j'ai vu *L'Exorciste* et *Sixième Sens,* je n'ose pas regarder le miroir de la salle de bains pendant la nuit. J'évite les vitres et je ne lève pas les yeux de peur d'apercevoir un fantôme. J'ai honte…

Bastien enchaîne :

— L'un de mes profs à la fac est connu pour égarer des copies d'examens. J'ai soutenu mordicus à ce prof que j'avais réussi le partiel et il me l'a validé alors que je ne l'avais jamais passé…

Karine pince les lèvres, Camille éclate de rire. Comme par défi, la mère de Bastien renchérit en regardant son fils droit dans les yeux :

— Je me suis inscrite sur Tinder.

Bastien ouvre la bouche comme pour répondre quelque chose, puis la referme.

Je trouve le tour de table de plus en plus intéressant. C'est à moi. J'ingurgite le liquide, cligne des yeux en sentant la brûlure de la poire descendre dans ma gorge puis articule le mieux possible :

J'ai fait de la figuration dans la série *Zodiaque 2* de TF1. On m'a choisie uniquement parce que j'étais d'accord pour me déguiser en prostituée.

Léonard et Karine deviennent tout blancs, certainement épouvantés par mes mœurs légères et je hausse les épaules comme pour m'excuser de les avoir choqués. Une seconde plus tard, le papy continue sur la lancée et confesse :

— Chaque soir, avant d'aller au lit, je vérifie qu'il n'y a rien derrière le rideau de douche.

Un court silence accompagne sa confession. Je commence à me sentir légèrement pompette, Léonard semble sur le point de s'endormir, Karine paraît à la limite de la nausée, quant à Bastien, il a l'air de s'amuser comme un petit fou. Camille baisse les yeux, elle est peut-être en train d'hésiter sur le prochain secret à nous livrer. Elle prend le *shot*, le soulève, le repose. Elle se mord la lèvre, murmure un « allez » et boit avant de lancer d'une voix étonnamment claire :

— Un an après avoir été mise dehors par mes parents, je me suis tailladée les poignets dans un squat après avoir pris des médicaments…

Bastien lui jette un regard triste, pose doucement sa main sur la sienne, puis souffle comme pour se donner du courage et avoue :

— Quand j'avais dix ans, je me suis fait harceler à l'école. Un mec me rackettait et me tabassait si je ne lui donnais pas mon argent de poche. Un jour, il m'a coincé dans les toilettes et il m'a forcé à boire l'eau de la cuvette. Je n'ai jamais osé en parler… Il a fini par changer d'école, mais je ne me suis jamais senti aussi vulnérable et seul.

Camille resserre ses doigts autour de ceux de Bastien et Karine, tout comme Léonard d'ailleurs, semble horrifiée par la confession de son fils. Je ne peux qu'imaginer ce qu'on ressent en entendant que la prunelle de ses yeux a vécu un tel traumatisme. L'ambiance a soudain changé. Tout le monde semble plus attentif aux paroles des uns et des autres, tout le monde prend conscience de l'importance de ce qui est en train de se dire, de se partager, des blessures que l'on ose enfin exposer à la vue de tous.

Coco choisit cet instant pour grimper sur la table, il a l'air heureux d'être là, inconscient de ce qui se trame et marche à petits pas rapides en direction de l'assiette de saumon fumé qu'il picore joyeusement. Personne ne réagit, nous attendons tous la suite du tour de table.

Tout en replaçant une mèche de cheveux derrière son oreille, Karine considère ses invités, comme si elle voulait estimer jusqu'à quel point elle peut nous faire confiance. Son hésitation ne dure pas et, après avoir ingurgité l'alcool, elle assène :

— Quand mon mari m'a quittée, j'ai eu l'impression de mourir. Je me suis sentie humiliée, culpabilisée aussi. Était-ce ma faute s'il était dégoûté des femmes ? Je pleurais toutes les nuits pendant des heures. J'ai tenu le coup uniquement parce que Bastien avait encore besoin de moi…

Sans attendre, sinon je pense que je n'en aurais plus la force, je me lance à mon tour :

— Il y a près de deux ans, j'ai perdu un être cher, un être qui était bien trop petit pour s'en aller. Et je ne m'en suis toujours pas remise. Depuis son départ, je n'arrive plus à aimer la vie comme avant… j'essaie, mais je n'y arrive tout simplement pas.

Camille a l'air surprise de mon aveu et je lis un millier de questions dans ses yeux clairs. Léonard me fait un petit sourire que j'interprète comme un soutien parce qu'il sait à quel point cette confession me coûte. Il sait aussi que parler de ses traumatismes représente un premier pas vers la guérison.

Lui aussi prend quelques secondes pour se recentrer, conscient que tous nos secrets ont désormais ouvert une porte invisible sur nos cœurs et nos blessures. Il avale son *shot,* garde les yeux baissés et nous parle d'un ton doux et lent, articulant chaque mot comme pour réaliser à quel point ils sont précieux :

— Tout le monde croit que j'ai toujours aimé jardiner mais c'est faux. J'ai commencé à m'y intéresser sérieusement il y a un peu plus de trois ans parce que… je voulais continuer à cultiver mon amour pour Rosie. C'est elle qui aimait les plantes, les fruits, les légumes et les fleurs. Vous vous souvenez qu'elle leur parlait, aux fleurs ? Chaque fois qu'elle les arrosait, elle leur glissait quelques mots.

Il lève des yeux brillants de larmes et nous sommes tous chamboulés, émus, libérés aussi, un peu plus légers. Un silence accompagne la fin de ce jeu, nous n'irons pas plus loin ce soir, nous avons échangé une partie de nos âmes et avons pris conscience des douleurs et des cicatrices des autres.

Léonard rompt le silence d'une voix douce en souriant à Karine :

— Ta mère aurait adoré ce jeu.

— C'est vrai, elle aimait qu'on communique. Tu te rappelles quand elle avait instauré le conseil de famille le dimanche soir ?

— Ah, je détestais cette idée. Mais on finissait toujours la réunion avec le souper…

— Du poulet grillé et des frites qu'on mangeait au salon. Je me rappelle encore le goût de la peau grillée et l'odeur qui embaumait toute la cuisine. J'aimais tellement nos dimanches.

— Moi aussi. Et tu te souviens des ateliers d'art du samedi ?

— Oh oui, encore une grande idée de maman.

Bastien s'exclame :

— C'est à cause de ça que tu voulais que je dessine ou que je fasse de la poterie tous les week-ends ? Qu'est-ce que j'ai pu créer comme trucs moches ! Même les bonshommes que j'essayais de faire en terre glaise ressemblaient à des algues.

Nous rions et Karine reprend :

— Grâce à elle, j'aime toujours peindre. Les tableaux dans l'entrée… C'est moi qui les ai faits. Je me suis inscrite à des cours, je les suis depuis notre arrivée à Paris. J'ai même reproduit le tableau que maman avait peint, tu sais, celui avec les roses blanches…

— C'était mon préféré.

— Je sais… Et tu as vu les photos ?

— Les photos ?

— J'ai mis des photos sur le mur d'en face. Celle de ton mariage avec maman et celle de nos vacances à la montagne quand j'étais petite. Tu sais, quand j'avais cinq ans et que tu m'avais mise sur des skis pour la première fois…

Je lève les yeux pour éviter son regard, alors qu'il semble comprendre pourquoi je ressemblais à un danseur du clip « Thriller » dans le couloir.

— Je ne les ai pas vues mais je me souviens très bien de ta première fois sur des skis. Tu avais ri parce que tu te demandais pourquoi les gens s'amusaient autant avec des planches en bois sous les pieds. Tu avais accéléré puis tu avais terminé ta course dans un sapin. Même les quatre fers en l'air, tu riais encore.

Il esquisse un sourire et, pour la première fois, je les vois échanger un regard dans lequel pointe de la tendresse. Karine rougit, j'ai l'impression de voir un poids quitter ses épaules. Les traits de son visage se détendent, comme si elle prenait conscience qu'elle pouvait, peut-être, passer un moment agréable avec son père. Léonard aussi semble réaliser que le souvenir de Rosie et du bonheur passé ensemble peut adoucir la douleur de la perte. Il prononce enfin les mots salvateurs que Karine devait attendre :

— Je suis désolé pour mon attitude. Bastien, Karine, j'aimerais que vous acceptiez mes excuses. Rosie peut vivre dans nos souvenirs, je prends gentiment conscience de ce fait-là. Je sais qu'on ne rattrapera pas les trois dernières années mais… peut-être qu'on pourra faire mieux les années suivantes ? Qu'est-ce que vous en dites ?

Dans un élan d'enthousiasme et avec des yeux qui pétillent, Bastien réagit :

— Bien sûr !

Karine gère mieux ses émotions et avec davantage de retenue, mais notre rendez-vous a de toute évidence porté ses fruits puisqu'elle répond d'un ton mesuré, tout en douceur :

— On peut toujours essayer. On pourrait venir te voir à Pâques et faire une chasse aux œufs dans le jardin de *La Malouinière* ?

— Quelle bonne idée ! ça pourrait être sympathique.

Léonard me jette un coup d'œil pour obtenir mon aval, je complète en souriant :

— Avec plaisir !

Comme j'ai bu trois petits *shots,* heureusement je n'ai avalé que quelques gorgées de champagne à notre arrivée, je demande un double café à Karine et de l'eau. Elle se lève et apporte des thés et des cafés aux convives puis nous mangeons enfin les plats qu'elle avait préparés. Nous restons encore deux heures (pendant lesquelles je dessaoule) et passons notre temps à regarder les albums souvenirs de la famille. Nous passons en revue la naissance de Karine, puis celle de Bastien tout en écoutant avec plaisir toutes les anecdotes possibles et imaginables racontées par Bastien, Léonard et Karine.

Avant de prendre congé, la fille de Léonard nous demande de patienter encore cinq minutes. Elle s'éclipse et revient avec un grand tableau.

Les roses blanches.

Léonard serre sa fille dans ses bras et emporte avec lui l'œuvre de Karine. Et le souvenir de Rosie.

Moi, je quitte Paris, en emportant des bribes de Lionel et de Coline.

Chapitre 19 : les choses changent…

Nous sommes de retour à *La Malouinière* et la vie reprend son cours. Avec les nombreuses émotions traversées ces derniers jours, j'ai l'impression d'être partie depuis au moins trois mois alors que nous sommes fin mars. Alors réaliser que Vivianne est toujours dans sa maison de repos et que je ne la retrouverai pas en train de se promener avec son éternel plumeau dans les différentes pièces de la maison, me rend triste. Pour être honnête avec moi-même, l'histoire de Camille m'a également perturbée bien plus que je ne l'aurais souhaité et je me retrouve à éviter sa présence.

De toute évidence, comme je n'ai pas encore digéré ou compris certains éléments de mon passé, voire les deux, la vie me replonge sans cesse dans les mêmes épreuves pour que je travaille sur moi. Et il y a encore du boulot. Assise sur mon lit, à l'abri dans ma chambre, je lève les yeux au ciel et lance à haute voix un « merci » ironique destiné à je ne sais pas trop qui.

— À qui dites-vous « merci » ?

Flûte, j'aurais dû fermer la porte. Je me penche et aperçois un bout de canne… et Léonard au bout.

— Ça vous arrive de ne pas écouter aux portes et de vous mêler de vos affaires ?

— Au moins aussi souvent que vous. Je peux ?

— Même si je vous disais non, vous viendriez quand même.

Léonard sourit, franchit le seuil et vient s'installer sur ma chaise de bureau.

— Alors, racontez-moi. Qu'est-ce qui vous arrive ?

— C'est Camille…

— Je n'y crois pas, elle vous force aussi à boire ses mixtures infâmes sous prétexte que c'est bon pour votre santé ? Oh non, vu votre tête, c'est bien plus grave que ça. C'est à cause de ce qu'elle a fait à seize ans ?

Il a la délicatesse de ne pas prononcer le mot « avortement ».

— Pourquoi est-ce que la vie est aussi injuste ? Pourquoi est-ce qu'elle donne à quelqu'un qui ne veut rien et qu'elle reprend à ceux qui…

— Qu'est-ce qu'il vous faudrait pour aller mieux ?

— Si seulement je le savais.

— Vous voulez me parler de Coline ?

Pendant plusieurs secondes, je réfléchis à sa proposition et réalise que Léonard a dépassé la douleur de la perte pour évoquer Rosie avec sa fille.

— Est-ce que ça vous a vraiment fait du bien de parler de votre femme avec Karine ?

Il acquiesce et je hausse les épaules :

— Bon… après tout, ça ne coûte rien d'essayer.

— Vous savez que si, ça coûte. Ça coûte même beaucoup émotionnellement. Mais ça fait aussi du bien. Vous savez ce que dit l'écrivain Sylvain Trudel ? « Ceux qui quittent la vie ne meurent pas vraiment tant qu'il y a des gens pour se souvenir d'eux. »

Je lui fais un pauvre sourire et ferme les yeux un court instant pour me remémorer le visage de Coline. J'ouvre à nouveau les paupières et renifle alors que l'émotion me submerge déjà :

— Si vous saviez comme elle était jolie… Elle emplissait ma vie. Chaque jour avec elle filait à une vitesse incroyable. Il fallait faire les biberons, la changer, la coucher pour la sieste, la laver, la changer encore, la regarder, la surveiller, lui parler et l'écouter, la serrer contre moi et la promener. Chaque jour comptait mille drames et mille joies. Quand elle a disparu, je me suis retrouvée plongée dans un grand vide. Qu'est-ce que je pouvais bien faire de mes journées dorénavant ? Qu'est-ce qui pouvait donner plus de sens à mon existence que de m'occuper de mon bébé ? Ce vide me semble juste ne jamais avoir de fin…

— Il y a encore quelques mois, vous n'auriez jamais pu parler d'elle comme ça. C'est un progrès.

— Peut-être. Je ne sais pas…

— Et avec Camille, que comptez-vous faire ?

— Me cacher sous le tapis dès que je la vois ?

Il rit.

— Pourquoi ne pas lui confier ce que vous avez sur le cœur et lui expliquer, tout simplement ?

— Alors c'est ça, être adulte ?

— Je crois bien que oui.

— Merci, Léonard.

Plus tard dans la journée, nous nous préparons à rendre notre première visite à Vivianne et nous sommes chargés comme les rois Mages entre les livres et les douceurs que nous comptons lui amener. Camille a passé la matinée à confectionner des biscuits et des gâteaux, Léonard a fait une sélection de livres (du Baudelaire et du Agnès Ledig) quant à ma mère et moi, nous avons soigneusement préparé Coco à rester muet sous nos pulls. C'est la surprise que nous comptons lui faire, même si les goélands ne sont sûrement pas autorisés dans le centre.

J'ai donc pris soin de dissimuler l'oiseau sous un large tee-shirt et un blouson. Alors que nous avançons vers l'accueil du centre où une réceptionniste tirée à quatre épingles s'affaire sur un ordinateur, je prie pour que notre stratagème passe inaperçu. Tout en remontant mon chargement et en resserrant mon étreinte autour de Coco, je glisse à Léonard :

— Elle n'a pas l'air commode.

— Arrêtez de vous comporter comme si vous étiez coupable.

— Mais nous sommes tous coupables. Nous amenons en douce un animal sauvage !

— Sauvage, il ne faut pas exagérer ! Il ferait le beau pour un morceau de kouign-amann cet oiseau !

Juste en s'arrêtant devant le guichet, nous entendons un petit « crrr » et je fais mine de chantonner pour camoufler les bruits de Coco. Je vire au cramoisi et hausse les épaules avant de balbutier devant l'air peu amène de l'employée :

— Il paraît que ça détend de chanter.

Elle lève un sourcil et nous retenons tous notre souffle en attendant qu'elle nous laisse passer sans exiger une fouille approfondie. Je le savais, on va tous finir en prison.

— Si vous le dites.

Ma mère, maîtrisant son stress comme une cheffe, reprend le contrôle de la situation et informe la réceptionniste que nous venons voir Vivianne. Nous sommes tous rouge pivoine et affichons des sourires figés plutôt louches. D'après l'endroit, elle doit en avoir vu d'autres et elle nous laisse passer à notre plus grand soulagement. Nous inspirons goulûment une grande bouffée d'air tout en nous dandinant vers la pièce qu'on nous indique pour retrouver notre libraire, un petit salon commun au rez-de-chaussée. Chaque pas qui nous rapproche d'elle me rappelle ce terrible soir où elle a craqué.

Fini.

Quelques pas de plus.

Fini. Fini. Fini.

Je vois la porte.

Je veux être internée.

Assise, elle regarde attentivement le plafond et j'ai peur qu'elle ne soit hagarde et endormie à cause des médicaments. Je ne peux pas dire « à l'ouest » puisque, il faut l'avouer, il s'agit de son état normal. Et c'est bien cet état décalé qui la rend aussi attachante. Je suis rassurée quand elle reporte son regard sur nous et que je vois dans ses yeux cette petite lueur que je connais si bien, elle est « revenue ». C'est bien elle. Elle a bonne mine et nous dévisage les uns après les autres mais je la vois froncer les sourcils alors qu'elle nous examine de haut en bas. Vivianne, fidèle à elle-même dans son honnêteté désarmante s'exclame :

— Lucie, tu as grossi !

Nous nous installons près d'elle et, après avoir jeté des coups d'œil frénétiques à droite et à gauche pour m'assurer qu'aucun infirmier ne traînait dans les parages, j'ouvre mon blouson et soulève mon tee-shirt ! Vivianne pousse un « oh, voilà pourquoi tu avais du ventre » et avance la main pour caresser l'oiseau.

Coco ferme un instant les yeux, apparemment ravi de retrouver la main de notre libraire adorée.

—Et sinon, comment vas-tu, demande Léonard pour prendre de ses nouvelles.

Vivianne se plaint en faisant la moue :

—Moi, j'ai trop chaud. Et je mange mal, je n'ai droit qu'à des plats sains et bio en petite quantité… qu'on doit préparer nous-même pendant les prétendus « ateliers cuisine ». Maison de repos, mon œil ! On n'arrête pas de faire des trucs ! Vous voyez cette écharpe ? C'est moi qui l'ai tricotée pendant l'atelier créatif du mercredi. Elle est affreuse !

Léonard renchérit :

—C'est pareil à *La Malouinière* pour la nourriture, on mange des plats sains et bios avec beaucoup de fruits et de légumes. Et on boit plein de tisane détox et diurétique. Des litres ! Ah et on évite les boissons énergisantes, évidemment. En fait, ça ne va pas beaucoup vous changer de revenir. C'est un peu comme dans une maison de retraite en fait…

—Léonard, s'insurge Camille. Je vais vous faire de la purée et mixer tous les aliments pour que vous compreniez bien la chance que vous avez de m'avoir derrière les fourneaux !

—J'adore, elle réagit toujours au quart de tour, la petite ! Depuis le temps, ça marche moins bien avec Lucie. Bon, je le reconnais, ce n'est pas complètement vrai. C'est bien meilleur à *La Malouinière* et on n'est pas obligés de cuisiner…

Le visage de Vivianne s'assombrit quand elle se penche vers nous pour susurrer :

—Ici, on ne me laisse pas toucher aux produits ménagers…

Elle fusille du regard un jeune infirmier qui passe dans le couloir. Il est temps de tout déballer. Nous ouvrons nos sacs pour déposer notre chargement sur la table sous les yeux ébahis de Vivianne.

Les muffins : elle sourit. Les livres : elle jubile et tape dans ses mains comme une enfant.

— Attendez, ce n'est pas tout, avoue notre papy en souriant de toutes ses dents (enfin, celles qui lui restent).

Léonard, à notre plus grande surprise, se penche sur sa canne et retire une tonne de scotch pour décoller… le plumeau préféré de Vivianne ! Il l'avait camouflé dessus, le vieux malin. Vivianne se lève dans un élan d'enthousiasme et vient nous serrer dans ses bras. C'est si bon de la retrouver.

Une fois assise, elle nous examine attentivement et son front se chiffonne. Elle plisse les yeux puis fronce les sourcils en s'exclamant :

— Je sens un truc bizarre ! Le vieux ronchon est moins… ronchon, Camille a l'air préoccupé. Et toi, Lucie, tu ne parles pas autant que d'habitude. Qui s'est fâché avec qui et pourquoi ?

Sa lucidité me laisse pantoise et je ne sais pas quoi répondre alors je me contente de tortiller mes doigts. Léonard tente de faire preuve de philosophie :

— Oh vous savez bien, la vie en communauté ne ressemble pas vraiment à une balade de santé.

— Pourtant, vous marchiez beaucoup avant au bord de la mer.

Il sourit devant la réplique de Vivianne.

— Oui, mais il fait un peu froid pour mes rhumatismes en ce moment.

Camille est concentrée sur ses pâtisseries et avale un muffin en détachant des petits morceaux, elle les amène à sa bouche miette par miette avant de fixer Vivianne pour lui raconter :

— On est partis voir mes parents et j'ai reparlé à ma mère. C'est juste que depuis qu'on est rentrés, certaines choses ont changé...

Elle baisse les yeux, l'air triste. Elle a remarqué. Elle sait que je l'évite. C'est là que je décroche de la conversation, j'entends le bruit de leurs voix, Vivianne qui demande à Camille et Léonard de narrer leur périple depuis le début sans omettre un seul détail, puis la conversation qui s'aiguille vers Karine et Bastien. Notre libraire demande ensuite à Annick des nouvelles de la bibliothèque et l'heure passe si rapidement que l'infirmier finit par refaire son apparition pour nous mettre dehors.

Personne n'a mentionné la librairie et les livres qu'elle avait commandés et que j'ai renvoyés.

Nous sommes de retour à la maison. Léonard va se balader sur la plage, ma mère se rend au centre des remparts pour effectuer quelques achats et moi, je tente de regagner mon antre au plus vite. Mais Camille ne me laisse pas faire, on dirait qu'elle guettait mon retour au salon, et m'interpelle alors que je suis au milieu de l'escalier.

— Tu n'as rien dit ! Pourquoi tu n'as rien dit quand on était chez mes parents ? Je croyais que je pouvais compter sur toi, tu m'avais promis de me soutenir. Et pourquoi tu m'évites depuis qu'on est rentrés ?

Je m'arrête, tourne la tête et la remarque en train de me fixer depuis le hall. Je peine à déglutir.

— Je ne vois pas de quoi tu parles.

Évidemment, je n'ai pas osé dire ça parce que je vois très bien de quoi elle parle. À la place, je garde le silence, monte quelques marches supplémentaires et l'entends grimper derrière moi pour me rejoindre. En fait, elle court et se poste une marche au-dessus de moi pour m'empêcher d'avancer. Elle me regarde, l'air perdu, les larmes aux yeux. Mon silence et mon attitude semblent lui faire aussi mal qu'un coup de poing dans l'estomac. Elle continue de me fixer intensément, attendant certainement que je parle, que je lui explique, que j'arrête de la faire souffrir pour qu'elle puisse comprendre. Mais rien ne vient. Je vois son regard plein d'espoir déçu, les larmes envahir ses joues, son souffle bloqué à l'orée de ses lèvres.

Puis l'explosion :

— En fait, tu ne vaux pas mieux qu'eux !

Elle se détourne et poursuit sa course dans les escaliers pour rejoindre le troisième étage. Sa réaction provoque un électrochoc qui se propage dans tout mon corps et je hurle pour l'arrêter :

— Camille, attends !

La suite sort toute seule sans que je puisse retenir les mots. C'est un cri. Un cri qui éclate comme une détonation, un cri qui emplit l'espace et qui me soulage en même temps qu'il me fait peur :

— J'ai perdu mon bébé !

Camille s'arrête. Sans plus réfléchir, je grimpe pour la rejoindre, j'ai des frissons, le souffle court, le cœur qui bat. Camille, je ne peux pas la perdre. Une fois arrivée devant elle, j'ai les larmes aux yeux. Elle me regarde, le teint pâle et le souffle court puis se jette dans mes bras et me serre contre son cœur. Fort. Longtemps.

Elle s'éloigne lentement de moi, me prend par la main et me conduit au salon.

— Je vais préparer du thé et je reviens.

Toujours sous le choc, j'ai du mal à reprendre contenance et à me calmer. Et maintenant ?

Camille revient avec un plateau sur lequel sont disposées une assiette débordant de petits biscuits faits maison et deux tasses de thé fumant. Elle le pose sur la table basse, plonge un sucre dans le liquide bouillant et me tend la boisson avant de saisir la sienne et de la tenir entre ses deux mains pour se réchauffer. Elle m'observe d'un air bienveillant mais ne dit rien, attendant que je sois prête à parler. Tout s'enchaîne alors naturellement, comme si c'était le moment de parler, d'expliquer, d'ouvrir les vannes pour clarifier le drame. Pour pouvoir tout recommencer. Pour vivre à nouveau.

— J'ai accouché d'une petite fille fin octobre 2017. Elle s'appelait Coline et je n'imaginais pas que son arrivée dans ma vie allait bouleverser autant de choses. Je n'imaginais pas à quel point un enfant peut donner du sens à l'existence, à quel point un simple sourire peut te donner l'impression que ton cœur va exploser de bonheur. Lionel était tellement content aussi. Coline est rapidement devenue sa princesse, il adorait passer du temps avec elle, on pouvait la regarder pendant des heures, complètement béats d'admiration dès qu'elle ouvrait la bouche ou qu'elle serrait l'un de nos doigts dans sa main minuscule. C'était complètement dingue. Avec elle, les choses les plus simples devenaient des miracles. Évidemment, elle accaparait toute notre attention mais on en était tellement heureux que, malgré la fatigue, on nageait dans le bonheur. C'était une petite fille très éveillée, pleine de vie, joyeuse et qui était en parfaite santé. Enfin… jusqu'en mars 2018.

J'avale une nouvelle gorgée de thé, j'essaie de remettre de l'ordre dans mes pensées. Je n'ai pas envie de me souvenir, mon cerveau doit faire un effort pour que les événements remontent à la surface.

— C'était un mardi. Le 27 mars exactement. J'ai donné son biberon à Coline, nous avons passé un moment toutes les deux, tranquillement, puis je l'ai mise dans son lit pour la sieste. C'était une grande dormeuse alors quand je ne l'ai pas entendu pleurer à l'heure habituelle, j'ai imaginé qu'elle avait besoin de sommeil et je ne me suis pas inquiétée davantage. Je ne pouvais pas imaginer... qui aurait pu ?

Je retiens un sanglot et remarque que Camille a les yeux brillants mais elle m'encourage malgré tout à poursuivre d'un signe de tête presque imperceptible, alors je continue :

— Comme toutes les mamans, j'ai commencé à me poser des questions. Logique, hein ? Alors, j'ai poussé la porte de sa chambre pour vérifier. C'est quand je suis entrée que j'ai compris... L'ambiance était bizarre, pas comme d'habitude. L'atmosphère était glaciale. J'ai pris ma petite fille dans mes bras, c'est là que je me suis rendu compte qu'elle ne respirait plus. Son corps était tout mou et encore chaud, je me rappelle m'être dit qu'elle devait encore respirer quelques minutes auparavant. Mes mains tremblaient tellement que j'ai eu du mal à appeler les secours, j'étais à deux doigts de m'évanouir. Malheureusement, quand les pompiers sont arrivés, il était déjà trop tard. Ils ont bien tenté de la réanimer mais Coline était déjà... partie. Mort subite du nourrisson. Elle avait apparemment cessé de respirer dans son sommeil. Lionel était au bureau et il m'a rejoint aussi vite que possible. J'avais l'impression de me trouver dans un cauchemar, rien de tout cela ne pouvait être réel, c'était impossible. Tu comprends ? Comment pouvait-on me reprendre mon bébé ? Me reprendre toute cette joie et tout le futur que j'avais imaginé pour elle ? Pour nous ? À l'hôpital, j'ai pu prendre Coline dans mes bras, j'ai pu la caresser, lui dire combien je l'aimais, la supplier de revenir. Mon corps entier n'était qu'une boule de souffrance, tout était brisé à l'intérieur, j'étais irréparable. Puis, j'ai été en colère, très en colère, cette brûlure intérieure me bouffait. Je ne supportais plus personne, plus rien, ni Lionel ni ma mère, alors j'ai entamé une thérapie avec une psychiatre. Je ne comprenais pas pourquoi j'avais perdu mon bébé. Je trouvais injuste que des amies ou des voisines aient la chance de voir leurs enfants grandir et pas moi… Je me demandais en permanence ce que j'avais fait de mal. Je me demandais si c'était l'autobronzant que j'avais mis une fois pendant ma grossesse, je cherchais une raison, je voulais comprendre. Les paroles de mon entourage ont été maladroites, nous avons été blessés par les « ce n'était que le premier » ou encore les « vous aurez d'autres enfants ». Il n'y a pas un seul jour où je ne pense pas à elle… Tu sais l'une des choses les plus difficiles ? C'est quand on me demande si j'ai des enfants. J'ai toujours envie de répondre oui… avant de réaliser que non. Elle n'est plus là. Elle ne reviendra plus jamais. C'est fini. Et depuis tout ça, me vie n'a plus aucun sens.

Je lève des yeux pleins de larmes sur Camille, je vois une larme rouler discrètement sur sa joue, nous reniflons ensemble et elle me tend un mouchoir que j'utilise pour tamponner le coin de mes yeux puis mon nez.

Elle enroule ses bras autour de moi et me laisse pleurer contre son épaule. Ma tête me brûle, mon cœur flambe, mes larmes ne suffisent pas à éteindre l'incendie qui me ravage de l'intérieur. Mais je me sens étrangement soulagée, étrangement libérée aussi, comme si les liens qui m'emprisonnaient avaient sauté. Après de longues minutes, Camille murmure en reprenant sa place sur le canapé :

— Et moi, j'ai décidé d'avorter... Je comprends mieux ta réaction et ton évitement maintenant, merci de m'avoir parlé. Je suis tellement désolée et tellement triste que tu aies dû vivre tout ça. Je sais maintenant que tu parlais de Coline chez Karine quand tu as dit que tu avais perdu un être cher.

— Camille, excuse-moi d'avoir réagi comme ça. Je ne veux surtout pas que tu penses que je t'en veux pour ce que tu as fait à seize ans. C'était ton droit d'avorter et c'était parfaitement compréhensible vu ta situation... C'est juste que ça m'a ramené à ma douleur, à ma propre perte, même si les circonstances sont complètement différentes, ça m'a rappelé mon rôle de mère, mon bébé, ma Coline. Ça me fait toujours bizarre d'entendre son prénom... « Coline ». Il roule sous la langue, j'ai toujours adoré ça.

Je lui souris piteusement et ajoute, reconnaissante :

— Merci de m'avoir écoutée. C'est la première fois que je raconte toute cette histoire depuis le drame. Ma mère a toujours été là, elle connaît les moindres détails, tout comme Lionel d'ailleurs, et j'ai également évoqué Coline avec Léonard mais... mais je n'avais jamais réussi à mettre des mots dessus et à expliquer ce que j'avais vraiment traversé jusqu'à aujourd'hui.

— Je suis sûre que Léonard aurait dit un truc du genre « la parole est le meilleur médicament de l'âme » ou « il faut parler pour aller mieux, les mots guérissent l'être humain ».

—Avant notre visite chez Karine, j'aurais bien ri en lui rappelant « faites ce que je dis, mais ne faites pas ce que je fais ».

Nous nous sourions, encore émues de ce que nous venons de partager et c'est à ce moment-là que ma mère rentre de son expédition en ville. Meilleure qu'un chien flic pour renifler les émotions, elle pose les yeux sur les biscuits et sur les thés avant de s'exclamer :

—Ah du sucre et du thé, ce sont les meilleurs amis des confidences entre copines. Bon, et l'alcool pour toi, je sais.

Nous acquiesçons et je lui explique que Camille est dorénavant au courant de tout. Le visage de ma mère s'illumine, elle nous regarde et penche légèrement la tête comme pour approuver ma décision de lui avoir confié mon secret. Elle connaît mes difficultés à m'exprimer sur le sujet, elle est parfaitement consciente du pas en avant que représente cette nouvelle.

Il est peut-être enfin temps d'avancer.

À l'heure du dîner, je redescends de ma chambre où je m'étais réfugiée pour faire une sieste, épuisée par cet après-midi de discussion et découvre avec stupéfaction ma mère, Camille et Léonard réunis au salon. Ils chuchotent, penchés les uns vers les autres et sursautent en m'apercevant. Mais qu'est-ce qu'ils ont ? Comme je les connais, je me méfie et plisse les yeux tout en les pointant d'un doigt accusateur :

—Quoi, que se passe-t-il ? C'est quoi ces messes basses ? Vous m'inquiétez, qu'est-ce que vous complotez encore ?

Léonard hésite, il jette un coup d'œil à ma mère qui l'encourage d'un signe de tête et avoue après quelques secondes en me fixant d'un air inquiet et préoccupé :

—Amandine a accouché.

Chapitre 20 : une solution pour tout ça ?

Léonard me regarde. Ma mère me regarde. Camille me regarde.

Je ne bouge plus. Mon sourire disparaît.

Chaque fois que j'ai l'impression de faire un pas en avant, la vie me teste encore et me fait reculer. Lucie es-tu prête ? Vraiment ? Lucie, as-tu fait ton deuil ? La vie continue, Lucie.

Elle avance.

Toi aussi, avance.

Moi, j'avance surtout vers la porte.

— Quelqu'un devrait peut-être la suivre pour éviter qu'elle aille tester la température de l'eau, s'inquiète Léonard.

— Je crois qu'elle a juste besoin de prendre un peu l'air. Elle reviendra quand elle sera prête, réplique ma mère.

— Elle est beaucoup plus forte que ce qu'on croit…, ajoute Camille. Ce sont les derniers mots que j'entends avant de claquer la porte.

Quand je reviens, il fait nuit noire et j'ignore combien de temps j'ai marché. Mon corps est tellement endolori qu'il ne sent même plus le froid mordant ni la pluie qui gèle mon visage et mes mains. En fait, je ne sens plus rien. Pourtant, j'aimerais que la douleur physique me fasse oublier la douleur mentale, j'aimerais qu'elle s'en saisisse, qu'elle la terrasse, qu'elle soit David contre Goliath, qu'elle la tétanise. Ça fait longtemps que les blessures de la chair ne me font plus peur. Le cerveau produit tellement plus de cauchemars.

Tout ce que je souhaite, c'est noyer mes émotions dans l'écume de ces vagues qui percutent violemment la jetée et qui s'écrasent sur le béton.

J'ai l'impression d'être à l'image de ces gouttes. Ces gouttes projetées, arrachées à la mer et qui terminent leur vie en flaque.

Je me sens comme une flaque. Je suis une flaque.

En tout cas, je suis en train de former un petit amas d'eau glacée devant l'entrée de *La Malouinière*, là, sous mes pieds, l'étendue d'eau s'étend et grandit tandis que je profite de deux minutes pour souffler avant de rejoindre la troupe. Troupe qui doit m'attendre en se rongeant les sangs d'ailleurs.

Je ne m'étais pas trompée, ma mère, Léonard et Camille sont au salon quand je franchis la porte, je les rejoins avant de m'affaler dans le canapé, les cheveux dégoulinants :

— J'ai besoin d'un verre.

Léonard est en train de siroter un vieux whisky et me sert une belle dose dans un verre de dégustation. Je bois le premier d'une traite. Il me brûle la gorge et je grimace. J'en avale un second. Il me brûle la gorge mais je ne grimace plus. Après avoir reposé le verre, je lève les yeux sur mes camarades et assène :

— Je vais aller voir Amandine à l'hôpital demain.

J'ai l'air très sûre de moi mais à l'intérieur, je me sens comme une tourbière, molle et gluante. Glissante. Tout le monde semble trouver que c'est une bonne idée, je le devine au sourire de ma mère et à l'expression de Léonard. Pourtant, moi, je n'en suis pas si sûre. J'arrive seulement à me dire que c'est la bonne chose à faire. Et c'est déjà pas mal. Camille demande d'une petite voix :

— Est-ce que je peux venir avec toi ? Enfin… pour être là, tu vois…

— Bien sûr. Pour être honnête, je ne sais pas du tout comment je vais réagir.

— Au pire, si elle hurle et qu'elle fait une crise, on appellera la maison de repos de Vivianne. Et si elle est internée, on lui apportera de l'alcool en douce sous nos pulls.

— Léonard, vous n'êtes pas drôle, le reprend ma mère, outrée.

Je parviens à sourire mais plus les heures passent, plus je suis anxieuse à l'idée de voir mon amie et surtout son bébé.

Dans mon lit, je ne cesse de me retourner, de soupirer. J'ai chaud. Puis j'ai froid. Ma couette en prend pour son grade et je n'arrête pas de lui donner des coups de pied pour l'éloigner… avant de la tirer à moi pour me couvrir.

Impossible de fermer l'œil. Alors vers 2 heures du matin, je me lève et descends au salon, faisant grincer le vieil escalier sous mes pas, je grogne parce que je n'ai pas envie de réveiller (et donc d'inquiéter) ma mère. Je marche sur la pointe des pieds et suis la rambarde les doigts en avant comme un étrange zombie pour éviter d'allumer la lumière. Mais en arrivant au salon, je remarque qu'une lampe diffuse un doux éclairage dans la pièce.

— Vous ressemblez à un phasme.

Je sursaute et manque de m'étouffer de peur, me retournant pour apercevoir Léonard en peignoir, un Red Bull à la main, apparemment de retour de la cuisine :

— Vous n'avez rien d'autre à faire que d'effrayer de pauvres gens au milieu de la nuit ?

— Pas vraiment, non. Et vous n'êtes pas pauvre.

— Tout dépend de ce qu'on entend par « pauvre ». Selon Bourdieu, on naît tous avec un capital social, culturel, symbolique et économique. Je suis très riche en ce qui concerne les deux premiers. Mais pour le dernier...

— Vous en êtes certaine pour les deux premiers ? Vos amis sont tous dans cette maison, et je ne parle même pas du goéland, quant à votre capital culturel... Je vous rappelle que vous lisez du Levy !

Je lui jette un regard mauvais :

— Cessez donc avec votre condescendance. Et ne me regardez pas comme ça, j'ai l'impression de pouvoir lire dans vos pensées. Vous vous demandez encore pourquoi j'aime lire du Levy, du Grimaldi et du Valognes ? Ces auteurs sont capables de me faire passer du rire aux larmes et ils me permettent d'oublier mon quotidien sombre, ils me donnent de l'espoir en me rappelant que le plus beau dans la vie reste, souvent, le lien social et le contact humain...

Je pousse un soupir, me sentant un peu lasse, et je grogne alors que nous nous installons sur le canapé du salon :

— Vous avez toujours un truc à dire, hein. Même sur Bourdieu, vous connaissez tout ?!

— Je ne dirais pas « tout » mais je trouve son idée d'habitus et de « structures structurées structurantes » très intéressante. J'imagine que ce ne sont pas des théories sociologiques qui vous maintiennent éveillée la nuit. C'est votre visite à Amandine qui vous travaille, n'est-ce pas ?

—Vous commencez à me connaître trop bien. Mon capital social doit définitivement s'élargir.

Coco, qui m'a suivie jusque-là, pousse un petit cri. Ce goéland a l'air de plus en plus proche de mon vieux bougon et je trouve ça louche. Il ne manquerait plus que Léonard l'influence !

—Et vous ? Qu'est-ce qui vous maintient éveillé en plein milieu de la nuit ?

Brusquement, Léonard semble réaliser qu'il était occupé à faire quelque chose d'important et se met à rassembler les documents qui se trouvent devant lui sur la table basse, l'air presque effrayé :

—Je note quelques petites choses que je ne dois pas oublier.

Bizarre, il me semble avoir remarqué mon nom sur l'une des feuilles. Je plisse les yeux, mais ne parviens pas à en lire davantage, Léonard a rangé ses notes, plus véloce qu'un guépard chassant un phacochère. Ce qui est étonnant puisque je le verrais plutôt bien dans le rôle du phacochère en temps normal.

Malin comme un renard (après les animaux de la savane, je passe à ceux de la forêt), il détourne habilement la conversation :

—Qu'est-ce qui vous effraie autant ?

—La vue des hôpitaux. Les blouses blanches. Les médecins qui courent partout. Même quand ils sont calmes on s'attend toujours à une catastrophe. Ah et même la nourriture là-bas me fait peur, c'est dire ! Une compote de pommes pourrait me faire paniquer !

—Autre chose ?

— Et si je ne supportais pas la vue du bébé ?

— Au pire, que se passerait-il ?

— Je ne sais pas. Je pourrais le lui voler ou le laisser tomber ?

— Vous avez peur de craquer en voyant son nouveau-né. Mais c'est légitime et parfaitement compréhensible. Amandine ne fera pas grand cas de quelques larmes.

— Mais je ne veux pas être triste alors qu'elle est en train de vivre un moment magique et formidable. Je ne veux pas me montrer égoïste et penser à ma douleur… encore… pas à cet instant-là. Vous imaginez la scène ? Moi, en larmes, en train de pointer son bébé du doigt avec envie ?

— Lucie, nous savons tous les deux que vous n'allez pas agir comme ça. Le fait que vous surmontiez votre peine et votre deuil pour aller les voir est une très belle preuve d'amitié. Elle saura l'apprécier à sa juste valeur, croyez-moi.

— Je ne sais pas, et si elle pouvait lire dans ma tête ? Et qu'elle voyait à quel point je suis jalouse et envieuse ?

— Lucie, me réprimande-t-il d'un ton sévère.

Je lève les yeux sur lui et hausse les sourcils :

— Faites attention, Léonard, on dirait ma mère ! Même manière de prononcer mon nom et même intonation, je pense que vous passez beaucoup trop de temps ensemble. Il vous faut élargir votre capital social en dehors de la famille Chevalier.

Il grogne, resserre son manteau autour de sa taille épaisse, pousse un « mourf » dans sa barbe et s'adresse au goéland :

— Allez viens, mon Coco, on va dormir et oublier tous les liens sociaux.

« L'enfer, c'est les autres », comme disait Sartre. Essayez de dormir, ma chère Lucie. Vous remettez un peu plus de couleurs chaque jour sur la toile de votre vie. Et je suis plus que ravi d'assister à l'élaboration et à l'évolution de cette nouvelle œuvre d'art.

— Bonne nuit, Léonard.

Il claudique un peu plus que d'habitude alors qu'il rejoint sa chambre, les épaules voûtées, les jambes raides, suivi par Coco qui sautille en poussant des cris joyeux. J'ai l'impression qu'il est un peu plus petit que d'habitude, plus fragile aussi, comme si la vieillesse et la lassitude avaient gagné quelques mètres sur le rivage de son existence. La vision de mon papy ronchon-mignon qui s'éloigne dans la pénombre de la nuit m'émeut et me donne les larmes aux yeux. C'est mon nouveau grand-père que je vois disparaître et s'effacer lentement.

Merde, c'est le matin ! J'ai la tête plongée dans les coussins du canapé, un pied qui dépasse, un bras qui traîne par terre et un filet de bave qui coule le long de mon menton. Je me redresse d'un coup, essuie ma salive avec mon avant-bras d'un air dégoûté avant que quelqu'un ne le remarque et me prenne vraiment pour un cas désespéré, puis j'ai la bonne idée de lever la tête. C'est là que je les vois, les trois alignés devant moi, les yeux braqués sur mes cheveux en pétards et sur le triste spectacle que je dois offrir.

— Bien dormi ? demande Léonard avec un demi-sourire.

Je vois ma mère lui donner un coup de coude, l'air de rien. Elle choisit finalement d'en rajouter une couche en joignant le geste à la parole et en montrant ma pommette :

— Tu as la marque de l'oreiller sur la joue. On dirait (elle penche la tête), un gros « Y » !

— Et encore un peu de bave qui coule sur…

— Léonard ! Au moins, elle a dormi un peu. Et ça, c'est déjà bien ! complète Camille en me souriant. Mais il va quand même falloir qu'on se mette au travail si on veut amener quelques petites douceurs à grignoter à Amandine.

— Le temps de me débarbouiller, de retirer ce filet de bave et cette trace en…

— En « Y », répondent en chœur les deux vieux en fixant ma joue.

— Merci, maman. Merci, Léonard. Je me dépêche et je viens t'aider, Camille !

Quand je redescends, Camille est en pleine préparation d'éclairs au citron vert et de paris-brest d'après ce que je peux en déduire en jetant un coup d'œil à la couronne de pâte à choux qui gonfle dans le four. L'odeur de beurre fondu, de praliné, de citron vert et de sucre embaume toute la cuisine. C'est un pur délice. Tout en vérifiant qu'elle me tourne bien le dos, j'avance un doigt vers la casserole qui contient la crème au citron, crème qui a l'air aussi légère que l'air, j'y suis presque quand j'entends une voix qui me fait sursauter :

— Pas touche ! Si tu souhaites te rendre utile, tu peux percer les éclairs que j'ai posés sur la table pour que je puisse les fourrer.

— Mais comment fais-tu ? Tu as des yeux derrière la tête ? En fait, tu n'es pas une jeune fille, tu es une… mutante !

— Je n'ai pas quatre yeux et je ne suis pas une mutante. Je te connais, c'est tout !

À contrecœur, je retire mon doigt et me rapproche de la table après avoir pris un couteau pour me mettre à la tâche. Là, je remarque le saladier avec la préparation pour le paris-brest. Je jette un coup d'œil à Camille qui se trouve près des fourneaux. Avec un peu de chance, je pourrais…

— Et ne touche pas non plus à ma crème au praliné !

— Mais, je n'ai rien fait !

— Non, mais ça n'allait pas tarder et je ne veux pas que tu contamines mes chefs-d'œuvre.

Je ronchonne pour le principe mais m'attèle à la tâche en tentant d'oublier que dans quelques heures, il sera temps de me confronter à l'une de mes plus grandes craintes.

Après être passées par l'accueil de l'hôpital de Saint-Malo, nous nous dirigeons vers les ascenseurs pour rejoindre l'étage de la maternité. Mon cœur cogne contre ma poitrine et je tente de refréner le sentiment de panique qui s'est insinué en moi depuis que nous sommes entrées. *Respire, Lucie. Respire.* Malgré mes efforts, les souvenirs remontent. Des flashs. Des odeurs qui me rappellent le moment où je suis arrivée à l'hôpital pour accoucher de Coline. Cette peur de l'inconnu, cette angoisse des futures mères partagées entre l'impatience de rencontrer leur bébé et la terreur (comment va-t-il faire pour passer « par là ? »). Je pourrais presque sentir les contractions qui m'ont tourmentée des heures durant.

Mon ventre n'a pas oublié et se serre dans de douloureux souvenirs, je pose ma main dessus presque surprise de constater qu'il n'est pas rebondi, qu'il est toujours aussi vide.

Je me retrouve dans le présent. Devant une porte.

Debout.

— On y va ? Tu es prête ?

La voix de Camille me sort de mes réminiscences et je la fixe comme si elle était un fantôme. Voyant certainement mon effroi, elle m'attrape la main et referme ses doigts sur les miens dans un geste d'encouragement mais elle ne me presse pas, elle attend. J'inspire profondément, lui lance un regard décidé et pousse la porte en cachant du mieux que je peux le tremblement de mes doigts.

Amandine porte une chemise de nuit avec des motifs étoilés, elle est penchée sur le petit berceau qui se trouve à sa droite, complètement hypnotisée par le spectacle de son nouveau-né. J'ai été à sa place. J'ai été émerveillée comme elle doit l'être en ce moment. Insatiable. Avec cette incrédulité dans le regard et cette fierté chevillée au corps de réaliser que ce bébé, « c'est nous qui l'avons fait ». Quand elle entend le bruit de la porte, Amandine cesse de contempler son enfant pour tourner la tête vers nous. Elle écarquille les yeux, semble ne pas croire à ce qu'elle voit pendant quelques secondes puis se met à pleurer. Secouée par les sanglots, elle essuie ses joues et parvient à souffler en me faisant des gestes pour que je parcoure les quelques mètres qui me séparent d'elle :

— Oh mon Dieu ! Pardon, c'est les hormones ! Je n'arrive pas à me retenir mais… je suis tellement heureuse de te voir, Lucie et… ?

— Je te présente Camille ! Elle habite à *La Malouinière* avec nous.

Sans me retenir plus longtemps, je m'approche de ses bras grands ouverts qui m'invitent à la serrer contre mon cœur. Je n'ai plus envie de la lâcher et là, dans la chaleur de son étreinte, je sens un barrage se rompre, et les mots coulent, emportés par ce nouveau courant :

— Si tu savais comme je suis contente pour toi et comme tu m'as manqué.

— Merci. Merci d'être là. Tu n'imagines pas à quel point ça me touche.

Nous nous séparons, séchons nos larmes et nous nous regardons en pleurant et en souriant en même temps, puis nos regards se dirigent vers le minuscule être humain qui est en train de se réveiller et d'étirer ses petits poignets dans son lit. Amandine le saisit avec toute la douceur dont sont capables les mères et le ramène tout près de son cœur avant de murmurer :

— Coucou, mon amour. Lucie et Camille, je vous présente Éva.

— Bonjour, Éva. Elle est tellement belle...

Ses paupières closes, presque transparentes, ses petits doigts si fins, son nez et ses lèvres roses, tout semble d'une perfection incroyable. D'autres larmes coulent sur mes joues quand je les vois toutes les deux. Je suis heureuse pour Amandine, je suis touchée par cette vision d'un bébé dans les bras de sa mère et, surtout, je suis émue par le regard que pose Amandine sur sa fille.

Ce regard qui change toute une vie. Ce regard qui lie deux êtres à jamais. Ce regard dans lequel on peut retrouver toute la confiance du monde.

Ce regard qui dit « je serai toujours là pour toi ».

Je ne dis pas que je ne ressens aucune souffrance, ce serait mentir. Mais j'arrive malgré tout à éprouver de la joie pour mon amie, je ressens un certain élan d'amour. Amandine détache avec peine les yeux de sa fille et me regarde :

— Tu aimerais la prendre dans tes bras ?

C'est là que l'émotion me submerge d'un coup. Comme une douche froide. Je peine à déglutir et fais un pas un arrière sans le vouloir. De toute évidence, mon corps parle à ma place. Je n'y arrive pas, je suis effrayée, j'ai peur. Peur des fantômes et des souvenirs. Peur de ces sensations trop vite oubliées, de ces réflexes qui pourraient revenir, de cet élan maternel qui risque de me déchirer le ventre.

Et pire. L'âme.

Amandine remarque évidemment mon trouble :

— Pardon, pardon, c'était maladroit de ma part. Je suis désolée.

— Non, c'est moi qui suis désolée. Je… je n'y arrive pas pour le moment.

Pour faire diversion, Camille sort les boîtes dans lesquelles nous avons rangé les éclairs au citron vert et les paris-brest revisités et les propose à Amandine :

— On s'est dit que vous devriez sûrement reprendre des forces après l'accouchement, alors on vous a amené quelques pâtisseries.

Amandine, en bonne vivante qu'elle est, ne se fait pas prier pour saisir un éclair et en avaler une grande bouchée :

— Vous êtes des amours ! Je meurs de faim et on ne peut pas dire qu'ils soient très doués en cuisine par ici. Mais chut, il ne faut pas leur dire, je n'arrête pas de les complimenter pour qu'ils me donnent du rab.

Elle saisit alors un paris-brest et mord dedans avec gourmandise tout en fermant les yeux :

— Ces pâtisseries sont incroyables ! Je connais par cœur celles de mon mari et celles-ci ne viennent pas de ma boutique. Où est-ce que vous les avez achetées ?

— À vrai dire, c'est Camille qui les a préparées à la maison. Elle devrait d'ailleurs bientôt commencer un CAP.

— C'est vrai ? C'est fabuleux !

— Mais toi alors, raconte-nous, comment te sens-tu ? Comment s'est passé l'accouchement ?

Malgré ses traits tirés et ces cernes, elle nous raconte avec humour la panique de son mari quand elle a perdu les eaux, la valise où il manquait des culottes, le trajet jusqu'à la maternité durant lequel son mari, à cause du stress, a confondu sa droite et sa gauche puis son prénom à elle quand ils sont arrivés à l'accueil, les heures douloureuses et le travail, la péridurale parce que « il ne faut pas déconner non plus », la rencontre avec Éva, l'émerveillement et l'incrédulité, l'impression que le bébé n'a pas été livré avec le mode d'emploi (ou un mode d'emploi encore pire que celui des meubles Ikea), la première tétée compliquée…

Je souris et je sens les larmes couler sur mes joues alors qu'elle partage avec nous toutes les étapes qu'elle a traversées et que j'ai vécues également. Je me souviens de tout, de ces montagnes russes émotionnelles dans lesquelles on se trouve, impatients quand on grimpe la première montée et effrayés quand il s'agit d'appréhender la descente dans le vide. La joie, la crainte, les rires, les pleurs, l'instinct de louve et l'impression qu'on n'y arrivera jamais, l'apaisement, l'épuisement, l'impression de faire tout faux, les mille émotions que contient une heure, l'intensité de chaque minute.

Je me souviens.

Quand nous rentrons, je suis épuisée. Mon esprit ne fonctionne plus, mon corps ne répond plus, je n'ai pas envie de parler pour le moment et d'expliquer à mes compagnons que j'ai survécu, que je me sens bien, ou du moins pas trop mal. Alors pour les rassurer, je leur souris, ils me font un signe de tête. Ils ont compris. Ils ont l'air fier.

Je les aime.

Mais je les laisse pour ce soir et rejoins ma chambre. Là, sur mon couvre-lit, je découvre une carte postale, probablement relevée avec le courrier du jour et déposée là par ma mère. C'est une carte de Paris, représentant un café de Montmartre, l'un de mes quartiers préférés.

Je voulais juste que tu saches que je serais toujours là pour toi.

Il ne sait pas les épreuves que je viens de vivre aujourd'hui et à quel point son message tombe au bon moment. « Il n'y a pas de hasard » répétait-il souvent. C'est avec les mots de Lionel que je file sous les draps. La seule personne que j'ai envie de retrouver, c'est Morphée. Peut-être qu'avec un peu de chance, je pourrais rêver de Coline ?

Léonard et Camille ont installé des guirlandes en papier partout, ma mère nous a mis des petits chapeaux colorés sur la tête (vous devriez voir la tête de papy ronchon plutôt récalcitrant à l'idée, mais Camille a menacé de ne plus lui faire à manger s'il ne le portait pas) et a préparé sa chambre, et moi, j'ai dressé la table et me suis occupée de confectionner des cocktails, dont une version sans alcool pour Vivianne… avec son traitement, ça doit être plus prudent.

Aujourd'hui, nous fêtons le grand retour de notre libraire adorée ! Simon est censé la ramener à la maison vers 17 heures et avouer que nous trépignons d'impatience à l'idée de la retrouver n'est qu'un doux euphémisme.

Léonard, assis sur le canapé, profite de ce que Camille est allée vérifier la cuisson de son ragoût pour avaler en douce une grande rasade de Red Bull sans se faire engueuler :

—Alors, il est quelle heure ?

Tout en croquant dans un sablé fait par Camille, je m'active à passer un dernier coup de chiffon à poussière sur les étagères du salon, sans trop en faire pour que Vivianne puisse se remettre au ménage dès qu'elle le souhaitera. Du coup, je fais exprès de laisser quelques petits tas de poussière par-ci par-là :

—À peine 14 heures, vous avez encore le temps de… Je ne sais pas, de vous balader, de ranger des livres, de monter et descendre les escaliers jusqu'au premier étage, disons, au moins une fois !

Il me jette un regard en coin :

—Vous êtes toujours aussi drôle, dites-moi.

Il avale une autre gorgée de boisson énergisante et montre mon biscuit :

—Vous savez que l'excès de sucre peut vous dérégler le cerveau ? C'est pire que l'héroïne. Vous devriez arrêter de manger tous les biscuits que Camille prépare.

—Vous saviez que l'excès de taurine peut vous rendre incontinent ? Les boissons énergisantes, c'est dangereux ! En prévision, j'ai demandé à ma mère de vous acheter des couches.

Il grimace, l'air de se demander si je dis bien la vérité, et se tortille sur le canapé, ce qui me pousse à en rajouter une… de couche (je suis intenable) :

—Elles sont si inconfortables que ça ?

Il me regarde, lève les sourcils comme s'il n'avait pas compris puis je vois ses yeux s'écarquiller et je pouffe avant de recevoir un coussin en pleine tronche.

Il faut se rendre à l'évidence, il vise encore bien pour un vieux.

À 16 h 45, nous sommes tous derrière la porte et jetons des coups d'œil dehors chaque fois que nous entendons du bruit. Chichi court partout, Coco passe son temps à sautiller d'une épaule à l'autre malgré son poids, ma mère fredonne des chansons paillardes, Léonard se balance d'un pied sur l'autre comme s'il avait besoin de se soulager (j'hésite vraiment à lui reparler des couches) et Camille enroule tellement la manche de son pull qu'on dirait une torsade de pain. Moi, je suis très calme.

C'est juste la cinquième fois que je vais aux toilettes. D'ailleurs, je suis en train de me laver les mains quand j'entends enfin la sonnette retentir. J'arrive juste à temps pour voir mes amis faire semblant de marcher (alors qu'ils font du sur place) juste pour faire entendre le son de leur pied sur le parquet afin que Vivianne et Simon ne devinent pas qu'ils ont attendu devant la porte, le tout, dans le noir.

Ils viennent d'allumer la lumière, et moi, je suis morte de rire.

La minute qui suit est un joyeux capharnaüm d'aboiements, de piaillements, d'embrassades et de « bienvenue à la maison ». Vivianne disparaît sous les bras et les visages, elle rayonne l'air plus heureux que jamais de retrouver *La Malouinière* et ses habitants.

— Je suis ravie de vous revoir ! Je l'embrasse à mon tour :

— Viens, on va boire un petit verre, tu pourras nous raconter tes dernières aventures au centre.

Elle tape dans ses mains avec enthousiasme tandis que je la tire par le bras alors qu'elle a déjà sorti ses gants roses et son plumeau de son manteau. Je tourne la tête tout en marchant vers le salon et demande discrètement à Simon :

— Pour sa maniaquerie, il n'y a rien à faire ?

— Pour le moment, on s'est plutôt concentrés sur ses pensées morbides et ses envies de laver les infirmiers à l'eau de javel, mais dans quelques semaines, on en reparlera…

Il dit cela le plus naturellement du monde et je tente d'éviter de penser à l'image de Vivianne en train de courir derrière les soignants avec une éponge imbibée de produit hautement décapant.

Un peu plus tard, Simon profite de notre présence en cuisine pour nous parler, tandis que Vivianne et Camille débattent au salon du parfum des détergents que la jeune fille fabrique :

— Elle semble bien avec vous, ça fait plaisir à voir. Mais, vous savez, c'est important pour le travail thérapeutique qu'elle reste active, qu'elle ait des projets, des activités afin qu'elle ne retombe pas dans la spirale de la dépression. Son équilibre est encore fragile et même si je vais continuer à la suivre une fois par semaine, ce serait bien qu'elle trouve une raison de se lever le matin. Je veux dire… en plus du ménage, évidemment. Est-ce que vous avez une idée de ce qu'elle pourrait faire ?

— Promener un petit vieux et le surveiller, ça compte ?

Léonard me balance un coup de canne dans le mollet et j'essaie d'éviter son regard tout en retenant un fou rire. Il reprend plus sérieusement :

— On va y réfléchir entre nous et trouver une solution. Je vous donne ma parole.

L'air rassuré, il nous remercie puis quitte la pièce, le sourire aux lèvres.

— Alors, vous avez une idée super géniale ?

— Pas encore, chère Lucie, pas encore mais je suis confiant et j'espère bien en trouver une dans les jours à venir. J'ai quelques pistes, mais elles vont exiger quelques jours de travail pour tout vérifier.

Je hausse un sourcil et me demande ce que peut bien mijoter papy ronchon. Tout en l'observant et en ne désespérant pas de développer des super-pouvoirs pour lire dans ses pensées, je prends mon mal en patience. Je le connais bien. Je sais qu'il ne crachera pas le morceau.

Chapitre 21 : le lapin ne sortira pas du chapeau

En ce samedi matin du mois d'avril, je retrouve tout le monde dans la cuisine et, à ma plus grande surprise, je découvre Léonard en pleurs, les yeux rouges et le nez coulant. Dépité, il renifle en disant :

— Vous êtes sûres qu'il faut éplucher autant d'oignons ?

Camille, déjà sur le front avec un tablier passé autour de sa taille fine, secoue vigoureusement la tête :

— C'est bien vous qui m'avez demandé des œufs de Pâques avec des motifs ?

Il se renfrogne, essuie ses paupières humides avec sa manche et cligne des yeux pour nous regarder :

— Oui, on en préparait toujours avec Karine et Rosie à Pâques et on les cachait dans le jardin. Je ne me rappelais pas que c'était aussi pénible…

Dans une grande casserole, de l'eau bout et de grosses bulles éclatent à la surface tandis que les œufs dansent en claquant contre le fond. Camille s'active à mélanger du sucre, du beurre et de la farine dans un grand saladier tout en vérifiant la recette que Léonard lui a donnée plus tôt. J'ai rarement vu notre papy aussi impliqué dans des activités. Hier, il a passé l'après-midi dans les magasins avec ma mère pour acheter des paquets d'œufs en chocolat et des lapins de toutes les tailles pour la grande chasse que nous prévoyons d'organiser à *La Malouinière* ce week-end. Il nous a briefés sur toutes les traditions auxquelles il tenait et ce qu'il souhaitait préparer pour Pâques. En réalité, nous savons ce qui lui tient le plus à cœur. Léonard compte bien faire plaisir à sa fille et à son petit-fils, censés nous rejoindre dimanche pour l'événement. C'est touchant de le voir courir partout, des sacs de provisions sous un bras et des cabas qui débordent de décoration sous l'autre. Il a même préparé deux petits sacs avec des douceurs confectionnées exprès pour eux, des sacs sur lesquels il a collé des étiquettes avec leur prénom noté d'une écriture tremblante.

Et ce n'est pas tout ! Il a même partagé la recette du gâteau de Pâques qu'il concoctait avec Rosie et il prévoit de nous impliquer tous dans un atelier de décoration d'œufs durs cet après-midi, il m'a demandé comment on écrivait « I love you » pour pouvoir le reproduire sur une coquille.

Je les laisse à leurs activités et m'éclipse au salon, il faut dire que les odeurs d'oignons dès le matin me soulèvent le cœur. J'envoie un mail aux habitués de la bibliothèque, puis publie un post sur Facebook et Instagram pour rappeler la chasse aux œufs de dimanche. Nous avons également prévu d'animer un atelier biscuits avec quelques enfants du quartier et la possibilité de décorer des œufs durs avec des feutres et de la peinture. Vivianne a même proposé de lire quelques histoires de cloches et de lapins aux plus jeunes dans un coin de la bibliothèque, voire dans le jardin si le temps et la température le permettent.

Quant à moi, je vais animer un atelier d'écriture avec la contrainte « le héros doit être un lapin ». L'idée serait de réunir les différentes histoires produites pendant la session pour en faire un petit recueil.

Assise à la table de la cuisine, je m'applique à dessiner des formes géométriques avec un pinceau. Après avoir tenté de représenter un lapin sur un œuf dur sans succès, je m'adresse à Léonard :

— Vous comptez vous déguiser en lapin ?

Léonard, installé à côté de moi, est hyper concentré sur son œuvre d'art, il lève tout de même la tête pour me regarder et pour répliquer. Je crois qu'il est en train d'écrire le « o » de « love » mais ses lettres sont tellement grosses qu'elles se confondent les unes avec les autres et que le message est impossible à lire.

— Bien sûr que non ! Au moins, vous, vous n'aurez pas besoin de trouver de déguisement !

Il ricane et je plisse les yeux, pas certaine d'avoir saisi la blague. Camille est déjà morte de rire mais elle pleure carrément quand Léonard complète :

— Vous êtes déjà une cloche !

— Ha ha ha, très drôle, vraiment très drôle.

Une fois que le fou rire est passé, tout le monde se concentre sur ses activités et sur la peinture, ma mère se mord la langue, signe évident qu'elle tente un dessin compliqué. Mais elle n'a jamais été très portée sur le dessin. Son fin pinceau à la main, je la vois sourire puis elle tourne son œuf dans ma direction pour me montrer son œuvre, apparemment fière de ce qu'elle a réalisé.

— Maman, tu as peint un sapin de Noël… pour Pâques ?

— J'ai bien essayé de faire des poules mais elles ne ressemblaient pas vraiment à des poules.

De toute évidence, nous ne sommes pas doués, mais nous nous amusons bien et ça me fait plaisir de nous voir à nouveau tous réunis dans la cuisine. Vivianne, elle, a eu son compte d'ateliers créatifs pour le moment. Pour s'occuper, elle tente de mettre deux œufs durs, pelés heureusement, dans sa bouche, sous les applaudissements de Camille. Léonard la surveille d'un œil et me demande, pas rassuré pour un sesterce :

— Vous avez le brevet de secouriste au cas où elle s'étouffe ? Remarquez, si elle meurt, ce serait une preuve de darwinisme social…

Je lui lance un regard noir, peinant pourtant à garder mon sérieux, et gronde :

— Léonard ! Non, je ne l'ai pas…

Puis je reprends sur le ton de la conspiration et me penche vers lui pour susurrer :

— … mais j'ai toujours voulu tenter la manœuvre de Heimlich.

Il s'esclaffe pendant que Camille encourage Vivianne – elle a dorénavant les joues d'un hamster –, à prononcer le mot « marmelade ». Morte de rire, elle lui demande ensuite de tenter un « les chaussettes de l'archiduchesse sont-elles sèches ? archi-sèches ? ».

C'est là qu'un œuf a atterri dans la tasse à café de ma mère et un autre dans le col de chemise de Léonard.

Le jour J, nous avons le plaisir de découvrir que les éléments bretons ont décidé d'être avec nous pour cette fin avril. Le soleil brille, le vent s'est calmé pour le moment et il fait relativement bon à l'extérieur. Enfin, si on aime jouer au bonhomme de neige et qu'on porte une doudoune, une écharpe, un bonnet et des gants, bien évidemment.

Alors que je passe dans le hall pour rejoindre le salon, j'entends un boucan d'enfer dans l'escalier. Je ne tarde pas à en comprendre l'origine quand je vois une grosse boule jaune débouler sur les marches.

— Je suis un poussin ! hurle Vivianne, les yeux pétillants en ouvrant les bras.

Je n'ai même pas le temps de répondre qu'elle se met à courir partout dans les pièces du rez-de-chaussée pour montrer ses plumes à tout le monde.

Je vaque à mes occupations mais, cinq minutes plus tard, je croise un autre spécimen dans la cuisine. Je n'en peux plus quand je remarque que, non seulement Vivianne s'est déguisée en poussin jaune, mais qu'elle a persuadé Camille d'enfiler un costume de lapin rose. La jeune fille me lance un regard dépité avant d'ajouter en haussant les épaules :

— Je me suis dit que les enfants devraient kiffer pendant l'atelier biscuits. Mais, j'ai trop chaud… et qu'est-ce que ça me gratte !

Elle tente de frotter sa tête mais avec ses pattes en fourrure synthétique, ça n'a pas l'air de la soulager.

— Va faire un petit tour dehors, ça te refroidira… et ça fera rire les voisins.

— Mouais, super conseil, merci.

Je la suis et la regarde tenter d'ouvrir la porte, à vue de nez ça lui prend au moins trois minutes pour tourner la poignée, puis elle me lance un regard dépité et j'éclate de rire. Elle me réprimande en disparaissant :

— C'est vilain de se moquer.

— Moi aussi, je t'adore, Camille ! Profite bien de l'air frais !

À 14 heures, les œufs et les chocolats sont cachés dans le potager et dans tous les recoins du jardin, Camille est dans les starting-blocks pour l'atelier biscuits avec Mathilde qui joue son assistante et les plus petits sont réunis dans le salon, assis sur des coussins, prêts à écouter Vivianne. Elle tient un gros livre de contes illustrés avec un lapin et elle sourit, de toute évidence ravie de pouvoir partager des histoires avec les enfants.

Mais Karine et Bastien sont les seules personnes qui manquent à l'appel. Léonard regarde par la fenêtre pour la troisième fois. Il a l'air tellement content de tout ce que nous avons préparé et tellement impatient de le montrer à sa fille que ça me fait sourire. Moi aussi, j'aimerais qu'ils arrivent vite afin d'assister à leurs retrouvailles, et de constater que Karine se rend compte des efforts de son père.

Les minutes passent et toujours aucune nouvelle.

— Je leur avais bien dit 14 heures, n'est-ce pas ?

Je ne peux qu'acquiescer et constater que la mine inquiète de Léonard se chiffonne de plus en plus au fur et à mesure que le temps s'égrène. Jusqu'au coup de fil. Assise à côté de papy ronchon quand il saisit le combiné et qu'il le porte à son oreille pour écouter sa fille, j'entends quelques mots de leur conversation en penchant la tête vers lui.

Désolée.
Un imprévu au travail. Une urgence à régler.
On se verra une prochaine fois. Bientôt. Promis.

J'ai envie de hurler. J'aimerais avoir le film de ces derniers jours, de ces dernières heures pour montrer à Karine à quel point Léonard a vécu dans la joie, impatient de les retrouver, impatient de partager ces moments avec eux. Il s'imaginait sûrement Karine surprise de goûter à nouveau aux saveurs de ce gâteau de Pâques, se remplir de son sourire et de son bonheur, Bastien croquant avec avidité dans les chocolats, évoquer peut-être les fêtes passées pour rigoler de ce jour où Karine, enfant, s'était mis de la peinture partout (y compris dans les cheveux) ou de l'autre où elle était triste parce qu'elle avait gardé son lapin en chocolat si longtemps qu'il était périmé. Elle le trouvait tellement joli qu'elle ne voulait pas le manger. Il aurait aimé partager avec eux mille et un autres petits bouts de vie. De leurs vies. Évoquer à nouveau, avec eux, toutes ces anecdotes qu'il nous avait racontées durant les préparatifs de la fête.

Mon cœur est brisé quand je vois Léonard pousser un soupir et se retrancher dans sa chambre pour se reposer, loin de nous, loin de ce qu'il aurait aimé vivre en ce jour particulier, loin de la joie des autres et de leurs éclats de rire qui résonnent sûrement comme du verre brisé dans sa tête et dans son âme.

Une fois la nuit tombée, la maison a retrouvé son calme. Je rejoins Léonard, assis dans son fauteuil au salon, et lui apporte un thé avec une part du gâteau de Pâques et un petit bout de kouign-amann aux pommes que j'ai passé au four. Ce matin, c'est Mathilde qui lui a apporté la viennoiserie parce qu'elle savait qu'il était bien occupé avec les préparatifs de la fête. Je me suis dit que cette attention pourrait le réconforter et lui montrer, au cas où il aurait besoin d'une confirmation, qu'il n'est pas seul.

— Comment vous sentez-vous ?

Il a le regard vague, perdu dans le brouillard de la nuit qu'il observe à travers la fenêtre. Il hausse les épaules. Je ne l'ai jamais vu aussi fatigué. Aussi las. Aussi triste. Dans un murmure où pointe toute sa déception, il avoue :

— Je croyais qu'on avait avancé, que la situation s'était améliorée entre nous…

— Elle s'est améliorée et je sais que vous en êtes conscient. Ne le prenez pas personnellement Léonard, je suis persuadée que si elle avait pu, elle serait venue.

Il n'a pas l'air convaincu par mon argument. Comment réparer l'âme des autres et leurs blessures ? Comment remplir son cœur quand on se sent si seul que plus rien ne semble avoir de sens ?

Aurais-je seulement des réponses à ces questions un jour ?

Au moins, je suis présente et je compte bien lui changer les idées par tous les moyens que j'ai à ma disposition. Alors quand je le vois mordre dans le kouign-amann aux pommes, je tente, un peu maladroitement, d'orienter la discussion sur un sujet qui me préoccupe depuis le début de ma rencontre avec mon papy ronchon :

— C'est quoi votre histoire avec les kouign-amann, en fait ? Je sais que Rosie adorait cette pâtisserie, mais il me semble que les Bretons ne sont pas ceux qui en mangent le plus, non ? C'est un peu comme les Parisiens. Ils ne vont jamais voir la tour Eiffel.

— Votre comparaison est douteuse. Je sais que je n'en parle pas beaucoup mais ma Rosie n'était pas Bretonne. Elle a vécu toute sa jeunesse dans le Sud, dans un petit village près d'Aix-en-Provence plus précisément. Je vous laisse imaginer le choc quand elle a troqué son soleil pour le vent de l'océan.

Il sourit, perdu dans ses souvenirs, avant de poursuivre en regardant la pâtisserie :

— Comme elle adorait la tropézienne et les fougasses, j'ai essayé de la familiariser avec nos spécialités pour qu'elle s'acclimate plus vite. Elle a eu un vrai coup de cœur. Vous savez pourquoi le kouign-amann compte tellement pour moi ? Je vous interdis de vous moquer, hein. Mais, quand je lui ai demandé sa main, j'ai caché la bague dans l'un d'entre eux.

— C'est adorable, Léonard. Et comment un homme du Nord est-il tombé amoureux d'une femme du Sud ?

— J'étais parti dans le sud pour assister à un cycle de conférence sur l'œuvre de Beaumarchais. Elle avait vingt-cinq ans et était assistante à l'université. Vous auriez dû voir à quel point elle était passionnée par la littérature. À peine avait-elle prononcé une phrase que je suis tombé amoureux d'elle.

— Comment avez-vous fait pour la séduire ?

— Je lui envoyais un livre par semaine. J'ai commencé de manière anonyme, j'étais timide et puis on s'est écrit. Beaucoup. Trois mois plus tard, elle quittait tout pour me rejoindre.

— C'est vrai cette histoire ? C'est si romanesque !

— Bon, en vrai, l'entreprise de séduction a pris un an et demi.

Nous nous sourions.

— Et je l'ai aimée chaque jour un peu plus que le précédent.

— Vous ne vouliez pas d'autre enfant après Karine ?

— Oh... nous avons essayé mais, malheureusement, la santé de Rosie était fragile. Elle... elle a fait plusieurs fausses couches et nous avons préféré renoncer plutôt que de la mettre en danger. Nous avions déjà un petit ange, c'était suffisamment merveilleux. Je sais que j'ai été très en colère quand j'ai perdu ma femme, je trouvais cette perte si injuste. Mais avec le recul, je suis capable de me dire que j'ai eu une chance incroyable de passer toutes ces années avec elle à mes côtés. Vous savez, quand je regarde en arrière et malgré les épreuves, je réalise à quel point j'ai eu une belle vie, Lucie.

— J'en suis heureuse pour vous.

— J'espère de tout mon cœur que vous aurez la chance de faire le même constat au crépuscule de votre existence.

Ses mots me donnent les larmes aux yeux et, pour contenir mon émotion et éviter d'en parler, j'utilise ma stratégie de défense préférée, l'évitement et fais semblant de chercher mon carnet sous les coussins :

— Mais où est-il, enfin ? Vous parlez vraiment comme un héros de roman, je dois absolument prendre des notes. Un jour, j'écrirai votre histoire d'amour avec Rosie.

Je réfléchis à mes derniers mots. Et si... ?

Léonard est parfaitement conscient de mon stratagème, je peux le lire dans ses yeux. Il est aussi ému que moi et pose délicatement sa main chaude sur la mienne puis prononce ces mots que je chérirai aussi longtemps que me le permettra l'existence :

— Lucie, je vous le souhaite vraiment. Vous êtes une belle âme, j'espère que vous profiterez de chaque minute de votre vie et que vous vivrez un bonheur aussi doux qu'a été le mien.

— Qui sait, Léonard. Qui sait...

Depuis quelques jours, Léonard s'absente plusieurs heures tous les après-midi. Je l'ai également surpris à plusieurs reprises en grande conversation avec ma mère (mais celle-ci est restée muette comme une carpe quand je l'ai questionnée).

J'ai évidemment mené mon enquête auprès de mes compagnons, mais personne ne sait ce qu'il fait ni où il va. Pour ceux qui se le demandent, je lui ai également posé la question. Vous savez ce qu'il m'a répondu ? « Cela ne vous regarde pas, j'ai passé l'âge d'avoir un chaperon. » A-t-il rencontré une petite vieille ? Son cardiologue lui a-t-il demandé de faire plus d'exercice ? J'hésite à organiser une filature pour découvrir le pot aux roses, mais j'ai trop peur d'être démasquée. À la place, j'essaie de m'occuper et je suis actuellement en train de mettre mes compétences de formatrice en Technique de Recherche d'Emploi au service de Camille pour l'aider à refaire son CV et sa lettre de motivation.

Camille soupire devant l'ordinateur alors que nous cherchons des idées pour combler les trous laissés par son passé dans la rue :

— Je n'ai aucune expérience dans le domaine et j'ai arrêté mes études. Super dossier, hein. Même moi, je ne m'engagerais pas si j'avais ce CV sous les yeux.

Léonard s'apprête, une fois de plus, à sortir et il est en train de lacer ses chaussures en nous écoutant. Il ne tarde pas à réagir et à grogner :

— Pourquoi ne demandez-vous pas à Amandine ?

Je regarde Camille, elle me regarde, mon cœur s'accélère, je mentirais si je disais que je n'y avais pas pensé, mais j'avais peur de me mêler encore une fois des affaires de tout le monde :

— Est-ce que ça te tenterait qu'on essaie ?

— Carrément, j'adore ce qu'ils font *Aux douceurs d'Amandine* et, en plus, ils sont reconnus dans toute la région ! Mais, ça ne serait pas considéré comme un copinage ?

— Ce n'est pas du copinage, ça s'appelle du « réseautage », ajoute Léonard. Bien, bien… je vous laisse, mesdames, à plus tard, lance papy ronchon en se dirigeant vers la porte d'entrée.

Je le regarde sortir et fermer la porte derrière lui puis reporte mon attention sur les documents que nous étions en train de rassembler :

— Bon, il ne nous reste plus qu'à contacter Amandine et à lui demander si elle n'aurait pas besoin d'un petit coup de main.

— Trop bien ! Léonard est formidable avec toutes ses idées. Et toi, Lucie, tu es géniale.

— Normal, c'est ma fille, répond ma mère, assise pas loin de nous.

Je leur souris puis me renseigne sur l'état de son dossier pour l'institut de formation :

— Léonard t'a aidée pour remplir les formalités ?

— Tu parles, il ne m'a pas laissé le choix et dès que les inscriptions ont été ouvertes, il m'a surveillée jusqu'à ce que mon dossier de CAP soit bien validé. Il me manque juste l'apprentissage et…

— Et ?

Je remarque son petit sourire en coin, ses yeux qui pétillent et je sais ce que cela signifie : ses idées sont certainement en train de bouillonner dans sa tête bien faite. Elle se redresse, me fixe de ses yeux bleus dans lesquels pointe une lueur de détermination et assène, l'air plus assuré que jamais :

— J'aimerais te parler d'un truc. J'aimerais faire quelque chose…

Pendant une heure, en tête à tête puisque ma mère et Vivianne sont parties se balader, elle m'explique ce à quoi elle a pensé et ce qu'elle aimerait mettre en place. Son idée est géniale. Absolument formidable. Pour concrétiser ce projet un peu fou, elle devra suivre plusieurs formations, mais elle en est consciente et s'est déjà renseignée. Elle est prête à s'investir et à se lancer, elle a même évoqué cette entreprise avec Léonard qui la soutient de toutes ses forces. Elle souhaitait mon feu vert pour se lancer. Elle l'a eu, évidemment. Tout n'est pas encore gagné car cela dépendra grandement de son futur stage et de ce qu'elle parviendra à négocier avec son maître d'apprentissage.

Camille m'épate et, grâce à elle, les activités de *La Malouinière* pourraient bien se développer.

Chapitre 22 : et la suite ? Des projets en pagaille !

Camille souhaite que je garde le secret sur ses projets pour le moment, alors je reste la plus discrète possible, ce qui est plutôt compliqué quand Léonard revient. Je sais qu'il sait ! Et j'ai envie de parler de l'idée de la jeune fille avec lui, mais comme ma mère et Vivianne sont également revenues à la maison, je dois tenir ma langue. J'ai l'air d'une cocotte-minute au bord de l'explosion. Je passe mon temps à fixer Léonard et Camille intensément dans l'espoir qu'ils me comprennent sans que j'aie à prononcer un mot, mais ils ne sont pas plus doués que moi pour la transmission de pensées.

—Arrêtez de me fixer comme ça, vous ressemblez à un poisson et ça me fait peur, grogne Léonard en baissant son journal.

Camille pouffe et je me résigne à saisir mon ordinateur pour plancher sur mon roman en panne avec l'objectif de tout recommencer. Le but ? Écrire une toute nouvelle intrigue qui tournerait autour de l'histoire de Léonard et de Rosie.

Une intrigue qui tombe plutôt à pic puisque mon souffle créatif est au point mort.

L'ordinateur sur les genoux, je fixe les nuages par la fenêtre, ce qui n'échappe pas à ma mère qui profite de mon manque de concentration pour se renseigner sur la progression de mon histoire :

— Ma chérie, comment avance ton récit ? Je pourrai bientôt le lire ?

— Il avance un peu comme le temps en ce moment. Trop lentement. Léonard pouffe :

— J'aurais pu la sortir celle-là.

Je lui jette un regard noir plein de reproches.

— Ce n'est pas vraiment drôle quand la seule activité qui donne du sens à votre vie vous cause autant de difficultés. Je n'y trouve pas de satisfaction et, pour ajouter à mon mal-être, je me sens nulle.

Camille dégaine son arme fatale et en moins de temps qu'il n'en faut pour que je dise « pouf », elle me tend un financier que j'engloutis en trois bouchées avant de lui murmurer un merci reconnaissant.

— Ah bon, ce n'est pas nous qui donnons un sens à votre vie ? J'aurais juré le contraire (ses yeux pétillent et moi, je lui jette mon regard qui tue). Et si vous viviez tout simplement, Lucie ? Pour écrire, il faut profiter de l'existence, suggère Léonard.

— Je ne m'empêche pas de vivre. Écrire fait partie de mon fragile équilibre, poser des mots sur des pages me permet d'analyser les sentiments humains, de les canaliser, de les comprendre. De ne pas exploser en somme. J'ai l'impression de vivre tellement intensément toutes ces émotions que si je n'écris pas, je deviens une bombe à retardement et je laisse le poison de l'humanité contaminer chaque cellule de mon corps.

Ma mère semble plongée dans une profonde réflexion durant quelques secondes suite à ce que je viens de dire puis elle me sourit comme si elle avait la solution à tous mes problèmes :

— Il te faudrait peut-être un autre moyen d'expression en attendant que l'envie d'écrire revienne. Tu adorais peindre quand tu étais petite. Tu étais particulièrement douée pour assortir les teintes et tes tableaux ont toujours eu une sorte d'âme…

Léonard me regarde, perplexe, et m'assène l'une de ses précieuses vérités :

— Alors, il fut un temps où vous saviez jouer avec les couleurs dans votre vie ?

— Apparemment. Mais apprendre à jouer avec les ombres et la lumière, ça demande parfois des efforts.

— Comme la vie, en fait.

Les paroles de Léonard m'accompagnent pendant de longues minutes. Je sais qu'elles resteront en moi pendant bien plus longtemps et je lui souris, appréciant une fois de plus la sagesse de ce vieux bonhomme qui, sous ses airs bourrus et sa verve piquante, m'aide à réfléchir et à avancer.

Grâce à ses mots, mots que je ne manque pas de noter dans mon fichier de roman, je reprends la rédaction et écris la rencontre de Léonard et Rosie. Je ne compte pas lui dire ce que je mijote, il est bien trop tôt pour l'évoquer. Et d'ailleurs, je ne sais même pas si j'arriverais à transmettre toutes les émotions que Léonard partage avec moi. Pourrais-je en faire en quelque chose d'intéressant ? Je n'en ai aucune idée, mais cette nouvelle perspective me donne des ailes.

Les jours qui suivent, et toujours sans évoquer mon dessein avec Léonard — il me semble que tout le monde cache des secrets dans cette maison –, je tente de le faire parler au maximum de son passé, de son histoire familiale, de son enfance et de sa passion pour la littérature. Je commence à engranger une matière conséquente et je souris chaque fois que je regarde l'un des albums que mon papy ronchon m'a montrés pour étayer ses souvenirs, des albums où chaque photo recèle une anecdote, un drame ou une joie que je m'empresse de transcrire. Son histoire prend forme sous mes doigts, ses souvenirs enrichissent mon intrigue et l'apparition de Rosie est une bouffée d'espoir et de bonheur qui me fait un bien fou. L'envie de créer revient grâce à mon petit vieux. Qui l'eut cru ?

Quand j'ai un projet qui me tient à cœur, je mets toute mon énergie à le réaliser avec sérieux et professionnalisme. Le projet « Léonard » est bien lancé et, pour avoir d'autres informations sur son parcours, sur sa vie et sur son métier de bibliothécaire, j'ai décidé d'aller faire un tour aux archives municipales.

Le rendez-vous est pris pour cet après-midi. Double chance pour moi, la responsable, madame Widmer, le connaît depuis longtemps et j'ai bon espoir qu'elle accepte de prendre un moment avec moi pour me parler de lui. Je lui ai expliqué que je comptais lui faire une surprise en écrivant son histoire et elle a trouvé l'idée excellente.

Installées rue d'Alsace, les archives municipales sont ouvertes à tous. Elles collectent, classent et conservent les archives des services municipaux depuis qu'il existe une municipalité à Saint-Malo, c'est-à-dire depuis le XVe siècle. Me voilà rassurée, Léonard a beau être vieux, les archives sont encore plus anciennes que lui ! Je devrais donc y trouver des informations intéressantes.

À mon arrivée, je suis fascinée de me retrouver dans ces lieux qui contiennent une partie de Saint-Malo et de ses habitants. Madame Widmer, une petite femme rondelette aux cheveux blancs relevés en chignon et à la mine joviale, m'attend derrière le comptoir :

— Bienvenue, Madame Chevalier, je vous ai préparé une salle et je vous ai sorti tout ce que j'ai trouvé sur notre ancien bibliothécaire : certificat de mariage, acte de naissances, renseignements sur ses parents, sur son travail. J'ai même trouvé des articles de presse sur les événements qu'il organisait ! Normalement, nous ne sommes pas habilités à faire des recherches pour le public qui vient consulter les documents publics, mais je trouve votre démarche touchante et j'ai envie de vous aider dans la mesure de mes possibilités. Léonard était très apprécié par les habitants, vous savez. Un homme érudit, sensible et très passionné par la littérature et par son métier. Il adorait transmettre cette passion de la lecture que ce soit à des adultes ou à des enfants. Un vrai passeur de cultures…

— C'est beau ce que vous dites de lui… passeur de cultures. Vous ne m'en voudrez pas si je reprends vos mots dans mon roman ?

— Pas du tout, faites seulement. Je suis déjà venue à la bibliothèque de *La Malouinière*, j'aime beaucoup ce que vous avez créé avec Léonard et j'ai été très triste d'apprendre pour le projet avorté de librairie. Vivianne ne méritait pas ça…

— Heureusement, elle commence à aller mieux, même si ça a été un coup dur pour elle.

— Une romancière, une libraire et un bibliothécaire sous le même toit, vous êtes tous liés et soudés par la littérature.

— Et vous pouvez aussi y ajouter la jeune Camille, c'est une grande lectrice. Oui, je crois qu'on partage la même idée : les livres peuvent littéralement vous sauver la vie.

Elle me sourit, l'air d'accord, avant de me conduire dans les couloirs des archives jusqu'à une petite pièce où elle a déposé des registres et plusieurs articles sur la table.

— Vous pouvez consulter, photocopier et noter tout ce que vous souhaitez, je suis à l'accueil si vous avez besoin de moi.

Je la remercie, dépose mon sac sur une chaise, sors mon calepin, mon smartphone pour faire des photos et mon ordinateur puis me plonge dans le passé passionnant de Léonard.

Quand je sors, trois heures plus tard, j'ai l'impression de connaître mon papy ronchon depuis plusieurs dizaines d'années. J'ai vu des photos de lui jeune, j'ai lu tout ce qu'il a développé pour la bibliothèque de la ville dont il s'occupait, les rencontres scolaires qu'il animait, les ateliers d'écriture qu'il proposait et les conférences avec des auteurs qu'il invitait. Il s'est donné corps et âme à la littérature. J'ai appris que ses parents avaient grandi en Bretagne, qu'ils s'appelaient Marie et André, qu'ils avaient longtemps géré une ferme. Madame Widmer m'a expliqué le parcours semé d'embûches du jeune Léonard, très rapidement attiré par les arts et la culture, en conflit permanent avec son père qui souhaitait que son fils reprenne l'entreprise familiale. Léonard, lui, rêvait d'études et de beaux mots, il rêvait de faire évoluer le monde grâce aux livres et aux idées. Alors, après avoir fait des études de commerce, il était parti étudier la littérature française puis s'était dirigé vers le métier de bibliothécaire.

Déjà une forte tête, me dis-je, le sourire aux lèvres, en rejoignant le centre-ville. Comme je compte faire une surprise à Amandine et passer chez elle pour voir comment elle se sent, je m'arrête dans une boutique de jouets et achète un doudou pour la petite Éva.

Je sonne chez elle, le cœur battant. Je me balance d'un pied sur l'autre, hésite à déposer le doudou dans la boîte aux lettres, m'angoisse un instant en me disant que la sonnette a peut-être réveillé le bébé, puis la porte s'ouvre, mettant un terme à mes élucubrations. Amandine apparaît, les cheveux en pétard, des cernes sous les yeux, un pull ample sur le dos.

— Lucie ! Quelle bonne surprise, qu'est-ce qui t'amène ?

— Je ne voulais pas te déranger, je voulais juste offrir un petit cadeau à Éva.

Je lui tends la petite souris bleue en peluche qui m'a fait craquer au magasin, alors qu'elle m'invite à entrer quelques minutes.

Nous nous installons sur les canapés de son salon, un verre d'eau dans les mains pendant qu'Amandine s'excuse du désordre qui règne, retire un jouet qui se trouvait sous ses fesses et me regarde d'un air dépité :

— Je ne m'en sors pas. Je n'ai même pas le temps de me laver les cheveux, c'est intenable ! Comment font les autres mères ? Et pire ! Comment font celles qui ont plus d'un bébé ? Pourquoi personne ne m'avait prévenue ? On devrait informer toutes les femmes qu'avoir un bébé, ça fait disparaître le temps. Et le sommeil. Et l'estime de soi.

— On n'a plus le temps de rien, je sais. Mais tu as créé un être humain qui va t'aimer pour le reste de ta vie…

Elle me jette un regard sceptique.

— Je ne suis pas certaine que ça vaut le manque de sommeil.

Puis, elle reporte son attention sur Éva, allongée dans son berceau, émerveillée par le tourniquet d'étoiles qui se trouve au-dessus de sa tête et se reprend :

— OK, ça vaut toutes les nuits blanches du monde. Mais je dis ça uniquement parce qu'elle ne pleure pas. Chaque fois qu'elle hurle, j'aimerais avoir une *app* pour décrypter ce qu'elle ressent. Peur, soif, faim, froid ? Comment est-on censé savoir ? Je ne suis pas devin !

— On apprend avec le temps, tu verras. Après quelques semaines à la maison, j'ai réussi à comprendre Coline. Chaque pleur était différent. Chaque son signifiait quelque chose de précis. On devait juste apprendre à s'apprivoiser.

— Je comprenais mieux mon chat. Au moins, lui, il allait à la cuisine et miaulait devant l'armoire où je rangeais les croquettes.

— Profite tant qu'elle ne marche pas à quatre pattes. Ça devient des petits démons qui avancent plus vite que toi et qui touchent à tout ce qu'il y a de plus dangereux dans la maison. Chaque objet devient une menace !

Elle écarquille les yeux :

— Quelle horreur !

— Tu vas devenir une vraie Indiana Jones, une aventurière prête à bondir au moindre problème.

— Chouette ! Je peux m'acheter un fouet pour lui arracher à distance tout ce qui pourrait être dangereux ?

Je ris :

— Tu peux toujours essayer.

Quand Éva commence à pleurer, Amandine me jette un regard suppliant et me demande :

— On parie ? Faim, soif, manque d'attention, couche humide ? Ou alors, elle a vu un fantôme, elle croit que je l'ai oubliée, elle a peur d'Indiana Jones ?

Finalement, il se trouve qu'Éva avait faim. Je laisse mon amie et son adorable bébé accroché à son sein et les embrasse toutes les deux avant de leur dire que je reviendrai bientôt.

Il fait presque nuit quand je sors de chez Amandine et les ruelles de Saint-Malo commencent à se vider des badauds et des habitants. Pourtant, alors que je marche en direction de la maison, il me semble apercevoir une silhouette que je reconnaîtrais entre mille. Cette silhouette a trois jambes et marche en claudiquant. Mais qu'est-ce qu'il fiche ici ?

Par curiosité, je laisse l'ombre s'éloigner dans l'obscurité et me dirige vers l'entrée qu'elle vient de quitter. Aurais-je des éléments de réponse aux questions qui me taraudent ? Parmi les noms et les nombreuses plaquettes installées en bas de l'immeuble, je vois une inscription sur l'une d'elles qui attire mon attention :

Yves Montorgeuil Notaire

Le soir, le moment que j'attends depuis que je suis rentrée à la maison finit enfin par se présenter. Je bouillonne depuis des heures, tiraillée entre mon envie de découvrir les secrets de papy ronchon et le respect dont je dois faire preuve pour sa vie privée. C'est pour cela, qu'une fois seule avec Léonard, je me répète en boucle « retiens-toi, Lucie, ce ne sont pas tes affaires ». CELA. NE. TE. REGARDE. PAS.

Paupières clauses, je respire lentement pour calmer ma curiosité maladive, concentrant mon esprit et mes pensées sur des exercices de visualisation (gâteaux au chocolat, plages de sable fin, forêts et petits oiseaux qui chantonnent).

— Pourquoi gardez-vous les yeux fermés ? On dirait que vous êtes en transe, c'est plutôt curieux de vous voir aussi calme. C'est quoi votre problème ?

— Pourquoi êtes-vous allé chez le notaire ?

Oups. Je vous jure que je ne voulais pas lui poser la question. Bon, il l'a bien cherché, non ?

— Vous m'espionnez ?

— Bien sûr. Vous savez bien que je n'ai que ça à faire. C'est mon nouveau dada depuis que je n'écris plus, je vous suis partout.

Il hausse un sourcil :

— Vous êtes sérieuse ?

— Bien sûr que non. Je vous ai vu sortir de l'immeuble d'Yves Montorgeuil après ma visite chez Amandine.

— Vous êtes allée voir Amandine et son bébé ?

— Ah non, non, non, ne tentez pas de changer de sujet, c'est trop gros comme stratégie !

Il me fixe de son regard profond et pousse un long soupir, preuve évidente qu'il connaît ma ténacité :

— Vous ne lâcherez pas le morceau, n'est-ce pas ? Sachez juste que ça concerne tout le monde ici. Tout ce que je peux vous dire, c'est que j'ai sûrement trouvé une solution pour Vivianne.

Je me redresse d'un coup, souris, enthousiaste à l'idée qu'il y a peut-être une issue pour notre libraire adorée et profite de ma bonne humeur soudaine pour charrier un peu mon papy. Peut-être qu'il laissera filtrer une information intéressante ?

— Vous lui avez trouvé une place de travail comme femme de ménage ?

— Non, bien mieux… j'ai eu une idée. Une idée lumineuse !

— Qui est ?

— Laissez-moi quelques jours et je vous en parle. Et en plus, ça pourrait aussi aider Camille…

C'est sur ces mots mystérieux qu'il me laisse cogiter et élaborer des dizaines d'hypothèses. Qu'est-ce qu'il prépare encore ?

Camille vient de passer devant la cuisine avec mon ordinateur dans les mains. Elle a l'air un peu abattue ces temps-ci, je crois qu'elle est impatiente que les choses bougent et même si j'ai écrit à Amandine pour lui expliquer la situation, elle ne m'a pas encore répondu. Je rejoins la jeune fille au salon où Léonard, seul jusque-là, lisait en cachette un roman de Michel Bussi. C'est le troisième qu'il dévore en une semaine.

— Qui est mort ? demande Léonard dès qu'il voit la mine déconfite de la jeune fille en cachant le plus discrètement possible le bouquin sous un coussin.

— Ma motivation, répond Camille en s'affalant dans le canapé.

Je m'installe à côté d'elle, jette un coup d'œil au livre sous le coussin alors que Léonard évite mon regard et lui suggère :

— Tu peux commencer à mettre en place le projet dont tu m'as parlé, non ? Qu'est-ce que tu pourrais faire pour que ça avance ?

Elle réfléchit.

— Je pourrais suivre la formation d'hygiène HACCP et le stage de préparation à l'installation, j'ai lu qu'il n'était plus obligatoire mais comme je n'y connais rien, ça me permettra d'acquérir des bases en gestion.

—Alors, c'est parti, on va t'inscrire.

Camille a eu une très jolie idée : ouvrir un petit café à *La Malouinière* avec trois ou quatre tables, davantage à la belle saison, quand elle pourra installer des places dans le jardin et sur la terrasse.

Après l'obtention de son CAP, elle pourra y proposer ses propres gâteaux pour autant qu'elle respecte les conditions d'hygiène nécessaires. Tant qu'elle n'a pas son diplôme, les pâtisseries doivent obligatoirement provenir d'une boulangerie-pâtisserie où un employé possède le certificat.

—Je m'en occupe ! Je sais que je fais des blagues et que j'aime bien vous taquiner toutes les deux, mais je peux aussi me montrer sérieux quand c'est nécessaire. Laissez-moi faire et donnez-moi cet ordinateur.

Camille lève les yeux sur moi en rigolant et se déplace pour se mettre juste à côté du papy, sur l'accoudoir de son fauteuil. Quand mon téléphone sonne, Léonard m'incite à répondre d'un signe de tête et je les laisse tous les deux pour prendre l'appel. Un rapide coup d'œil sur l'écran m'apprend qu'il s'agit d'Amandine, sa voix fatiguée ne tarde pas à résonner dans l'appareil :

—Lucie, pourrais-tu venir à la maison un de ces jours ? J'aimerais te voir pour parler de ta proposition. Évidemment, il faut que tu viennes avec Camille.

Chapitre 23 : trouver le bonheur et y rester ?

Une fois dans le salon d'Amandine, une tasse de café brûlant dans les mains, je regarde Camille et mon amie faire plus ample connaissance.

Stressée et excitée comme une puce, Camille « pour rester professionnelle même si c'est ta copine » a pris son CV et a préparé des tartes à la crème, du far breton et des biscuits à l'orange parce que « tu l'as dit, c'est ma meilleure carte de visite ». Nous nous régalons avec ses pâtisseries. La preuve ? Amandine a même fermé les yeux pour savourer sa seconde part de tarte. Elle finit par les rouvrir, se lèche les doigts pour profiter des dernières miettes et se tourne vers Camille pour lui dire :

— Voilà, comme tu peux le voir, je suis débordée et on ne s'en sort pas avec la boulangerie et le bébé… On a engagé une étudiante qui gère la vente pour quelques semaines, mais on cherche une solution plus pérenne.

Elle montre le désordre qui l'entoure d'un air dépité et à bout de nerfs avant de reprendre ses explications :

— Mon mari a besoin d'aide pour faire tourner le commerce, il souhaite aussi se développer et potentiellement lancer un service traiteur dans le futur. Même si je vais bientôt pouvoir reprendre une partie de la vente, nous avons besoin de quelqu'un qui pourrait nous soutenir dans la confection des pâtisseries et dans le développement de notre commerce. Lucie m'a expliqué que tu cherchais un stage pendant la durée de ton CAP, alors je me demandais si tu serais d'accord de venir travailler *Aux douceurs d'Amandine* avec nous ?

Je vois la mine de Camille s'éclairer, un sourire plus éblouissant que le soleil illuminer son visage et sa réponse ne se fait pas attendre :

— Oui, deux fois oui, ce serait fantastique !

Des pleurs et des cris se font entendre, interrompant l'entretien, et Amandine tourne la tête vers la chambre du bébé. Éva s'est réveillée. Amandine se redresse et s'apprête à se lever pour aller la chercher mais c'est le moment pour elle et Camille de discuter des détails de son embauche et de la manière dont elles vont s'organiser. Je sais que Camille va aborder son projet de café à *La Malouinière* alors, étrangement et naturellement à la fois, je propose en montrant la chambre d'Éva :

— Tu permets ?

Amandine m'observe quelques secondes comme pour déterminer si je suis sérieuse, réalise que je le suis et elle acquiesce en me gratifiant d'un grand sourire. Elle sait ce que cela représente pour moi. Elle comprend qu'il s'agit d'un moment clé, l'un de ceux qui peuvent bouleverser une trajectoire, modifier une vie. Et elle me fait confiance.

Le cœur battant, je pousse la porte de la chambre de bébé, avance à petits pas, m'emplis de l'odeur de talc et de lotion puis me dirige vers le berceau où je murmure en apercevant le visage chiffonné du nourrisson :

— Hé, ma puce, qu'est-ce qui t'arrive ?

Vais-je oser ? À ce stade, je sais que je vais le faire même si mes émotions jouent au yo-yo. Éva se tourne dans tous les sens, ses joues barbouillées de larmes, ses yeux plissés et ses petits poings serrés. Faim, froid, peur ? Je passe en revue les possibilités. Vais-je oser ? Je respire profondément puis me baisse et la saisis avant de la soulever et de la prendre tout doucement contre mon cœur. Elle se tortille, cherche une position confortable, se rassure peut-être grâce à ma chaleur, attrape mon doigt et le serre. Fort. Mon cœur manque un battement.

J'ai osé.

Pour nous calmer toutes les deux, je fais quelques pas avec elle, la change, lui fredonne une chanson et la berce. Je pensais avoir oublié.

On n'oublie pas d'être une maman.

Tous les réflexes sont là, bien présents. Tout l'amour est là. Toujours. Et je retrouve ce but de la mère, ce but ultime à atteindre dès qu'on a un enfant dans sa vie : faire en sorte qu'il soit heureux.

La crise passe et Éva ne tarde pas à s'endormir dans mes bras, sa tétine dans la bouche, ses paupières closes, sa petite tête nichée au creux de mon cou. J'avais oublié à quel point un bébé qui dort possède un don merveilleux et magique : il vous apaise. Mais Éva m'offre un cadeau encore plus précieux : elle apaise mon âme. Mon esprit. Mon corps. Elle dilue le tourment. Elle terrasse les démons. Et elle me donne de l'espoir.

Je mets plusieurs minutes à me rendre compte que je pleure. Et que je souris.

Je suis en train de créer un arc-en-ciel dans mon cœur.

La pluie et le soleil sont capables de créer une merveille. Je suis abîmée mais les couleurs sont toujours là, au fond de moi, et la beauté du monde et de la vie apparaît également quand le ciel gris est peuplé d'ombre et de nuages.

Quand on revient à la maison, Léonard, Vivianne et ma mère sont impatients de savoir ce qui s'est passé chez Amandine. Moi, j'ai l'impression de planer, j'ai besoin de revenir sur terre. C'est la première fois depuis le drame, depuis que j'ai perdu Coline, que je prends pleinement conscience que j'avance.

J'ai pris un bébé dans mes bras.

J'ai été capable de reprendre un bébé dans mes bras sans m'effondrer. Je l'ai fait.

Depuis que nous sommes rentrées, j'affiche un sourire de débile à tout bout de champ. Et je pleure aussi. Ce qui est plutôt un curieux mélange, et on pourrait même croire que je me suis droguée.

Des films de Coline dans mes bras défilent dans ma tête.

Je sais bien que ce n'était pas toi, mon étoile. Jamais personne ne pourra être toi. Mais, grâce à Éva, j'ai eu l'impression de me reconnecter à toi. D'accepter aussi que tu es partie et que moi, je suis restée. D'accepter également que d'autres enfants puissent me faire ressentir de la joie. Diluer cette injustice de t'avoir perdue.

J'ai moins mal.

Un petit peu moins mal.

Ce n'est pas pour autant que je t'oublie, mon étoile. Mais j'avance avec ton souvenir au creux de mon âme.

Tout le monde se retrouve au salon et je laisse la place à Camille qui, les yeux pétillants, raconte la proposition qu'elle a reçue.

— C'est formidable, répond papy ronchon. Et cela tombe bien que vous soyez tous réunis parce que j'ai, moi aussi, plusieurs choses à vous dire...

Nous y voilà, Léonard va enfin se mettre à table et nous révéler ses magouilles.

— Cela fait plusieurs semaines que je cherche des solutions pour Vivianne et pour Camille et que je réfléchis à toutes les possibilités. Puis, je me suis rendu à l'évidence et j'ai pris une décision que moi seul pouvais prendre...

Il est doué, il faut l'avouer. Grâce à son éloquence, tout le monde l'écoute attentivement. Il n'y a plus un seul bruit dans la pièce, à l'exception de nos souffles. Un tremblement de terre pourrait se produire que nous ne bougerions même pas d'un cil, le moment est trop important et tout le monde le sent.

— ... j'ai fini par créer mon entreprise ! Vu mon âge avancé, j'étais plutôt récalcitrant au départ. En effet, quand vous avez monté le projet de librairie avec Vivianne, je ne comptais pas m'immiscer dans votre commerce. Mais aujourd'hui, il s'agit de la seule solution pour que l'entreprise puisse exister, alors, j'ai franchi le pas. Pour vous tous. Et avec l'accord d'Annick évidemment, puisqu'elle reste la propriétaire de la maison.

Il ménage un silence pour que son annonce fasse son effet et sa tactique fonctionne à merveille puisque nous nous regardons tous d'un air ébahi et curieux, attendant qu'il nous explique la suite et qu'il nous en dise davantage. Apparemment ravi de sa stratégie, il fait de grands gestes en nous révélant les détails de son plan :

— Il s'agira d'un *concept store* qui fera café-librairie-bibliothèque. C'est très à la mode à ce qu'il paraît. J'ai effectué toutes les démarches auprès des différentes institutions et de la chambre de commerce et c'est ainsi qu'est née *La Bibliothèque des bienheureux.*

— Comment avez-vous trouvé les fonds ? demande Vivianne, curieuse et consciente de ce qu'impliquent les débuts d'un commerce.

— Grâce à l'héritage de Rosie, j'avais un apport plutôt confortable. Alors, je suis le gérant et le responsable mais Camille s'occupera du café et Vivianne, de la librairie. Si vous êtes partantes et que cela convient à tout le monde, évidemment.

J'ajoute le plus naturellement du monde avant de réaliser ma bourde :

— C'est vrai, vous avez fait des études de commerce, vous savez comment ça marche.

— Comment savez-vous ça ?

Merde, j'ai merdé ! Noie le poisson, Lucie ! Noie-le ! Je change illico presto de sujet avant de me griller complètement :

— Vous avez sûrement dû m'en parler... mais concentrons-nous sur Camille et Vivianne.

Il a l'air sceptique, de toute évidence il n'est pas encore sénile ! Pour faire comme si de rien n'était, je reporte mon attention sur la libraire. Vivianne a l'air complètement perdue et je me demande si elle a compris ce qu'implique la proposition de Léonard. Pour la faire redescendre sur terre, il lui demande doucement :

— Vivianne, vous voulez bien être mon employée ?

— Bosser pour le vieux ronchon ?

Léonard fait la grimace et s'apprête à répliquer, mais la tête de Vivianne vient de changer. Après la surprise, elle affiche un sourire éclatant :

— Avec plaisir, ce serait génial !

— C'est parfait ! Il ne nous reste plus qu'à tout mettre en place.

Le soir venu, nous fêtons les bonnes nouvelles comme il se doit avec du champagne, des bons petits plats, des rires et beaucoup de joie. Cette fois-ci, c'est la bonne et rien ne pourra nous empêcher d'aller au bout du projet.

Une fois dans ma chambre, les festivités terminées, j'entends trois petits coups contre ma porte, je me lève pour ouvrir et découvrir ma mère, en peignoir, sur mon palier.

— Si vous aviez envie d'ouvrir un cirque, allez voir Léonard. Léonard a la solution à tous les business du monde !

Nous éclatons de rire et elle répond :

— On vit déjà dans un cirque, regarde.

Elle désigne Chichi qui se tient à ses pieds et qui fait un tour sur elle-même au signal de ma mère.

— Trop fort ! Tu devrais proposer ton spectacle, ça ferait une animation sympa pour le *concept store.*

— Je parlerai à Léonard demain mais avant, je voulais prendre de tes nouvelles en tête à tête. Je te connais, je sais que tu es allée chez Amandine mais nous n'avons pas évoqué… le…

— Le bébé ? Tu sais, je peux entendre ce mot maintenant.

Je l'invite à entrer et referme la porte derrière elle tandis qu'elle s'assied sur le bord du lit. Elle me regarde la rejoindre, attendant que je lui raconte, que je partage mes sentiments et je ressens une bouffée d'amour pour cette femme qui a toujours été là pour me soutenir, m'entendre, me porter, m'écouter. J'espère un jour pouvoir être une mère aussi formidable qu'elle.

— On discutait toutes les trois chez Amandine, elle et Camille faisaient connaissance et tout se passait bien. J'étais tellement contente. Tu sais, je me suis sentie heureuse de les connaître et, dans un sens, chanceuse de pouvoir les aider toutes les deux. Je crois que ça m'a donné de la force. Je crois que le fait d'avoir rencontré Léonard, Vivianne puis Camille m'a redonné une certaine foi en la vie. Je me sens utile depuis que je suis là. Et puis, il y a eu ce moment curieux où tout a basculé. Éva a commencé à pleurer et… j'ai proposé d'aller voir ce qu'il se passait. Je l'ai prise contre moi, je l'ai calmée. Elle s'est endormie dans mes bras, tellement confiante. J'ai pensé à Coline. Évidemment. Comment ne pas y penser ? Mais, pour la première fois, je ne me sentais plus désespérée, plus au bord du gouffre. Je me suis sentie plus forte. Enfin, un peu. Je l'ai prise dans mes bras, maman.

— Je suis tellement contente et fière de toi, du chemin que tu as parcouru depuis que nous sommes ici. Tu sais, pour être honnête, je me suis toujours sentie tellement impuissante face au drame que tu vivais. Je ne savais pas comment t'aider, je ne savais pas quels mots choisir pour t'apaiser. Quand tu étais petite, je pouvais panser les plaies, mettre un sparadrap sur une éraflure, t'offrir un bonbon quand tu pleurais et tout finissait par guérir. Adolescente, j'ai soutenu tes peines de cœur avec des pots de glace, des films et beaucoup de discussions. Mais cette souffrance tellement injuste et tellement contre-nature de perdre son enfant, je n'ai jamais su comment faire pour la faire disparaître, pour t'aider à vivre avec. Il était si loin le temps du bisou magique qui soignait tous les drames. Et je n'avais jamais connu cette tristesse, cette douleur, alors comment t'en parler, comment te dire que je comprenais alors que ce n'était pas vrai et que je ne pouvais qu'imaginer ce que tu traversais ?

— Tu as toujours été là, mais c'est moi qui me suis murée dans le silence. J'étais incapable de parler de Coline sans avoir envie de la rejoindre, je ne pouvais pas vivre sans elle. Et parler de sa mort, c'était comme accepter qu'elle ne serait plus jamais avec moi... Chaque mot signifiait réaliser sa perte.

— Et aujourd'hui, qu'est-ce que tu ressens ?

— Avant tout était noir. Un noir épais et dense. Tous ces sentiments sont toujours là, mais ils sont devenus gris. Le manque fait moins mal. Un peu.

— Tu sais que je serai toujours là pour discuter de tout. Et aussi de n'importe quoi...

Nous nous sourions et elle me prend dans ses bras, malgré l'âge, c'est toujours l'un de mes endroits préférés, l'un des seuls où je me suis toujours sentie protégée. Protégée par le super pouvoir de ma maman, par sa tendresse et son amour inconditionnel.

Avant de dormir, j'écris un message à Lionel, impossible de l'exclure de mes cogitations après ce que j'ai vécu chez Amandine :

J'ai beaucoup pensé à toi aujourd'hui. Tu m'as accompagnée dans un moment clé. Merci. Je te raconterai. Un jour, j'aurai la force de tout te raconter.

Dans les semaines qui suivent, c'est un joyeux tourbillon qui agite *La Malouinière.* Léonard et Camille chinent dans les brocantes du coin afin d'acheter des tables et des chaises pour le petit café, papy a investi dans une superbe machine professionnelle pour préparer toutes sortes de boissons caféinées, ils ont également conclu un accord avec un fournisseur de thé bio et Camille a négocié avec Amandine pour confectionner des pâtisseries à la boulangerie et les revendre à *La Malouinière.*

Elle a également pu suivre son stage de préparation à l'installation, une formation facultative qui aborde tous les aspects de la création d'une entreprise artisanale. Des exigences réglementaires en passant par les questions économiques de son projet, elle a passé cinq jours de cours à travailler comme une acharnée pour absorber les bases et s'occuper de l'ouverture ainsi que de l'administration d'un commerce. Elle y a appris des notions sur la gestion commerciale, sur les statuts juridiques, le régime fiscal et le statut social. Léonard n'est jamais loin pour lui prodiguer des conseils, il a même suivi les deux jours de formation avec elle pour obtenir le certificat d'hygiène HACCP. Pour le coup, Vivianne ne s'est pas gênée pour leur donner des trucs et astuces. Je ne pensais pas que l'on pouvait passer autant de temps à discuter de normes et de problèmes de sécurité alimentaire.

Vivianne, elle, passe son temps au téléphone pour acheter des livres et passer des commandes et m'a révélé qu'elle prévoyait une grosse surprise pour l'ouverture de la librairie. Elle a même ajouté que Ralph l'aurait « où elle pense » et je prie tous les jours pour qu'elle ne fasse pas de bêtises qui incluent des poissons pourris, des lettres anonymes ou de la salade.

Voire des pancakes au sirop d'érable.

Nous voilà le jour J. Enfin ! Je regarde tout autour de moi et peine à croire et à réaliser que, cette fois, ça y est, nous avons réussi. Nous avons réaménagé l'intérieur pour y installer trois petites tables colorées, une bleue, une verte et une rose, avec quelques chaises en bois pour l'espace café (le reste du mobilier est dans la réserve en attendant l'arrivée des beaux jours pour ouvrir la terrasse) et Vivianne a réorganisé la librairie et ses rayons afin d'accueillir ses clients.

Camille a travaillé comme une folle pour préparer un buffet de mignardises. Nous déambulons ma mère et moi avec des plateaux bien fournis auprès de tous les invités pour leur proposer à boire et à manger, tandis que Vivianne sort pour accueillir sa « surprise » !

Quant à Léonard, il se délecte du spectacle et parle de Mauriac avec madame Legoff, assis sur le canapé, une coupe de champagne entre les doigts.

Mon plateau dans les mains, j'observe Vivianne à travers la fenêtre, elle n'a pas menti quand elle a dit qu'elle allait frapper fort. Et elle ne s'était pas trompée : il y a déjà une file à l'extérieur de la maison et des lecteurs qui attendent impatiemment cette rencontre, leurs livres serrés contre leur poitrine comme s'il s'agissait de leurs biens le plus précieux.

Comme elle a l'habitude de ce genre d'événements, elle a dressé une table pour l'auteur au centre de ses rayons et y a disposé des piles de son dernier roman. « C'est sa seule date dans la région », a-t-elle jubilé en nous annonçant, hier, ce qu'elle avait mijoté dans son coin. Grâce à son listing de libraire et à son réseau, elle avait prévenu les habitués et les fans de l'auteur. Apparemment, Ralph était furieux que l'occasion lui file sous le nez alors que grâce à la notoriété de son ancienne librairie (elle était connue pour son accueil et sa générosité) et à son carnet d'adresses, Vivianne n'avait pas eu de mal à convaincre l'écrivain.

Michel Bussi, élégant avec une chemise et un veston bleu, entre en souriant sous les applaudissements de ses lecteurs ravis de le voir « en vrai » et s'installe sur la chaise tout en papotant gaiement avec Vivianne.

Léonard, alerté par le boucan, vient de lever la tête et d'apercevoir Bussi. Il interrompt sa conversation et écarquille les yeux, et j'aperçois une joie tout enfantine briller dans ses yeux. Voilà que ni une ni deux, il fausse compagnie à madame Legoff pour filer dans sa chambre avant de me rejoindre, l'air soufflé :

— C'est Michel Bussi ? Le vrai ?

— Oh non, on en a commandé un faux. Le vrai est beaucoup trop cher et bien plus grand.

— Vous vous fichez de moi, c'est ça ?

— Pas le moins du monde. Et comment connaissez-vous Bussi, d'abord ?

— Je connais le milieu et j'ai déjà vu sa tête dans les journaux, c'est l'un des romanciers les plus vendus en France tout de même !

Une heure plus tard, alors que Bussi fait une pause et en profite pour passer aux toilettes, je l'aperçois se faire aborder dans un coin par Léonard. Le vieux papy tient trois romans au format poche et un stylo.

— Très sympa ce coin café, ma chère. Je crois que les places vont être prises d'assaut, vous avez une cheffe pâtissière hors pair.

Madame Legoff me sort de ma contemplation et je cesse de rire, même si la vue de Léonard en train de demander des dédicaces à Bussi restera longtemps dans ma mémoire :

— Oui, Camille est très douée. Elle ne va pas tarder à travailler chez Amandine également, vous pourrez donc déguster ses merveilles ici et au centre-ville. On verra comment on s'organise pour les horaires du café.

— Moi, quand je serai grande, je serai comme Camille. C'est trop bon ce qu'elle fait. Surtout son cake au chocolat. Une vraie tuerie !

Je baisse les yeux sur Mathilde qui tient un morceau de gâteau et qui a du chocolat partout autour de la bouche. Dès qu'elle aperçoit Camille, elle court vers elle pour lui demander de lui répéter une nouvelle fois la recette « du meilleur gâteau du monde ». Camille se prête au jeu et lui rappelle qu'il faut des œufs, de la farine, du beurre, du sucre mais pas trop, du très bon chocolat et beaucoup d'amour puis elle lui promet de lui noter la recette pour la lui donner une fois que l'inauguration de *La Bibliothèque des Bienheureux* sera terminée.

Amandine est passée nous faire un rapide bonjour en fin d'après-midi et nous avons malheureusement dû déplorer l'absence de Karine pour ce jour si spécial. Elle viendra une prochaine fois a-t-elle promis. À la fermeture, Vivianne a vendu des dizaines d'ouvrages et Camille a fait un carton avec son buffet, l'opération de communication autour de nos nouvelles activités a porté ses fruits et je n'ai plus aucun doute : *La Bibliothèque des Bienheureux* vient d'assurer son avenir au sein des murs de *La Malouinière.*

Depuis plusieurs jours, Camille travaille sur une proposition de carte pour son coin café et, pour notre plus grand bonheur, elle teste toutes ses recettes sur nous. Aujourd'hui, nous sommes réunis au salon car elle a décidé de nous révéler son projet de menu. Enfin ! Évidemment, tout le monde lui donne des conseils, à commencer par Léonard et Vivianne alors même qu'elle ne nous a pas remis les descriptifs qu'elle tient et qu'elle a fait créer et fabriquer par une agence de communication de la région.

— Je pense que si on veut contenter tout le monde, il faut miser sur des classiques. Les fruits et le chocolat, argumente Léonard.

— Mais pas trop quand même, car il faut se démarquer ! précise Vivianne.

— De toute manière, même si Camille confectionne des pâtisseries « classiques », elles seront toujours mille fois meilleures que les productions des autres boulangeries, encourage ma mère.

Nous acquiesçons tous et reportons notre attention sur Camille, qui se balance d'un pied sur l'autre, l'air stressé. Elle s'approche et distribue les cartes à chacun d'entre nous puis elle dit dans un souffle :

— Voilà.

Et elle s'assied le plus vite possible sur un coin de fauteuil, les yeux braqués sur nous pour tenter de décrypter nos expressions et leurs significations, attendant nos réactions en se rongeant les ongles.

— Alors ? Pourquoi vous ne dites rien ?

— Je n'ai pas encore lu la moitié, répond Léonard, toujours plongé dans le menu.

— Moi, ça me donne faim, ajoute Vivianne.

Je parcours pour la troisième fois la jolie proposition de Camille et tente en vain de retenir la larme qui pointe au coin de mes yeux, je suis si fière d'elle et de ce qu'elle a accompli. Je pourrai relire son menu une dizaine de fois sans me lasser, mais elle semble prête à exploser à cause de notre silence. Alors, je me lance la première, tout en luttant pour contenir mon émotion et maîtriser ma voix :

— Camille, c'est juste… parfait.

Je ne trompe personne et ma mère me tend discrètement un mouchoir tandis que je renifle et me mouche, les yeux pleins de larmes. Je ne tiens pas plus longtemps et, une fois que je suis sûre que je ne risque pas de lui mettre de la bave ou de la morve dessus, je me lève pour la prendre dans mes bras :

— Je suis tellement, tellement fière de toi et de tout ce que tu fais.

— Je n'avais jamais vu personne pleurer devant une carte, s'émeut Léonard a qui ma mère vient de glisser un mouchoir également. Camille, tu as réussi un subtil mélange entre le classique et l'original, je serai le premier client de ton café. Et le plus fidèle ! Je te laisserai de très bons pourboires.

— Vous êtes le proprio, vous aurez tout gratuitement !

— Champaaagne ! s'écrie Vivianne.

Nous dégustons tous une coupe et trinquons au futur succès de notre petite protégée, le menu de Camille toujours sous nos yeux, ébahis et émerveillés par ce projet que nous avons accompagné et vu naître grâce à la détermination et au talent de la jeune fille.

Et à un vieil ange gardien.

Le Café des Bienheureux

Café	2,50
Noisette	3
Cappuccino/Latte	3,50
Thé bio	3,50
Chocolat artisanal	4
Tarte du jour	4
Éclair selon l'inspiration du moment	4,50
Muffin et sa note citronnée, cœur fondant à la crème	4,50
Le gâteau au chocolat de Mathilde	4,50
Plat du jour avec les légumes bio du potager	12
Glaces artisanales, la boule	3

Gâteaux « faits maison » sur commande

Chapitre 24 : trouver le bonheur et oser le quitter…

Le mois de mai a fait son apparition et,avec lui, l'éclosion des fleurs, le soleil de plus en plus éclatant, les jours qui s'allongent et la douceur du printemps.

Assise tranquillement sur le canapé du salon, je profite d'un instant de calme en buvant mon premier cappuccino avant de voir arriver les clients de la librairie et du café ainsi que les habitués de la bibliothèque. Comme la boulangerie d'Amandine est fermée le lundi, Camille peut consacrer son temps *Au Café des Bienheureux*. Amandine lui laisse confectionner ses pâtisseries dans ses locaux sous la supervision de son mari, puis elle rapatrie son chargement à *La Malouinière*. Elle est en train de ranger sa production du jour et dispose ses pâtisseries sur de jolies assiettes sous cloches qu'elle apportera ensuite sur le présentoir du salon afin que les clients puissent les voir. Mettez ça sous le nez des gens et ils auront envie d'y goûter même sans avoir faim ! C'est un stimulus imparable. Rien que les odeurs de beurre, de citron et de chocolat donnent l'eau à la bouche. Je souris en l'observant tandis qu'elle chantonne. Elle a l'air heureuse. Elle a l'air d'avoir trouvé l'équilibre qui lui manquait cruellement. Elle a l'air d'aller bien.

— Qu'est-ce qui vous faire sourire comme ça de bon matin ?

Léonard traîne ses vieilles jambes et sa canne dans ma direction et je lui sers un café pendant qu'il s'installe à mes côtés.

— C'est Camille, ça me fait tellement plaisir de la voir aussi impliquée et aussi épanouie. Elle a un avenir, Léonard, et c'est grâce à vous.

— Je sais… mais c'est aussi et surtout grâce à votre bienveillance, à votre gentillesse et à votre disponibilité.

Je pose ma main sur la sienne, reconnaissante. On a fait quelque chose de bien. J'ai fait quelque chose de bien.

Le lendemain matin, nous nous retrouvons dans la cuisine avec Vivianne et ma mère pour le petit déjeuner. Camille est partie aux aurores pour rejoindre la boulangerie *Aux douceurs d'Amandine,* son job l'épuise et les horaires sont dingues mais elle adore ça. La librairie enregistre un très bon démarrage et Vivianne ne m'a jamais semblé aussi en forme. Elle continue les séances avec Simon mais j'ai l'impression qu'ils passent de plus en plus de temps à rire et à boire du thé plutôt que de travailler sur les troubles mentaux de la libraire. C'est pour cette raison que j'ai décidé de cuisiner Vivianne ce matin sur sa relation avec le psychiatre. Je veux en avoir le cœur net :

— Dis Vivianne, ta thérapie avec Simon se passe toujours bien ? Il me semble que tu n'as plus essayé de lui balancer des éponges depuis longtemps. C'est louche !

— Oh Lucie, je sais que tu sais. Je te vois rôder derrière ma porte chaque fois qu'il vient pour mes consultations.

— Mais, je… je ne vois pas de quoi tu parles, enfin ! Nous éclatons de rire toutes les trois.

— Pour vous dire la vérité, ça fait depuis belle lurette qu'il ne vient plus pour des consultations officielles. Vous n'aviez pas remarqué qu'il passait toujours après 18 heures ?

— Après ses journées de travail ? Je n'arrive pas à y croire ! Mais… vous avez déjà… ?

Je fais un geste explicite avec mes doigts pour mimer un bisou.

— On parle. Pour le moment… mais je l'aime bien. Et je crois qu'il m'aime bien aussi. Je crois que le thérapeute est devenu le thérapé.

— Ce mot n'existe pas dans le dictionnaire, ajoute ma mère « experte en dico ».

— Je sais, mais je l'adore moi, ce mot. Et Simon a beaucoup de névroses dont il aime me parler, je crois que ça le soulage. Il a un gros problème avec sa mère, il a vécu avec elle jusqu'à ses trente-cinq ans ! trente-cinq ans, vous vous rendez compte ? En plus, il n'a jamais vécu avec une femme.

— Ceci explique sans doute cela, conclut ma mère, philosophe.

Je jette un œil à l'horloge murale, préoccupée par l'absence de bruit en provenance du salon ou du rez-de-chaussée. C'est beaucoup trop calme pour être normal.

— Vous avez vu Léonard ? Il est déjà 11 heures et je ne l'ai pas encore entendu grogner ce matin. C'est curieux…

Vivianne hausse les épaules :

— Il est peut-être parti se balader ?

— Peut-être, oui. Je vais aller jeter un coup d'œil.

Je me lève et fais quelques pas pour atteindre le salon. La pièce est aussi silencieuse que depuis mon réveil et sa porte est encore fermée. Je le connais et, d'habitude, s'il est à la maison et réveillé, elle est toujours ouverte. Il ne la ferme que pour la nuit. D'après lui, c'est un signe de sociabilité dans une vie communautaire, un signe qu'on peut le solliciter à tout instant et qu'il est disponible pour autrui. Devrais-je aller jeter un coup d'œil ? C'est un truc à se faire engueuler par papy ronchon qui risquerait de m'accuser de violer son intimité.

À 13 heures, toujours aucun mouvement du côté de sa chambre et je commence vraiment à me faire du souci. Il est loin le temps où il sortait en ville pour préparer ses magouilles et régler les procédures administratives afin de lancer *La Bibliothèque des Bienheureux*. Et il est trop tard pour aller acheter les kouign-amann aux pommes pour lui et Mathilde. Bon, c'est décidé, je vais passer l'aspirateur devant sa porte pour voir si ça le fait râler.

Je demande la permission à Vivianne avant d'actionner la machine et la laisse tourner pile devant sa chambre en attendant devant, les bras croisés.

Rien. Aucune réaction.

Je range l'appareil et passe à une tactique plus agressive : je vais frapper à sa porte. Un coup. Deux coups. Trois coups. Toujours pas de réponse.

Cette fois-ci, j'entre. La pièce est plongée dans l'obscurité, je plisse les yeux en attendant qu'ils s'habituent à la pénombre et me focalise sur la lumière qui perce timidement à travers les volets. Je vois une forme sous les draps et lui demande en m'approchant doucement de quelques pas :

— Vous êtes réveillé ?

Il doit encore dormir sinon il m'aurait répondu un truc du genre « si je vous réponds, c'est que je ne dors pas ». J'avance encore et dit plus fort :

— Vous dormez encore ? Vous couvez peut-être quelque chose. Vous avez vérifié si vous aviez de la fièvre ? Vous savez qu'à votre âge, le moindre rhume peut vous clouer au lit pendant des semaines ? Vous ne pourriez même plus boire de Red Bull ! Imaginez le drame !

Ces provocations sur son âge et sur sa boisson favorite devraient suffire à le faire réagir et à me lancer une vacherie comme il en a l'habitude.

Mais il n'y a que le silence qui me répond. Cette fois, je commence à m'inquiéter sérieusement. Et s'il avait fait un malaise pendant la nuit ?

— Léonard ?

Je tente une dernière provocation. Une provocation qui ressemble davantage à une tentative désespérée. À une tentative pour refréner le terrible sentiment qui m'étreint. À une tentative pour détruire cette boule dans la gorge qui vient de se former et pour enrayer cette peur panique dans mon ventre qui se propage plus vite qu'un tsunami. Mais ma voix trahit mon émotion quand je mets à crier :

— C'est bon, arrêtez de jouer au fantôme. Vous avez passé l'âge de vous cacher sous les draps pour me faire « bouh ». Léonard ?

Je m'approche encore un peu, m'assieds sur le lit et tends la main pour passer au second round et le secouer un peu. J'ai encore de l'espoir. Je tire un peu le drap. Il ne peut pas…

— Léona…

Saisie par l'effroi, je recule, la main devant la bouche. Mon papy ronchon est là. Les yeux fermés. L'air paisible. Il ne bouge pas.

On dirait presque qu'il a un sourire aux lèvres.

— Oh non. Léonard...

Son dernier sourire.

Je pose la main sur la sienne. Elle est devenue froide et j'aimerais la réchauffer. J'aimerais tant lui redonner sa chaleur, sa vie, la voir s'animer sous mes yeux. Pendant quelques secondes, j'y crois. Je mets toute ma force vitale dans mes doigts.

Ça ne peut pas être fini ? Si ?

Je tente de mobiliser toutes mes ressources, je l'imagine ouvrir les yeux, avoir un sursaut en m'apercevant là, assise sur son lit, je l'imagine me réprimander comme une enfant, je l'imagine se lever et me rejoindre au salon, une canette de Red Bull à la main.

Je l'imagine en vie.

Alors que je prends conscience de la terrible réalité, les larmes commencent à rouler sur mes joues. Je prends quelques minutes pour pleurer avant de me lever, de lui murmurer dans la pénombre un long « merci », puis je quitte la chambre pour aller prévenir les autres.

Les jours qui suivent sont un mélange de tristesse, de reconnaissance et d'organisation. Les pompes funèbres à prévenir, Karine à contacter, les obsèques à préparer. Supporter le poids de son propre chagrin et celui, trop lourd, des autres.

Dans trois jours, nous enterrerons Léonard à Saint-Malo. Chez lui. Il rejoindra sa Rosie au cimetière.

Le thanatopracteur m'a demandé de lui apporter des vêtements pour Léonard afin que son dernier habit soit à la hauteur de l'homme qu'il a été de son vivant. Vivianne aurait adoré qu'on l'enterre en pyjama, mais nous lui avons fait comprendre qu'un costume serait plus approprié pour l'occasion.

La mort dans l'âme, j'entre dans sa chambre vide, vide de sa présence, vide de sa tendresse, vide de son amour, pour me mettre en quête des habits qu'il portera pour son dernier voyage.

Je me sens comme une intruse alors que j'ouvre son placard pour fouiller dans ses chemises, je mets mes mains sur ses pantalons à pince, je triture de mes doigts ses pulls en laine, je peine à ravaler mes sanglots tandis que je regarde ses vestes de costume suspendues. Je choisis une chemise bleue, un costume gris anthracite et des chaussures vernies. Une larme vient s'écraser sur le cuir brillant.

Je dépose mon chargement sur le lit et me mets en quête de sa montre préférée. J'ouvre les tiroirs de sa table de chevet, aperçois l'objet que je m'empresse de poser sur le tas de vêtements. C'est là que je les trouve.

Les lettres.

Chaque enveloppe porte le nom d'un habitant de *La Malouinière*. Vivianne. Camille. Annick. Moi.

Une autre enveloppe semble plus officielle. Elle porte un en-tête avec la mention du cabinet d'Yves Montorgeuil. J'ai peur de comprendre mais je suis touchée par la préparation de Léonard, par ses intentions et par sa prévoyance.

Mais avant d'ouvrir ce document, je saisis l'enveloppe sur laquelle Léonard a griffonné mon nom de son écriture devenue hésitante avec le temps et l'ouvre délicatement, prenant garde de ne pas la déchirer malgré mon empressement.

L'émotion me submerge quand je commence à lire ses premiers mots.

Ma chère Lucie,

Je ne saurais vous dire à quel point je suis fier de vous, de votre évolution, de votre force. Je vous ai rencontrée quand vous étiez fragile et triste, à un moment où le gris et le noir dominaient encore le ciel de votre vie.
Puis, je vous ai vu sourire et j'ai vu l'espoir qui ne demandait qu'à grandir en vous. Vous ressembliez à une graine de fleur qui avait besoin d'eau et de soin pour s'épanouir, grandir et reprendre des forces.
Je vous écris cette lettre pour vous dire merci. Je suis un piètre orateur et, comme vous, je préfère le poids des mots. Je vais sûrement glisser ceux-ci dans la boîte aux lettres avant d'aller me balader pendant des heures afin que vous ayez le temps de les lire tranquillement en mon absence.
J'aimerais que vous sachiez à quel point je vous suis reconnaissant de m'avoir offert tellement plus qu'un toit. Vous m'avez offert une nouvelle famille.
J'ai constaté avec joie qu'après une longue absence, les mots étaient revenus à vous. Je sais que vous écrivez, le nez plongé dans votre manuscrit, concentrée sur votre travail. J'espère que mon histoire avec Rosie vous inspire. Oh ne m'en voulez pas d'avoir deviné, l'archiviste municipale n'a jamais su tenir les secrets ! Je sais que vous en ferez quelque chose de bien. S'il vous plaît, une fois que vous l'aurez terminé, envoyez votre roman à Karine, elle sera la gardienne de cette histoire familiale.

Je vous vois aussi au quotidien vous reconstruire. Vos sourires et votre lumière m'informent que vous êtes prête. Vous êtes prête à courir, à danser.
À partir.
Vous êtes prête à remettre de la couleur dans votre vie. Il est temps.
Mais, vous savez tout comme moi que le dernier pas est à franchir pour poursuivre la reconstruction. Et vous savez comme moi que ce n'est pas à Saint-Malo sur le sable de la plage du Sillon que vous le ferez, ce prochain pas.
Ce sera sur les pavés de Paris.
Surtout, n'ayez pas peur et ne vous inquiétez pas pour Camille et Vivianne, je veille sur elles. Et je sais que vous reviendrez, ce n'est qu'un au revoir et non un adieu.
Votre unique responsabilité maintenant est de prendre soin de vous. Vous le méritez.
Lucie, remettez des couleurs dans votre vie. Savourez les nuances, les ombres et les lumières.
Vivez.

Papy (pas si) ronchon

Je termine ma lecture en larmes. Alors que je repose la lettre sur le lit, un petit carton glisse sur le sol dans un bruissement. Intriguée, je me baisse pour le ramasser et peine à croire ce que j'ai sous les yeux. Il a osé ?

J'ai envie de rire.

Un bon accompagne la lettre.

Pour Lucie Chevalier
Stage de peinture à l'Atelier des Petites Écuries Paris

Je remarque la date. Les cours commencent la semaine prochaine. Je lève les yeux au ciel. Petit coquin, va !

À ce stade, une nouvelle vague de larmes secoue mon corps et m'emporte. Voilà que mon papy me renvoie fouler les pavés de Paris pour remettre des couleurs dans ma vie.

Il a raison.

C'est le dernier obstacle à franchir. Retrouver ma ville.

Parler à Lionel peut-être.

Remettre de l'ordre et des rayons de soleil dans mon brouillard.

Je percute en revoyant la scène de cette fameuse nuit où je l'avais surpris en train d'écrire. Voilà donc ce qu'il préparait à mon insu. Des lettres pour chacune de nous.

Je m'attèle ensuite à la lecture de l'autre document : il s'agit d'une lettre avec les coordonnées de son notaire. Léonard nous invite à y prendre rendez-vous dès que possible afin de découvrir ses dernières volontés en la présence de Karine.

C'est ainsi que nous nous retrouvons tous, dès le lendemain, dans le bureau austère du notaire pour découvrir les souhaits de notre papy. Karine a fait le déplacement avec Bastien depuis Paris. Ils resteront avec nous jusqu'à l'enterrement. D'une voix froide et solennelle, le notaire annonce, assis derrière un immense bureau en acajou :

— Dans les dispositions qui vous concernent, Léonard a décidé de remettre la gérance de son entreprise La Bibliothèque des Bienheureux à Camille. Sa fille Karine est la légataire officielle. Il vous est également expressément demandé de respecter une clause importante et non négociable : garder Vivianne en tant qu'employée. Dans deux ans, quand Camille aura obtenu son CAP, elle pourra préparer ses pâtisseries à *La Malouinière* si elle le souhaite. Il faudra certainement réaliser des aménagements, et pour ce faire, Léonard a laissé un fond confortable pour le développement de l'entreprise qu'il avait versé avant son décès sur le compte de la société. S'il y a des travaux à effectuer, il faudra évidemment l'accord de la famille Chevalier puisqu'elle est propriétaire des locaux. Chaque modification ou ajout de matériel devra être discuté puis approuvé entre vous.

Vivianne fronce les sourcils, l'air grave et semble réfléchir aux mots que le notaire vient de prononcer. Elle jette un regard à Camille, plisse les yeux pour l'observer de bas en haut puis reporte son attention sur moi et me demande :

— Donc, après avoir bossé pour le vieux ronchon, je vais travailler pour la gamine ?

Comme nous ne savons jamais comment interpréter les paroles de Vivianne, nous avons appris à attendre quelques secondes avant de réagir. Grand bien nous fasse puisqu'elle se met à sourire et lance dans un enthousiasme non feint :

— C'est génial !

Tout le monde semble soulagé, Camille renifle et ajoute :

— C'est super, oui mais… qu'est-ce qu'il va me manquer. Comment je vais faire si j'ai des questions ? Comment je vais faire si j'ai besoin d'aide pour la gestion ? Je ne suis qu'une débutante. Je risque de tout faire foirer…

Vivianne produit un son qui ressemble vaguement à un « non » mais qui sonne comme un « rnok » puis touche son nez d'un air pensif :

— Je sais que j'ai légèrement fait faillite avec mon commerce mais j'ai quand même tenu plus de dix ans avant qu'il ne ferme. Tout marchait très bien et ça aurait certainement continué si je n'avais pas fait une dépression à cause de mon ex-mari. Ce n'est qu'un…

Pour éviter que Vivianne balance des horreurs et recommence à insulter Marc, ma mère lance un étonnant :

— … un sombre grippeminaud !

Vivianne acquiesce :

— Comme c'est charmant, ces insultes médiévales, j'adore ! Tout ce que je veux dire, c'est que je pourrai t'aider, Camille. Je n'ai plus le droit de gérer un magasin mais je sais comment ça marche.

Camille a l'air un peu rassuré et remercie Vivianne alors qu'une idée pour nous remonter le moral germe dans mon esprit. Une fois le rendez-vous terminé et la paperasse réglée avec Karine (la fille de Léonard a accepté de nous soutenir dans notre projet de *concept store*), je propose :

— Et si on se retrouvait tous à *La Malouinière* ? Nous pourrions nous raconter des anecdotes sur Léonard ? Chacun notre tour ? Un truc qu'on a vécu avec lui, un moment où il nous a aidés ou a fait une blague, vous voyez ? Juste histoire de penser à lui et de rire un peu au lieu de pleurer comme des madeleines ?

Tout le monde est partant.

Une fois de retour à la maison avec toute la troupe additionnée de Karine et de Bastien, nous nous installons au salon avec des parts de gâteau au chocolat et des tasses de thé. Le tour de table commence par ma mère qui revient sur le jour où Léonard avait remplacé sa crème de jour par du yaourt au citron.

J'allume une bougie pour notre papy ronchon.

Pour avoir sa lumière encore un peu dans notre salon. Pour avoir l'impression qu'il est encore un peu avec nous.

Il pleut dans mon corps et dans mon âme le jour où l'on enterre Léonard. Son hommage à l'église a réuni une belle partie des habitants et des anciens de la ville, des gens qui avaient eu le bonheur de le croiser au cours de leur vie, lors d'une discussion dans la rue ou au détour d'un livre à la bibliothèque.

De nombreux témoignages et mille anecdotes sont échangés au fur et à mesure de la matinée, ponctuant cette journée de larmes et de rires.

Au cimetière, les plus intimes se rassemblent désormais autour de la tombe qui accueille le cercueil en bois clair de Léonard. Camille n'arrête pas de pleurer, elle voit partir un grand-père, Vivianne ne cesse de chanter pour dissimuler son trouble, ma mère garde le silence, se rappelant sans doute le jour où Léonard a mis du sel dans son café. Nous nous regardons et sourions derrière nos larmes parce que nous nous sentons riches de ces moments qui ont compté.

Léonard a bouleversé nos vies.

Léonard a été notre ange gardien à toutes.

Et nous savons ce que nous lui devons. Nous savons que les enseignements qu'il nous a transmis ainsi que ses mots resteront à jamais en nous comme l'un des plus beaux cadeaux de nos vies.

Karine presse un mouchoir contre ses yeux, peinant à contenir ses sanglots, Bastien à ses côtés. Alors que le cercueil est mis en terre, elle laisse enfin sortir sa peine et ses regrets, et, près de moi, elle murmure :

— Je pensais qu'on avait encore le temps. On s'était réconciliés, tout allait mieux et j'étais sûre que…

J'imagine ce qu'elle ressent, ce sentiment qui ne partira pas, ce regret et ces « j'aurais dû venir le voir », « j'aurais dû l'appeler », « je n'aurais pas dû manquer la fête de Pâques et l'inauguration de son entreprise » ou encore « j'aurais dû lui dire que je l'aimais » qui l'accompagneront pendant longtemps.

Elle lève sur moi ses yeux brillants et entourés de son mascara emporté par les larmes d'un air interrogateur et me demande :

— Est-ce que… est-ce que je pourrais venir à *La Malouinière* de temps en temps ? Pour voir les livres de sa bibliothèque et pour, peut-être, boire un café ?

— Bien sûr. Vous serez toujours la bienvenue, Karine.

Un peu plus loin, je remarque Bastien qui console Camille en la prenant dans ses bras et les montre d'un geste de tête avant d'ajouter :

— Il se pourrait que vous ayez encore d'autres raisons de venir dans le coin.

— Oh, vous croyez que… ?

— Il me semble évident que nos deux jeunes s'entendent un peu plus que « bien ». Je crois que Léonard aurait adoré les voir ensemble.

Elle sourit :

— C'est bien possible. Il a toujours beaucoup apprécié Bastien et il ne souhaitait que son bonheur.

— Pour vous aussi. Et il vous a toujours aimé. Malgré les disputes et vos désaccords. Il parlait beaucoup de vous, vous savez…

Elle me jette un regard triste et se remet à pleurer. Je la serre dans mes bras, un long moment, je la soutiens comme je peux, même si je sais qu'une étreinte est un faible réconfort pour supporter la perte d'un père. Elle s'écarte et renifle avant de se moucher, l'air reconnaissant. Elle se sent peut-être prête maintenant à déposer sur le cercueil la rose blanche qu'elle tient. Elle s'approche, la laisse tomber dans un bruit sourd et triste qui ricoche sur le bois sec, imitée par Bastien puis c'est au tour de Mathilde de venir au bord de la tombe. Dans ses petites mains, elle serre un sachet froissé et je souris en devinant ce qui se trouve à l'intérieur. Elle nous regarde avant de dire d'une petite voix :

— Il faudra bien qu'il mange pendant son voyage au ciel, non ? Ce sera son dernier kouign-amann aux pommes. À moins que les anges en préparent là-haut, mais ça m'étonnerait. Ce sera bien son dernier, hein ?

Elle a les larmes aux yeux alors qu'elle jette la pâtisserie dans le trou et ça me fend le cœur. Camille, qui a délaissé les bras de Bastien pendant quelques secondes, se poste juste derrière la petite fille et pose sa main sur son épaule pour la consoler :

— Ne sois pas triste, Mathilde, tu pourras venir à la maison quand tu veux et je te préparerai ton gâteau au chocolat préféré. Si tu en as envie, on pourra papoter et je te lirai même des histoires.

— C'est vrai ?

— Bien sûr. Je le ferai avec plaisir.

— Camille ?

— Oui ?

— J'aurais trop aimé avoir une grande sœur comme toi.

Camille la prend par la main droite, Bastien en profite pour saisir sa main gauche et la jeune fille, entourée par l'enfant et son amoureux, entraîne les autres invités vers le restaurant où nous avons décidé de prendre l'apéritif et de manger tous ensemble. Un moment pour se réparer, pour se réunir, pour se recueillir, pour se souvenir. Une fête pour célébrer les gens qu'on a aimés, ce temps qui passe trop vite, ces êtres qu'on aurait souhaité garder auprès de nous pour toujours.

Pour moi, ce repas a un avant-goût d'au revoir.

Dans ma tête, je profite de ces instants en prenant pleinement conscience que je ne reverrai pas toutes ces personnes auxquelles je tiens avant quelque temps. Je me gave de chaque sourire, je me nourris de chaque discussion avec madame Legoff, avec Simon qui ne lâche pas Vivianne des yeux, avec Mathilde, avec les habitués de la bibliothèque, avec madame Widmer, avec Karine et Bastien. Et avec Amandine, son mari et la petite Éva qui nous ont rejoints dès la fermeture de la boulangerie.

Je ne sais pas quand je les reverrai. Mais je sais que je les retrouverai. Un jour.

Le jour du départ a sonné. Nos valises sont dans le coffre de ma Twingo, ma mère semble ne pas vouloir quitter le canapé du salon et trouve toutes les excuses du monde pour rester encore quelques minutes, Chichi sentant l'excitation ambiante court partout dans les escaliers, Vivianne et Camille paniquent à l'idée de vivre sans nous et Coco me suit comme un pot de colle depuis ce matin. Pour dire mentalement mes « au revoir » à toute la maison, je fais le tour de chaque pièce comme un rituel, pour rassembler mes plus beaux souvenirs et les conserver précieusement dans un coin de ma tête. Une trousse de secours du bonheur en quelque sorte.

En fait, j'ai peur de retourner à Paris, peur de percer cette bulle bretonne, peur des sentiments qui vont resurgir, peur de me confronter au passé. Pourtant, je me sens plus forte, comme si ces quelques mois passés à Saint-Malo m'avaient remplie d'amour et d'une énergie que je croyais morte à jamais. J'ai rencontré de nouvelles personnes, j'ai tissé de précieuses amitiés, j'ai monté et concrétisé des projets.

J'ai mis le point final à mon roman. J'ai mis trois petits points à ma douleur.

Je me suis rendu compte que je n'étais pas une bonne à rien. Je me suis rendu compte que j'avais avancé.

Encore parfois à reculons mais j'avance, un pas après l'autre.

J'ai mal. Et j'aurais toujours mal. Je sentirai toujours ce manque et ce vide. Même si j'ai d'autres enfants un jour. Coline aura toujours sa place dans mon cœur. Comme elle l'a eu pendant neuf mois dans mon ventre et pendant cinq mois dans nos vies.

Encore quelques pas et j'arriverai dans la chambre de Camille. Je lui ai proposé de reprendre la mienne mais elle a refusé catégoriquement parce que « tu reviendras souvent et tu auras besoin de retrouver tes marques ». Elle l'a dit en essuyant une larme sur sa joue. Une larme qu'elle ne voulait pas que je voie alors elle a souri en se forçant un peu.

Quand je pousse sa porte et que je regarde à l'intérieur, je me souviens de son arrivée, de sa fragilité, de sa colère et de sa tristesse. De son passage à l'hôpital aussi, puis de sa reconstruction, de son lien avec Léonard, du jardin dont elle s'est occupée avec lui, de son engagement écologique et de tout ce qu'elle a changé dans la maison.

Je souris.

Et je change de pièce pour me rendre dans l'antre de Vivianne.

Je la revois dans son lit quand elle refusait de bouger, je me souviens de son cri quand elle a vu Chichi et de sa course dans les escaliers, j'observe ses produits ménagers qui s'étalent comme une collection sur ses étagères et je repense à la crème qu'elle a balancée sur Simon, aux pancakes qu'elle a écrasés sur le visage de Ralph puis à ses nombreux sourires quand nous avons enfin ouvert la librairie.

Je termine mon tour en me rendant dans la chambre de Léonard, je me remémore les kouign-amann aux pommes, les classiques de la littérature qu'il m'a fait découvrir et aimer à nouveau, ses bougonneries, ses conseils et son soutien.

Une larme que je ne peux retenir roule sur ma joue.

Dans cette larme, il n'y a pas seulement de la tristesse. Il y a aussi une bonne dose de reconnaissance, d'amour, et de gratitude pour tout ce que j'ai vécu ici.

Je jette un coup d'œil à la montre. Il est temps.

Alors, je quitte la pièce et retrouve les filles au salon. À mon arrivée, elles lèvent toutes la tête dans ma direction, comprenant que le moment est venu. Appuyée contre le chambranle, je leur souris et leur fais un geste pour qu'elles restent immobiles encore une seconde. Juste une seconde pour que je fige cette image dans ma tête. Camille, Vivianne, ma mère dans la pièce commune de *La Malouinière*.

Nous nous sourions puis elles se lèvent pour sortir.

Nous sommes fin mai et il fait bon sous le soleil, le jardin commence à fleurir, les légumes et les fruits du potager se gorgent de ses rayons bienfaisants.

Amandine vient d'apparaître au bout de l'allée avec sa poussette et nous fait de grands gestes en guise de bonjour tout en pressant le pas pour nous rejoindre. Une fois près de nous, elle s'exclame :

— On arrive juste à temps, apparemment.

Pendant quelques secondes, nous avons toutes l'air empâté, figé, gêné sans savoir quoi faire, ni comment nous dire au revoir. Comment prend-on congé des gens qu'on aime ?

— Allez, viens là ma belle, finit par dire Amandine en m'attirant dans ses bras.

Incapable de retenir mes larmes, je me mets à sangloter contre son épaule et la serre fort contre moi. Encore en train de pleurer, je la regarde pour la rassurer (et certainement pour me rassurer moi-même par la même occasion) :

— Je reviendrai bientôt, tu peux en être sûre !

— Tu as intérêt ! Parce qu'Éva aura envie de revoir sa marraine très vite.

Sa… quoi ? J'écarquille les yeux, pas vraiment sûre d'avoir compris ses derniers mots et me repasse sa phrase plusieurs fois en accéléré dans ma tête avant de réaliser ce qu'elle vient de me dire. Amandine hausse les épaules, les joues légèrement rosées :

— Si tu es d'accord, bien sûr.

— Oh mon Dieu, mais bien sûr que je suis d'accord !

Nous reniflons toutes les deux et retombons dans les bras l'une de l'autre. Notre étreinte terminée, je me penche au-dessus de la poussette et embrasse tendrement ma nouvelle filleule :

— Tu verras, on va très bien s'entendre toutes les deux. Quand tu seras plus grande, je te gaverai de bonbons et quand tu seras ado, je te donnerai des conseils sur les garçons. Ah et quand tu seras adulte, on boira plein de vin ensemble !

— Hé, j'ai tout entendu ! réagit Amandine avant d'éclater de rire.

Puis, le tour est venu de faire mes au revoir à Vivianne, qui regarde d'un air distrait la voiture comme si elle n'était pas vraiment présente :

— Je peux être honnête, Lucie ?

— Tu l'as toujours été, non ? Et tu n'as jamais demandé la permission !

— Eh bien, je n'ai pas envie que tu partes ! Annick non plus d'ailleurs. J'ai même envie de garder le bébé chien ! Tu crois que je suis en train de retomber malade ?

— Non, tu n'es pas malade, Vivianne. Il y a Camille et Simon, tous tes clients aussi ! Et n'oublie pas Coco, il a besoin de toi.

Le petit goéland a quitté mes pieds pour faire le tour de la Twingo.

— Je dois avouer que tu as souvent raison, ta grande sagesse va me manquer.

— Et moi, c'est toi qui vas me manquer, Vivianne. Ce n'est pas un adieu, c'est un au revoir, d'accord ?

Elle acquiesce. Camille, qui est debout juste à côté de Vivianne, recule d'un pas quand elle sent que son tour approche et je penche la tête pour lui sourire, consciente de sa stratégie. Elle avoue d'ailleurs :

— Je m'éloigne parce que je ne veux pas te dire au revoir.

— J'avais cru remarquer.

— Qu'est-ce que je vais bien pouvoir faire sans toi, Lucie ?

— Oh ma belle, tu es tellement plus forte que ce que tu penses ! Tu vas assurer !

Nous nous prenons dans les bras et restons dans cette position de longues minutes à renifler de plus belle. Au creux de son oreille, je lui murmure des mots que j'espère encourageants et rassurants :

— Regarde tout le chemin que tu as parcouru depuis notre rencontre. Regarde ce que tu as créé. *Le Café des Bienheureux* cartonne, tu vas commencer les cours et tu as obtenu un stage. Tu es aujourd'hui à la tête d'une entreprise, tu peux être fière de toi. Dans quelques mois, je reviendrai pour vous voir et, d'ici là, tu as mon numéro de téléphone. Tu peux m'appeler jour et nuit, je serai toujours là pour toi, tu m'entends ? Toujours.

Je la sens faire « oui » de la tête contre moi et la serre encore plus fort. Puis, je regarde encore une fois mes amies, Vivianne, Camille et Amandine avant de me diriger vers la voiture et de remarquer que Coco trône fièrement sur la Twingo et croasse comme un forcené.

— Allez, mon Coco, descends du toit !

— Croarrrrrr ! répond-il en se mettant à sautiller.

— Coco, allez !

— Crrrrrrrrrr.

Apparemment, il ne veut pas m'écouter et sautille de plus belle au rythme des aboiements de Chichi, ces deux animaux sont intenables. Je m'approche de l'oiseau et lui caresse doucement la tête pour le rassurer. Il veut peut-être juste me dire au revoir lui aussi :

— Tout ira bien mon Coco. Les filles prendront soin de toi, n'aie pas peur.

Comme s'il avait compris, il volète pour descendre et rejoint Camille et Vivianne. Je m'installe derrière le volant, ma mère boucle sa ceinture, nous retenons nos larmes même si le regard que nous échangeons est sans équivoque et je démarre en faisant de grands signes à mes amies à travers la fenêtre ouverte.

Sur la banquette arrière, le manuscrit annoté par Léonard, sa lettre et le bon pour l'atelier de peinture ont été précieusement glissés dans mon sac.

La route du Sillon s'anime des badauds qui profitent de la douceur du printemps et de la beauté de l'océan. La marée du matin est en train de se retirer, découvrant la plage qui s'étend à perte de vue. Je profite d'humer cet air frais empli des embruns, de me remplir de cette nature sauvage et du vent qui souffle, comme souvent en Bretagne.

Avant de prendre l'autoroute en direction de la capitale, il me reste une chose à faire. Je me gare sur le bas-côté après avoir prévenu ma mère, sors mon portable et appuie sur un nom que j'ai oublié et mis de côté depuis bien trop longtemps.

Mon cœur cogne contre ma poitrine alors que les secondes s'égrènent et que j'attends qu'il réponde. Chaque sonnerie me semble durer une éternité.

Un bruit.

Il décroche et je dis simplement :

— Je suis prête à revenir à Paris.

— Je serai là.

Je souris.

Il est grand temps de remettre des couleurs dans ma vie.

FIN

Remerciements

Les habitants de *La Malouinière* m'ont accompagnée durant de longs mois. Je les ai tous aimés et j'ai eu l'impression qu'ils étaient devenus des amis proches, si proches qu'ils m'ont manqué à la seconde où j'ai terminé d'écrire leurs aventures. J'espère que vous aurez la même sensation à la lecture de ce roman.

Merci Isa d'avoir aimé leur histoire. Merci pour ton regard si précieux, pour tes conseils pertinents, pour ta logique que je n'ai pas et pour ta bienveillance.

Merci à Aurélie, Julia, Émilie et toute l'équipe de ma maison d'édition. J'ai une chance immense d'être si bien entourée et accompagnée.

Merci Laure, mon agent, d'avoir cru en ce manuscrit.

Merci Grégori pour ta lecture attentive et Mip pour tes encouragements.

Vous êtes des personnes incroyables et je remercie la vie de m'avoir fait croiser votre route.

Merci Arnaud de me soutenir dans mes plus grands rêves.

Merci mes copines de me suivre dans tous mes délires. Eva, Floriane, Séverine et Nathalie, vous êtes les étoiles de ma vie.

Merci papa de m'avoir appris que tout est possible.

Merci maman d'avoir toujours été là.

Merci à vous, lecteurs, vous êtes de plus en plus nombreux à me lire et j'en suis très heureuse ! Partager mes histoires avec vous est l'une des plus belles choses au monde.

38122177-0

Dépôt légal : septembre 2021

Achevé d'imprimer en France en septembre 2021
par Dupliprint à Domont (95)
N° d'impression : 2021090572 - N° d'édition : 7409082